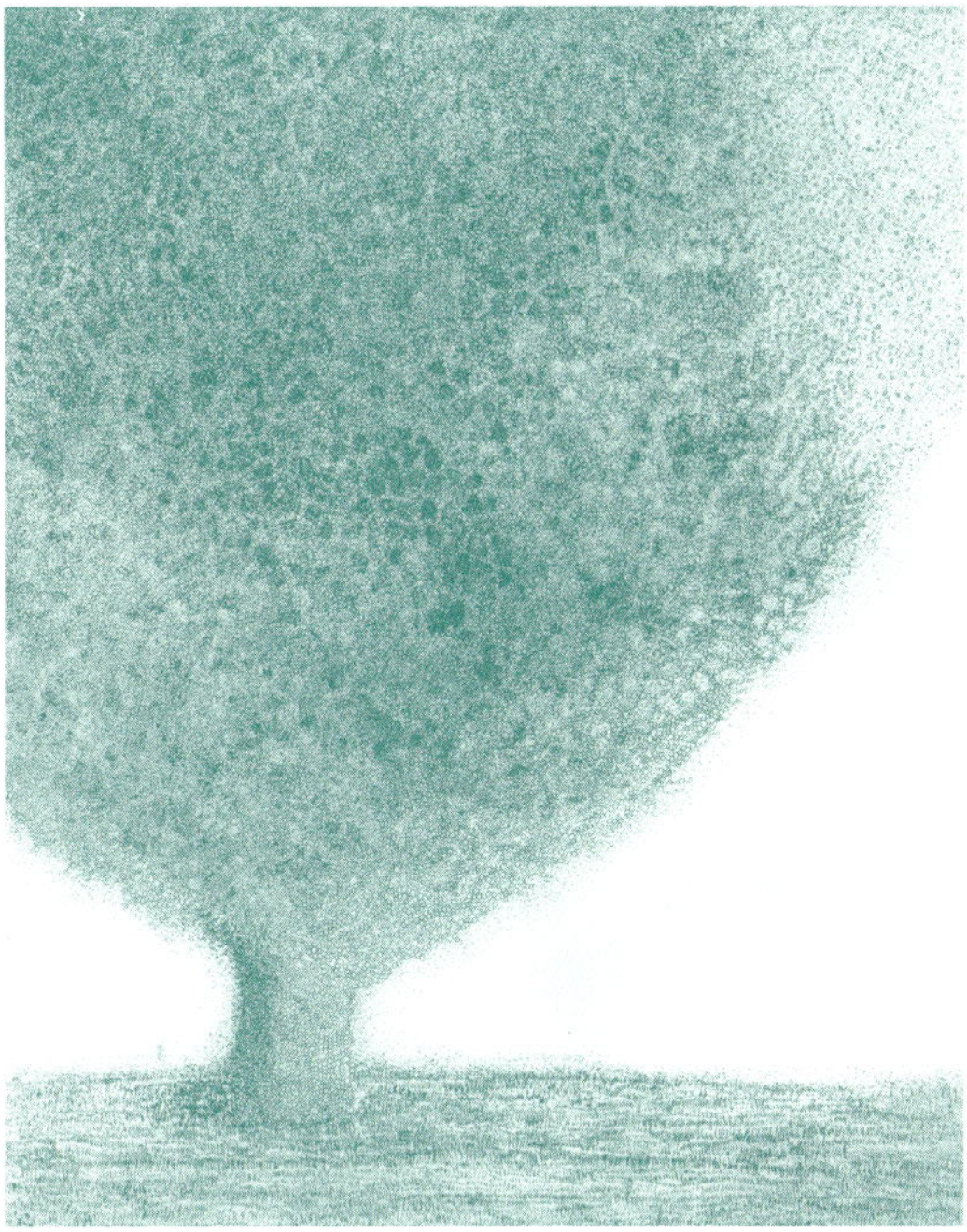

ある作為の世界

鄭《チョン》泳《ヨン》文《ムン》　著

奇《キ》廷《チョン》修《シュウ》　訳

この小説はソウルにある大山文化財団の支援を受け、二〇一〇年春から夏までサンフランシスコに滞在して書いたもので、僕にはサンフランシスコ漂流記にもっとも近いと思われるサンフランシスコ滞在記である。同書はサンフランシスコに関する話ではあるが、この都市に関する話ではない。僕はこの都市に滞在してできるだけ多くのことを見て、聞いて、感じて、体験しようなどとはしなかった。特に見て聞いて感じて経験したいことがなかったからである。ただ見えるがまま見、聞こえるままに聞き、感じられた通りに感じ、やむを得ず体験したままをそのまま綴ったことになる。いや、むしろ見えるがままに見ず聞こえるままに聞かず、感じられるままには感じようとせず、体験した通りを受け入れないことにした話だ。僕が勝手にひねったひどくねじれた話とでもいったらいいのか、この物語には極めて些細で、無用で、荒唐無稽な考察としての物書きとしての試み、あるいは面白さに対する僕の思い、あるいは激しい緑色の眠りについてしまった無色の観念、あるいは浮雲などの副題を付けることもできるだろう。

装画　ありかわりか「耳をすまして」
装幀　宮島亜紀

ある作為の世界

＊

もくじ

テキーラを飲みつつサボテンを狙い打って過ごした時間

サンフランシスコは初めてではなかったが、五年前の夏、アメリカに来た時この都市にしばらく滞在したことがあった。あの時はどうしたことか、僕は以前つきあっていた彼女のところで彼女のメキシコ系の彼氏と一緒に過ごすことになったのだ。背の低いわりにはそうとう頑丈そうな体つきをしたメキシコ系の彼は、どうやら彼女のひものようで、主に彼女の運転手の役割をしていたが、一番重要な役目はベッドの上で果しているようだった。僕は彼女のところに居候している彼が最初はどうにも気に入らなかったが、意外と彼にはお茶目なところがあって、すぐに打ち解けるようになった。彼はなぜか僕に好感を抱いて、黒人同士でよく呼び合うように僕のことをブラザーと言うので、やめてくれと言ったがそれでもずっと僕をそう呼んだ。けっきょく、彼のしたいようにさせていたが、僕もいつしか彼のことをブラザーと呼ぶようになっていた。その後僕は彼のことをシスターと呼び始めたのだが彼も僕のことをシスターと言うようになり、僕たちは姉妹関係になったわけだが、もちろん本当の姉妹のように付き合ったわけではなかった。

僕たちが初めて会った時、彼の腕に刻まれたタトゥーに目を引かれたが、それは炎に包まれた鳥の入れ墨だった。本人ですら何の鳥なのか知らないというその鳥は、八色鳥《やいろちょう》のように派手だったが、そのわりには小さくて不死鳥のようには見えなかった。火で炙ったような鳥は、目立たないようにゆっくりと焼き鳥になっていくように見えた。僕は、その鳥はいつか彼の腕から不死鳥のように飛びたつ代わりに完全な炭になるのかもしれない、と思った。小さな炭になりつつある鳥のタトゥーを刻み付けた彼の行動は、少しおかしかった。彼はギャングの真似をする。歩く時も少しだけギャングのように、しかも黒人のギャングみたいに歩き、ズボンも幅の広いもので中のパンツが時にはチラッと、時にはすっかり見えるように履いたりしたのだが、僕は彼の歩く姿を見て本物のギャングではないからギャングの真似をするわけで、歩く時もギャングになったような歩き方をするのだろうと思った。本物のギャングならギャングの真似なんかしないだろう、と思ったりもした。どんな人でも自分の真似なんかするはずがない。したがって本物のギャングならギャングである自分の真似はできない。ただ、他のギャングを笑わせるために特定のギャングを真似ることぐらいはできるかもしれない。

彼は、大勢の人間が銃に撃たれて死んでいくつまらないウエスタン映画に登場する人物たちの中で最も何の意味も無く、その死はいかにも当然過ぎて惜しまれることもない死を迎えるというメキシコ人の役柄にぴったりの顔立ちをしていた。いや、それは言い過ぎだろう。ハーフである彼はそれなりに魅力的な顔つきだった。いや、僕がそれなりに魅力的だと思った彼の顔は、実はかなり魅力的だった。これは僕一人だけの全く無意味な考えだったが、僕は彼と会ってすぐ自分は彼に匹敵する相手にはなれないと感じた。必ずしもこのことが引っかかったわけではなく、一人の女をめぐって過去の男と現在の男の間にあるだろう変なわだかまりや張りついた緊張感のようなものは残念ながら初めからなかったし、彼の魅力的な顔がその理由だとも言い切れない。

彼女はずいぶん前に、韓国という国にうんざりしてしまって、これ以上この社会には住めないと言って韓国を去っていったが、僕にはそれが自分のせいだと思えて彼女に負い目を感じたことがあった。彼女は韓国を去る時に、いずれは彼女のいるところに来てほしいと僕に約束させたのだが、僕は半分その約束を守ったわけだ。とにかくそうだと思いたい。僕たちがまだつきあっていたある夜、彼女はアメリカに行く決心をしたと言い出した。それはまるで帰ってこられるかどうかもわからない夜の散歩に、一人で出かけたいと言わんばかりの話だった。一週間後、長い散歩に出かけた彼女は、それっきり帰ってこなかった。アメリカに渡った彼女は、ビジネスで見事に成功を収めた。彼女は自分の人生行路をまったく変えてしまう決定をたぶんあまり深く考えずに下したのだろうが、それは彼女のすばらしい一面であって、その点は今もあまり変わらない。ひょっとしたら彼女が一応の成功を収めた理由はそこにあるのかもしれない。

彼女がどんなビジネスをやっているのかはさっぱりわからなかったが、メキシコから何かを輸入する仕事だと聞いたような気がする。彼女は主に電話だけで仕事をしていたらしいが、時々浴室でわざわざ電話に出たりもした。彼女の仕事はずいぶん怪しく見えたが、それは仕事でけっこう成功を果たした人たち、いや仕事をしている人たち、人々が営むすべての物事、世の中のあらゆるものが僕には怪しく見えたからに過ぎない。それで僕には魚を釣る漁師も、靴屋の店員も、学生を教える教師も、物を書く作家も、悲しさや喜びを歌う歌手も、何気なくさえずる鳥も、どんぐりを集めるリスも、リスが集めるどんぐりも、歌手と鳥が歌う歌も、作家が書く文章も、教師が教える学生も、靴屋の店員が売る靴も、漁師に釣られた魚も、すべてが怪しく見えていた。

それらは少なくとも僕にとっては、怪しもうと思えばいくらでも怪しめるものだった。もちろんそれらは、怪しいと思わなければ少しも怪しく見えないものだった。それで彼女が営む怪しげな仕事を、そんなに怪しいとは思わなかった。ただ僕は、彼女が前は僕の彼女だったのだから、その怪しげな仕事をなかなか立派にやっていると信じようとした。僕と付き合っていた頃もやさしかった彼女は、今も相変らずやさしくてその点は変わっていなかった。彼女は事業をしているにもかかわらず事業家には見えなかったし、自分の仕事のことをあまり大切に思っていないようで、そのためか自分がどんな仕事をしているのか最後まで話さなかった。むしろそれだから、僕は彼女を信頼した。僕は、自分のやっていることを重要な仕事だと思ったり、人生には何か貴重なものがあると信じる人をあまり信頼しなかった。

彼女の家で数日を過ごした僕たちは、次にロサンゼルス南東部の、車で行ってもかなり時間のかかる距離にある彼女の別荘で過ごした。ところで別荘の位置は地図を見ればわかるのだが、地図を見なければまったく見当のつかない所だった。ほとんど変わらぬ風景がつづく荒涼とした道を延々と走ったせいか、まるでそこは地図の上にだけ存在する空間のように思えた。

荒涼とした野原に建つ別荘は、昼には強烈な日が射しこみサソリが普通に見られたが、僕たちが到着した時にも空家の中にサソリが一匹潜んでいた。僕たちはサソリを追っ払おうとちょっとした騒ぎを起こした。サソリは大きくはなかったし、すこし可愛くも見えた。サソリは、真昼になると過ごしやすい日陰のある家の中に必死で入ろうとするのが普通だが、特に靴の中に入るのを好む。それは靴の中が暗くて居心地がいいからで、僕たちは靴を履く前は必ずよく叩いてから履く必要があった。僕はどうして彼女が昼になると砂漠のように熱くなるこんなところにある別荘を購入したのかわかるような気がした。それは暑い日には、何もかもやる気をなくし自然とすべてが面倒になってゴロゴロしながら暮らし、無理やり家の中に入ってきたサソリを何としてでも追い出しながら過ごすためのようだった。

あいにくクーラーの調子が悪くて部屋はとても暑かったが、僕たちはクーラーの風を嫌って直そうともしなかった。僕たちは家の中でも外でもほとんど服を脱いで過ごした。周りの家も互いにかなり離れていたし、そのように互いに離れている家の周りにだけ木が何本か立っていたので、家の建っている所はまるで砂漠のオアシスのように見えた。かなり離れた所にあるが実際には一番近くの家から犬の吠える声がたまに聞こえてきたが、その犬は時には犬のように、しかし時にはオオカミのように吠えた。犬がオオカミのように吠える時には、まるで自分がオオカミの末裔であるということを自分に言い聞かせているように感じられる。しかし犬が犬として吠える時には、自分がオオカミとは区別される犬なのだという事実を自ら忘れないために吠えているのではないかと思えた。

僕はロサンゼルスのある公園で、ふだんは普通に吠えるのに救急車のサイレンの音が聞こえるとまったく声を変えて、しかもオクターヴまで下げてオオカミのようにうめきつつ叫び始める犬を見たことがあるのだが、一匹がそうすると周りにいる犬も皆一斉にうめきそして吠え始めた。しかも、大型犬の中にいたパグまでそうしていたのだが、パグはまともにオオカミの吠え声を出せないくせにオオカミの声に近い声を出していたので笑ってしまいそうだった。パグは「恥のコーン」とも呼ばれる円錐形のエリザベスカラーを首にかけていたが、怪我から回復中のためか、それとも何かのアニメのようにしつけをするためなのかはわからなかった。アメリカの救急車のサイレンの音は非常に大きくて神経を逆なでする音だから、近くで聞くと耳が痛いほどでまるでオオカミのように吠えて叫びたい気分になったが、そのサイレンが犬をオオカミのように吠えさせるのかどうかは定かではなかった。ただの犬をオオカミのように吠えさせるもの、犬をしばらくオオカミに変身させるものが、サイレン以外に何があるだろうかと考えたが、けっきょく思い当たらなかった。彼女の別荘で聞いたオオカミのように吠えたける犬の吠え声は、この疑問について何らの手がかりも与えてくれなかった。

彼女は、前に飼ったことのあるパグの話をした。そのパグはブサイクでしかも間抜けで寝ればいびきがひどく、くしゃみをすれば唾が吹っ飛んでくるのでいつも気にさわったそうだ。そしてその犬は生まれつきの怠け者で、いつどこにいてもとてもだらしない格好で寝そべっていたため、彼女は知らずに何度も踏んでしまったそうだ。幸いなことに、それほど踏まれたのにもかかわらず、また何度かの圧死の危機も乗り越えて彼女のパグは長生きした。彼女はそれまでさまざまな種類の犬を幾匹も飼ってきたが、どのパグもそのようなありさまで、他のパグまでそうだと決め付けるわけにはいけないけれど、それにしてもおとなしいパグは想像しにくいと言った。

ところでメキシコ系の彼は、ヌーディストでもないのに時折ヌーディストになりきって真っ裸でうろついたりした。僕がある日の午前に目を覚まして窓の外を見たら、昔付き合った彼女の男がすっぽんぽんになって、黒人のモノのように見える真っ黒く勃起したペニスをむき出しにしたまま──あの野郎、黒くて立派なペニスを持ってるなあ、と僕は思った──シャベルをもって、自分がその日の朝どこかで買ってきたテキーラの原料である竜舌蘭の苗木の何本かを家の前に植えている姿に出くわした。彼を見ていると妙な気がしたがそれは、不思議なことに愉快な気持ちなのだった。苗木を全部植えた彼が竜舌蘭の苗木に、前日ベロベロに飲みまくってまだテキーラの残っている小便をおかしな洗礼式を行うように勢いよくひっかけながら喜んでいるのを眺めていたら愉快にさえなった。それはまるでマダラのない肌の黒いシマウマが竜舌蘭に小便をひっかけるのを、あるいは人間の服を着たチンパンジーがホースを持って竜舌蘭に水をかけるのを見ているような不思議な気持ちだった。その前日も、彼が素っ裸で家の前で洗濯物を干す姿を窓の外から見かけた時は、いかにも自然体であるその行動が羨ましいぐらいだった。

僕は外に出て、竜舌蘭でテキーラを作るつもりなのかと彼に尋ねた。彼は呆れた顔で僕を見ながらただの観賞用だと、竜舌蘭はそれ自体で素敵なものだと言った。竜舌蘭に裸のままで小便をひっかけたやつから情けなさそうな目で見られたので、自分が本当に惨めに思えてきて、二人の中でどちらがより情けないのかまったくわからなくなった。竜舌蘭の前で膨らんだ彼のペニスはいつの間にか萎んで小さくなっており、僕はそれが何をきっかけに大きくなったり小さくなったりするのか考えたがわかるはずはなかった。ただ、ペニスというやつはやたらに伸びたり縮んだりするモノだと思った。ところが彼のペニスは縮んでも小さく見えなかったし、見るたびに大きさが異なっていて、彼はどこかの引き出しの中にサイズがすこしずつ違ういくつかのペニスを大きさごとに納めておいて、大きなネジや電球を取り替えるように気分次第でその中から一つを自分の股間につけているのではないかと想像してみた。

そう想像する時も僕は彼のペニスを見ていたが、そう簡単には目を離せないものでもあるかのように見入ってしまった。彼は自分のペニスが見世物でもあるかのように、まったく恥ずかしがる様子もなく、じっとしていた。じっくり考えてみたら彼としてはそうするしかないだろうと思った。人のペニスは、誰かの顔を見つめるようにそんなにまじまじと見つめてはいけないものだろう。僕はちょっと気まずくなったが、相変わらずそれを見つめながらなかなかのペニスだと言った。でも直ぐにご立派なペニスだと言い直した。まったくそう言うつもりはなかったのにそう言ってしまう場合があるが、その時はまさにそれだった。言葉を発する瞬間、すでにこれは自分の意図した言葉ではないと気づいたが、言葉が先に出てしまった。それを言ったあとは、それは自分が言おうとした言葉とどれくらいの距離があったのだろうと考えた。彼は気取った様子はなく、逆に僕が嫌味を言ったと思ったらしい。僕の嫌味にも聞こえるその言葉は本音でもあった。彼は自分のペニスをぶら下げて再び竜舌蘭の方に行き、これから自分が育てる竜舌蘭を一つずつ観察し始めた。

ところで、彼のペニスを見ながら人間のペニスについて考えさせられたが、世のペニスというものは世のすべての物の中でも僕に最も独特な感情を引き起こすモノだった。シャワールームのような所で、自分のモノではない他人のモノを見るたびに言葉では表現しにくい異様な感情に包まれた。股ぐらの間でただ寂しく、何も考えずだらりと垂れていながらも急にピンと閃いたように頭をもたげたり、へこんだと思ったら怒り狂ったり天狗になったりまた照れくさそうな姿になったり、さまざまな姿を見せてくれるペニスは、その機能だけではなくその形ものすごく異様だった。時には首を長く突き出したりひっこめたりするスッポンの頭のように見えるのだが、生まれながらに構造的にはぶら下がっているしかないペニスは、人間の体にくっついているものの中で、いや、世のすべてのものの中で僕には一番風変わりなものに思えた。僕にとって人間のペニスほど特別な感情を引き起こすものは、牛や馬、またラクダや猿、それから象みたいな他の哺乳類のペニス以外にはなかった。

ところで、我々が男の陰部と呼ぶところにはペニス以外にも、ペニスに勝るとも劣らないおかしな形をしたふぐりが二つあって、そいつらは一見相棒同士のようにも思えるが、互いに別々の思いを抱く別々の二人のようにも思えた。対を成しているようにも見えたり、それぞれ別のものに見えたりもした。ふぐりがペニスと若干距離を置いている理由については、わかるようでわからなかった。しかしふぐりはいくらでもペニスと別のものとして考えられるし、またそうは考えられないようなふぐりがすこしずるがしこいとも思えた。それはペニスの陰に埋もれたために注目されず、ペニスを補佐する役割に留まっているように見えるが、実は背後でペニスを操り人形のように動かして面倒なことや楽しいことをさせながらも自分は大して何もやっていないふりをしているように見えるからだった。でも肝心な役割を果たすのはペニスではなくふぐりなのかもしれない。ひょっとしてふぐりが一つではなく二つである理由もそれだけ重要な存在であるからで、二つの内の片方に何か問題が起きたらもう片方が頑張ってそれぞれの役目を補うためなのかもしれない。

僕はペニスについての思いにふけりながらも、唐突に浮かんだペニスへの思考を止めようとメキシコ野郎の腕にあるタトゥーに目をやって、彼に、胸の方にテキーラの瓶のタトゥーを入れて、その瓶にテキーラという文字とメキシコの地図と竜舌蘭を入れたらどうかと訊いてみた。メキシコを愛する彼が自分はメキシコ人だということを忘れないために、メキシコを象徴するものを入れてもいいだろうと思ったからだ。しかし、彼はまたもや僕のことをあきれた顔で見た。それに彼は僕を女々しい男を意味するシシー（sissy）とも呼んだが、それは僕が長い髪にサングラスをかけ、上半身裸で腰に彼女の派手な花柄のラップスカートを巻いていてその姿が女のように見えたからだった。僕はほとんどその格好で過ごした。僕は男らしさを誇示する彼をマッチョと呼んだ。いつの間にか僕たちはことあるごとにからかいあう間柄になった。人はある程度親しくなると互いにからかうようになる。そうできない間は親しいとは言えないだろう。大体僕はそれとなく彼に嫌味を言ったのに、やつははっきりと僕に嫌味を言った。

ところでその日の午後、たまたま廊下を通りすぎようとした時、彼らが部屋のドアを開けたままベッドでセックスをしている姿を見てしまった。その瞬間——僕は彼らの間に割り込んでできることは何かないかととっさに考えたが、悔しくも思いつかなかった。でももし本当に割り込んだ場合には、マッチョなメキシコ野郎に力づくで追い出されるどころか、蹴り飛ばされる羽目になるかもしれないと思うと、情けなくなってかえって笑いがこみ上げてきた——メキシコ系の彼は、やりながら僕を見て「シスター」と呼んだ。そう僕に挨拶をしてから彼がやりかけていたことにまた取り掛かるのを見た時は、まったく妙な気分だった。いやしかしそれは、まったく平気でいられることだったのだ。気を取り直せばいくらでも普通と思える出来事だった。いつも考えていたことだが、世の中に起こるすべての出来事は起こり得るべくして起こるのだと思えば何一つおかしなことなどない。セックスが多少特別に思われるのは、それをやりながらもそれが一体何なのかと考えさせる行為だから、ただそんな思いを最も強烈に湧き立たせるものがセックスだからだった。

僕は彼らが、自分たちのセックスを僕にわざと見せびらかそうとしているのではないかと直感した。僕もそれがそれだけのことだったら、はたから腕を組んで見てやってもよかったが、それはそれだけのことではないような気がした。彼らが再び熱心にセックスをし始めたのを見届けてから、僕は自分の部屋に戻ってベッドに横たわり窓の外を眺めた。その時、僕は彼女が荒涼とした野原の別荘を選んだ本当の理由がわかったような気がした。そこからは、目をやればいつでもどこからでも荒涼たる風景を眺めることができた。僕はその荒涼たる風景を眺めながら、すぐ隣の部屋でセックスをしている二人の姿を思い浮かべて、荒涼たる風景の見える場所でやるのもけっして悪くないな、と思っていた。

僕はしばらくずっと荒涼たる風景を眺めながら、ほかにやることもなかったのでペニスの同意語について考えてみた。いつか調べてみたことがあるのだが、英語でペニスを意味する言葉はなんと一四〇を超えていた。その中から幾つか、例えばジミとジョン、ジョンソンとジョントーマス、ピーターとウィルリー、リトルボブとリトルエルビス、フェドロとパーシー、ソフィア姫のような人の名前や、ビーバーに攻撃的な存在である隻眼の蛇、精液を連想させるヨーグルト銃のような描写的な表現を思い出した。隣の部屋で激しく交わっている二人を思い浮かべながら、リトルエルビスがヨーグルト銃を撃つ姿を想像し、また隻眼の蛇がソフィア姫を犯している場面を連想した。そしてメキシコ野郎の姿が思い浮かぶと、なぜかフェドロがビーバーにひどく攻撃的な行為をしているように思えた。それでそこに割り込んで、やつの攻撃を阻止すべきだと思ったが、ビーバーがそれを楽しんでいるようなので我慢した。そして隻眼の蛇もソフィア姫を淫らに犯しているような気がしてたまらなかった。ところで他の名前はともかく、ペニスになぜソフィア姫という名前が付いたのかは、ちょっと腑に落ちなかった。

それに、彼女は確かにずいぶん変わってしまったと思った。昔僕たちが付きあっていた頃は、僕たちはどうでもいい話でいつまでも盛り上がったりしていた。そんなとりとめのない話を交わしていくうちに話はもっと面白くなって、僕たちはそんな展開が楽しくてさらに滑稽な話を続けた。そうすると、なぜか脈絡のない話の中でしか見つけられない何かがありそうな気がしたりしたが、その結果見つけられるのはもう一つの脈絡のない話だけだった。今の彼女はもう、そんな話を僕と交わしてはくれないだろう。

当時僕たちが実際にそんなとりとめのない話を交わしたかどうかは、実ははっきりと覚えていたわけではない。ただ僕は、彼女の部屋で一緒に横になって彼女の乳首をなめずに、なめ回そうともせずに、ただじっと口に含んでいたことははっきり覚えている。そんなとき、世の中のすべての男がかわいそうでたまらなくなった。その訳は、どうして成人した女の乳首からはふだん乳が出ないのかという思いであり――何らかの理由でふだんは乳が出ないように進化したのではないかと非常に残念に思ったりしたのだった――、その残念な思いを慰めるには十分ではなかったが、取り敢えずかなり気持ちを和らげてくれるある思いに達した。例えば、じっと口にくわえているには乳首ほどふさわしいものはないと気付いたりした。これは、彼女の乳首を口に含みながら思うには最適だと思った。成人した女の乳首の他に口にくわえたままでいられるものに何があるだろうかと考えてみたが、乳首に勝るものは浮かばなかった。じっと口にくわえたままいられるものの中でこんなに温かくて柔らかなものは乳首しかないという結論に辿り着いたので、しばらく乳首から口を離してその考えを彼女に伝えた。すると彼女は、誰かにくわえさせるには乳首ほどのものはないわ、と答えた。そして人間がいかなる進化を遂げて今の姿になったかは別として、何にせよ乳首をくわえたりくわえさせたりできるように進化したのは、人間の進化の中でもっとも立派な点の一つだということに僕らは合意した。そして彼女はまた自分の乳首を僕にくわえさせた。そして何よりも頭を撫でられるのを好む僕の癖を知っていた彼女は、僕の頭をずっと撫で回してくれたので、僕はすっかり天にも昇る気持ちになってこの想像はすべて彼女がいつも頭を撫でてくれるからできるのだと信じこみ、世の中で頭を撫でられるのを嫌がる動物はいないだろうとも思った。

そして僕はまた彼女の乳首をくわえたまま、乳首に関するさまざまな事柄の中で乳首の大きさを思った。この乳首は何と手頃な大きさなんだろうと感心しつつ——当時の僕はたくさんの成人女の乳首を見たりくわえたりしたわけではないが、たぶん彼女の乳首は普通のサイズだと思った——、もしそれ以上大きかったり小さかったりしたら、口にくわえるには大きいだの小さいだのと不満に思ったかもしれないし、その場合は、口にくわえるには乳首ほどいいものはないなどと思わなかっただろう。確かに男の乳首は口にくわえるには小さ過ぎる。それは世の中のすべての女にとっては気の毒なことかもしれなかった。

そのようにじっと乳首をくわえたままでいたのだが、この世でもうこれ以上望むものはなく、世の中のすべてが些細なもののように見え、まるで異次元空間にいるようでもあり時間が止まったかのようでもあって、静かで恍惚として停止したこの瞬間の彼方の世界のことなどは考えられなかったし、考えたくもなかった。世の中のすべての問題はどうでもいいことに思え、このまま世界が終わってしまってもよいとまで思い、その後再びこのまま新しい世界が始まってもいいと思ったものだった。

しかし口にじっとくわえているには申し分のない乳首なので、いつまでもくわえられそうだと思ったが、思ったほど長い時間くわえるのはむずかしくて、もう止めようと思った。でもこんないいことができるのだから、ちょっとした我慢は仕方がないと思い直して乳首を口にくわえたまま、ただくわえるだけでも十分だったのだが、十分なだけではなぜか十分ではないような気もし、何か物足りない感じもして、ただくわえる代わりに吸い付くものには何があり、そうするために良いものは何があるのだろうかと考えた。そのうちに、遠くで探すまでもなく今自分がくわえている乳首に吸い付いてもよさそうだと思ったが、そんなことはしないほうがいいと思いながらも、彼女に許可を得ようか、いや許可を得るまでもなく——心優しい彼女はいくらでも承諾してくれるはずだと——吸い付きたい気持ちを抑えながら、もうこれ以上はくわえているのが大変だが、今僕がくわえている乳首と、過去にくわえた他の乳首と、くわえたかったがくわえられなかった乳首と、これからくわえられる世の中のありとあらゆる乳首について考えてから彼女にその話をしていたら、彼女ははっきりと吸い付く感じがするように吸い付かせてくれたかもしれない。横になるには最適な、彼女のうす暗い部屋で僕たちがこんな空想をするたびに、思いと思いがまるで孵化して出る蚕みたいにうごめいていた。

カリフォルニアの荒涼とした原野に建っている彼女の別荘の一部屋に横になって乳首について考えていたら、もうこれ以上、乳首は口にくわえるのに最適なものとは思えなくなった。これからは乳首でも何でも、何かをくわえたままこれはくわえるのにもってこいのものだなんて思ったりしないだろう。そうして、それ以上乳首のことは考えないようにしたのだが、それでもまた口にくわえるには乳首ほどのものはないという思いが消えなかった。赤ん坊を見ればよくわかる。口にくわえるには乳首ほどのものはないということを誰よりもよく知っている赤ん坊たちは、長い時間乳首を思ってそれを吸うつもりで、実際に口にくわえたまま過ごしている。赤ん坊が一生懸命乳首を求める理由もそこにあるわけだ。それは赤ん坊が乳を飲むために乳首をくわえる時もそうだが、乳首をくわえたまま寝つくのを見てもよくわかる。それで、赤ん坊は乳首をくわえるのがどんなに好きなのかはもちろん、くわえるのに乳首ほどのものはないことをよく知っているということまで示している。

ところで、乳首について考え込んでいるうちに、ふと、なんてことだ、あるいは「こりゃあ」あるいは、「おやまあ」あるいは「くそったれ」を意味するホーリー・モーリー（holy moly）という表現が思い浮んだのだが、それは乳首についてあんなにも深く考え込むなんて自分でも少しびっくりしたからだ。しかし、びっくりしたのも束の間、続々とホーリー・モーリーに似た表現が浮かんできた。僕は驚きと軽蔑と怒りと嫌悪と挫折を軽く現わす英語の表現である、ホーリー・モーゼ（holy Moses）と、ホーリー・カウ（holy cow）と、ホーリー・マッカラル（holy mackerel）と、ホーリー・スモーク（holy smoke）と、ホーリー・クラップ（holy crap）と、ホーリー・シット（holy shit）などの言葉を思い浮かべながら、それらを一つずつ声に出して言ってみた。これらの表現の中で一番気に入ったのは、聖なる鯖を意味するホーリー・マッカラルと聖なるモーリーを意味するホーリー・モーリーだった。鯖は金曜日に鯖を食べたカトリック教徒のあだなでもあって、一七世紀には日曜日に鯖を売ったので鯖は神聖な魚と見なされ、薬草の名前であるモーリーはホメロスの『オデッセイ』にも出てくるが、その花は牛乳のように白く根っこは黒かったということを思い出した。このことを思いつつ、もう一度、ホーリー・マッカラルとホーリー・モーリーを口に出して言ってみたら、急に愉快になった。

彼女の別荘の一室でベッドに横たわって変なことばかり考えていたら、昔僕たちが付き合っていた頃に、彼女が僕と出会う前にしばらく付き合った男の話をしてくれたのを思い出した。二人がセックスをするようになってから、その彼が自分の二つのおっぱいに向かって、数日は左のおっぱいだけを、次の数日は右のおっぱいだけを愛撫するという形で、片方だけをえこひいきする感じがはっきりわかるように代わり番こに愛撫してくれた。それで最初は変だったけれど、時間が経つにつれてそれに慣れたし、それどころか、そんな行為が楽しめるようになったという話だった。彼女は、それはもしかしたら無視された片方のおっぱいが何日か後にされるはずの愛撫に期待を持つのを感じ取ったからなのかもしれない、と言った。その話を聞いて僕なりに、ここで肝心なのは二つのおっぱいが自分たちは公平だという感じを持たないように、片方に無視されているという感じを持たせることだ、と思った。彼女の話は作り話のようにも聞こえたが、その後僕は彼女の望むままに、また彼女がさせるままにしてあげた。とにかく僕はどちらのおっぱいを最後に愛撫したか忘れたりしたけれど、彼女ははっきり覚えているようで、愛撫される番のおっぱいを僕に突き出してくれた。

隣の部屋でセックスしている彼女のおっぱいと乳首のことを考えていたら、彼女と付き合った時間がまるで嘘のように思えた。いや、それより僕がカリフォルニアの荒涼たる原野にある彼女の別荘の一室に横になって、乳首とおっぱいについて考えていること自体が嘘のように思えた。僕はもう一度僕たちが過去に交わした話を思い出そうとした。彼女は当時僕たちが交わした話を、今のメキシコ系の彼氏とはしていないはずだ。僕は改めて彼女はものすごく変わったと思ったが、僕自身はほとんど変わっていない気がした。彼女と付き合っていた頃も、長い時間が経った今も、僕はいつも途方もないことを考えていたし、人に会ってもそんな話ばかりしていた。

しばらくしてセックスを終えた彼らが、セックス後の気怠い眠りに落ちていびきをかく音が聞こえてきた時は、縄で彼らをぐるぐる巻きにしてやり、そんなに死んだように眠ったら身の辺りに何が起こるかわからないぞと知らせてやりたかったが、ぐっとこらえた。僕が最後に熟睡できたのは、もう二十年も前のことだった。ただ今は少しでも眠りたかったので、テキーラと睡眠薬を一緒に飲んでほんの少し眠った。しかしすぐに目が覚めた。ある女と一緒にベッドに横たわり、彼女は自分のおっぱいを触らせはしたが絶対に見せなかった、そんな思春期の少年の見るような夢を見た。

僕たちは毎晩酔いつぶれるまでテキーラを飲んだ。僕はますます深まる母国韓国への嫌悪感を和らげるために飲んだし、彼女は過去と現在の男が仲良く過ごすのが嬉しくて飲んだし、彼女の男はテキーラが異常に好きだから飲んだ。僕がテキーラを酔いつぶれるほど飲む理由が一番おかしくてよくない理由だと思ったので、僕は何も言わずに飲もうと思った。しかし、彼女は完全に酔っ払って、母国の悪口を言い始めた。長い歳月、孤立したままで暮らしてきたせいで、単一民族が持つ偏狭さという偏狭さをすべて備えている韓国人が、どれほど精神的に未熟であり、また韓国の一番悪いところはその社会のあまりにも多くの部分が不自然に作られていて、自然体でいることが不可能なことだとまくし立てた。

　ソファーに横になって僕たちの会話を黙って聞いていたメキシコ野郎も酔っ払って、ギャングのようなしぐさをしたり、ちょっとヒッピーのようなまねをしたりしていた。そう思うと今度は、若干無茶な話を始めた。過去にはメキシコにもヒッピー文化が盛んになったころがあって、アバンダロ[*1]という所でウッドストックフェスティバルみたいな祭りが開かれたりもした、と言う。実際、メキシコにはヒッピーとボヘミアンの文化が根強く存在していた。当時いろいろと事情があって、韓国にヒッピーやボヘミアンの文化が定着しなかったのはすごく残念で、韓国に精神的な自由を追求する伝統が定着しなかったのもいくらかはそれと無縁ではなかった。もしそんな文化が定着していたとしたら、現在の韓国よりは精神的に自由な国になっていたかもしれない。

　少しボヘミアンじみたところのある彼女は、やっぱり酒に酔って少し無茶な話をして、自分がかなりの成功を収めたのは僕と別れてアメリカに来たおかげだと言った。僕はそれを結果的に、僕のおかげだと理解した。僕は、彼女と僕が今良い友だちとしていられるのは、恨みっこなしで別れたからなのかもしれないと思った。

ある夜、酔っぱらっていい加減なことをしゃべっている彼女を見つめていたら、彼女が僕の彼女だった特に学生時代のこと、雨の降っていたある夜のことを思い出した。

その日、一杯飲んだ後で――彼女は名だたる酒豪で、僕は彼女から酒を教わったほどだ――一緒に彼女の家に向かったのだが、途中で急に彼女はお腹が痛いと言ってスカートの中のパンティーだけを下ろして、ある路地の誰かの家の門の前で下痢をした。ちょうど持ち合わせのティッシュペーパーがなくて、僕はその家の塀の向こうに垂れていた、手の平くらいの葡萄の葉を何枚か取ってあげた。そう記憶している。彼女は危うくスカートのまま下痢をするところだったが、それより誰かの家の前で欠礼した方が余程ましなので、一触即発の危機の瞬間にも賢明な判断を下したのであった。彼女が下痢しているところを見守りながら、僕は彼女を労わることを忘れなかった。それは互いに恥ずかしいことで、いや僕より彼女の方がはるかに恥ずかしい出来事だったろうが、僕たちはその事件の前までひどく愉快な状態だったので、恥ずかしいと言えるその事件は、僕たちをもっと愉快にさせて、それから僕たちの間に、恥ずかしかったとしても愉快なことがもっと頻繁に起こるようにと願った。その後僕はずっと、道で下痢をしている彼女に葡萄の葉を何枚か取ってあげたことが、僕が今まで生きてきて誰かに施した善行の中で一番すごいことのように思えた。

葡萄の葉が手の平くらいの大きさだったので、あの頃は夏だったと思うが、その年ではないまた違う年の夏にも僕たちは葡萄と係わるもう一つの経験をした。彼女と一緒に木浦《*2モッポ》から済州島《*3チェジュド》まで船に乗っていったのだが、床で寝るしかない三等客室で眠り、ふと目覚めたら、誰かの足が僕の腹の上にのっかっているのに気がついた。ところでその足の持ち主は休戦線[*4]付近で兵役中の、当時の僕と同い年くらいの息子と面会して家に帰る中年の男だった。済州島生まれのその人は、三十年ほど前の朝鮮戦争[*5]の時、鴨緑江《アムノックカン》[*6]戦闘で中共軍と戦った際に片足に怪我を負って足が不自由になった。半ズボンをはいていて足が丸見えだった彼は、自分の足に悪気は無かったが犯した過ちに対して丁寧に謝ったので、僕は大丈夫だと答えた。僕は、中共軍と戦って怪我をした後は、機会さえあれば常に誰かの腹の上に上がろうとするその足を心のなかで赦した。彼は僕の腹の上にのっかっていた足が中共軍と戦って怪我をした足だと言った。僕は心の中で、普通の足だったら簡単には赦せないだろうけれど、中共軍と戦いながら怪我をした足だからそれならいかなる間違いを犯しても赦せるだろうと思った。そしてその足を、三十年ほど前に朝鮮戦争のアムノックカン戦闘で中共軍と戦って怪我をしたのだと思いながら見ると、特別な足に思えてきた。しかし傷あとは見られず、見えないように隠してあるようだった。

朝鮮戦争の時の中共軍と戦って怪我をして、三十年あまり経って、北朝鮮軍と戦う用意ができているかどうかはわからないけれど、そうすべき状況になったら戦うしかない息子との面会を終えて家に帰る途中の人の足が、どうして僕の腹の上にのっかっていたのかに関してはよくわからない。しかし彼の両足のうち、三十年ほど前に中共軍と戦って怪我をした足が三十年あまり経った今、どういうわけで、木浦から済州島に向かう船に乗っていた僕の腹の上にのっかっていたのか、考えただけで不思議である。僕は彼が寝ている間に中共軍と戦って足に怪我を負う悪夢を見たのではないかと思った。彼も同じく自分の足がどうして僕の腹の上にのっかっていたのか、わからないようだったが、僕は、それは我々が船に乗っているからだと、船の中では誰かの足が誰かの腹の上にのっかるのも船が橋[*7]の下を通るのも、自然なことだろうと思う。僕たちが寝ている間、木浦から済州島の間に橋はなかったが、木浦ではいくつかの橋の下を通り過ぎたのは間違いないわけだから誰かの足が僕の腹の上にのっかったのも納得できそうだった。

僕は、彼がその足に怪我を負わせた代償として、何人の中共軍の足に怪我をさせたのか、あるいは足より重要な器官、例えば、頭や心臓に怪我をさせて死なせたのかどうかはわからなかったが、戦争が終わると戦争中に一つの国の国民の足と頭と心臓だけでなく、目と鼻と口と耳と指と足指のいくつかが完全に、もしくは部分的に機能できなくなったという事実について、統計調査を行うべきだと思った。そうすれば戦争が終わった後の賠償を求める国際会議で、君たちが始めた間違った戦争によって我が国の重要な資産である健康な男性生殖器一二三個が完全に、もしくは部分的に機能喪失させられたため、それを弁償しろ、そしてそれらは他のものと取り替えることが不可能だから君の国の健康な男性生殖器一二三個を出せ、という荒唐無稽だが大変根拠のある話ができるかもしれない。

僕たちの乗った船から済州島が見えてきた頃、彼は足を怪我したのは実は鴨緑江の付近で中共軍にやられて退却した時だったと言った。初めは十人くらいの中共軍がどこからか現われ、その次には数十人が、その次には数百人も現われたのだが、それがどうもおかしかった、と言った。中共軍は昼にはどこかに隠れていて夜になると群をなして押し寄せてきたが、皆まったく同じ服を着て防寒帽をかぶり人間でない存在のように見えたそうだ。彼は済州島へ向かう船の上で、遠くの鴨緑江の方に視線を向けながら中共軍は本当に神出鬼没の、幻影みたいな存在だった、と言った。彼の部隊は冬の厳しい寒さの中で、*8長津《チャンジン》湖まで後退してから*9元山《ウォンサン》港を通ってやっと退却に成功したのだが、彼らは鬼を相手には戦えないと思いながら退却したのだったと言う。彼の所属していた部隊員のほとんどが戦死または凍死したので、彼は自分が生き残ったのはもしかしたら足に怪我を負ったおかげかもしれないと、自分の怪我をした足に少し感謝しているようにも見えた。彼は、朝鮮戦争は数多くの兵士が敵によって殺されたが、凍え死にした者も多い戦争でもあったと述べた。

　その縁で、僕と彼女は彼の家に行って何日か泊まることになった。そして彼の果樹園の葡萄を採ったりもしたのだが、僕は葡萄を採りながら縁というのは妙なものだと思った。彼は、僕たちをこき使う目的で自分の家につれて行ったわけではないが、僕たちはてっきりそうだと思い込んで葡萄を摘んだ。彼が家でくつろぎなさいと言っても、すすんで彼の仕事を手伝った。でも葡萄摘みは思ったほど面白くはなく、意外に大変で、摘みたての葡萄も少し食べたらすぐにあきてしまったので、葡萄摘みはそのあと少ししてから止めた。彼は僕たちにもっといいもてなしをしなければと焦っていたようだが、それが彼の本来の性格なのか、あるいは僕が彼の居間に掛かっている写真の中の、僕とは全く似ていないのに、軍隊にいる彼の息子を思わせるからなのかはわからなかった。写真の中の彼の息子はいざとなればすぐにでも戦いに出るぞ、とばかりに、あるいは全部捨てて逃げ出すぞ、とばかりに銃をかまえていた。

ある日の午後、彼が、観光客がほとんど訪れない、側火山[*10]であるオルムがあるところを教えてくれて、そこに行った。オルムの風景もよかったが、期待もしなかったあることが僕たちを楽しませてくれた。僕たちはオルムのある頂上で横になり遠く、点々としている、高さの違う古墳のようなオルムと、すぐ近くで、風にゆらゆらと揺れている背の低い草と、遠い空に浮いている雲と、それよりもっと近いが、よくよく見てやっと牛だとわかるほど遠い草原で草を食んでいる牛の群れと、非常に近くで、交尾をしているキリギリスと、地面でビクともしないクモなどを見ながら、セックスに集中しにくくなるものに囲まれて、実際に集中できないと言いながら、しかもこのすべてのものが僕たちと一緒にいて、僕たちと関係を持っていると思いながらセックスをした。僕たちを囲むこのすべてのものが僕たちにセックスをするように誘っているようで、この状況ならセックスをしない方がむしろおかしいぐらいだった。

実際僕は、僕たちがこのようにセックスをしているのはオルムと風と草と雲と牛の群れとキリギリスとクモなどのせいだと思った。物理的に大きさの違うそれぞれが、心理的には等しい比重に思えたことも、彼らと共に存在しているという感じを与えてくれた。

しかし実は、オルムと風と草と雲と牛の群れとキリギリスとクモなどよりさらに僕の目を引き、僕の注意力を奪ったものがあった。それは他ならぬ二匹のカマキリだった。カマキリ二匹が草の上で身を重ねたまま交尾中だったのだが、二匹がじっとしていたらそんなに注意力を奪われたりしなかったはずだ。いや、実はその二匹は初めはじっとしていた。しかし、そよ風が吹いてきてカマキリのか細く長い六本の足がモビールのようにゆらりと動き、僕はモビールから目を離せない赤ん坊みたいに目を離せなくなった。体に比べて非常に大きな、しかし小さな緑色の目をしたカマキリたちは交尾をしながらも僕たちに興味を持ったらしく、小さな頭を横に向けて僕たちを見つめた。

僕はカマキリの目がユリの花のおしべにとてもよく似ていると思いいつかユリの花のおしべを見てカマキリの目によく似ていると思ったことがあったが、自然界の全く違った何かから似ている点を見つけるのは楽しいことだった、もしかしたら物事をモザイクの形態で知覚するカマキリの目には、セックスをしている僕たちの姿がモザイク処理されて歪んだ形として知覚されていたのかもしれない。昆虫の中でも特にカマキリは僕に独特な感情をもたらした昆虫で、僕はなおカマキリが僕たちと同じ行為中なのが嬉しかった。

僕たちはさまざまな体位の中でも二人が横になる体位を選んだのだが、その理由はわからなかった。しかしその体位はオルムにもっともふさわしく、そうすることで、互いの頭越しに広がる周りのパノラマへ時々目を向けることができた。僕はその中でも雲を眺めるのが一番好きで、雲は横になって眺める時がいちばんまともに見えた。その後、韓国で彼女と別れた時、僕は僕たちが済州島のオルムでやったセックスを思い出し、彼女がアメリカへ行ったら何よりバッファローのいる草原で誰かとセックスするように心から祈った。もちろん口には出さなかったが、彼女にそんなことが起こったかどうかに関しては聞いていない。

セックスしている間、僕は何回か彼女の頭越しに、雲の間からのぞく太陽を見て、そのつど日差しに目を刺されるような気がしたが、別に気には留めなかった。眩しいのが好きで、眩しい一日を送っているような気がした。セックスを終えた後、僕たちはとりとめのない話を延々と交わした。その内容は覚えていないが、オルムの上に座ったまま、僕がいくつかの小石を坂の下に転がしたことだけは覚えている。

僕の趣味の一つは坂の上から石ころを転がすことで、坂と暇さえあればよくやっていた。それは幼い頃からの趣味で、特別に趣味にしようとしたわけではないが、なんとなく趣味になってしまった。幼い頃、僕はなんだかわけのわからない感情が湧いてくると丘に登ってその下に向けて石ころを転がしたのだが、転がり落ちる石を見ていると、さらにわけのわからない感情に陥ったものだった。こうして僕は丘の上から石ころを転がしながら午後の多くの時間を過ごし、夕方を迎えて夕闇が迫ってくると一日の日課を終えたという気分になって丘を降りた。転がり落ちる石を見ながらわけのわからない感情を覚えたという話は少し変な話かもしれないが、僕はしばしばそんな変な感情に入りこんだ。

彼女は、自分から石を転がしたりはしなかったが、僕がやっているのを見るのが好きで、これが僕の最大でほぼ唯一の趣味ということを知っていた。彼女はよく僕の転がした石が上手く転がるように祈るような眼差しで見つめていたが、思うほどうまく転がらなかった時は、石がとても小さかったり丸くもなかったりしたときだった。石が上手く転がり落ちるためには、坂の傾斜も重要だけれども、石の大きさも適当でなるべく丸みを帯びた形でないと上手くいかなかった。ところが一旦転がり始めた石は、気を引き締めたり緩めたり、気楽に思う存分転がっていくみたいだけど油断してはいけないと、そしてすべてのことは思うままにならないと見せつけるように、いざとなったらピタッと止まってしまった。僕が転がり落ちる石の様子を見つめるのが好きになった理由などは特になかったけれども、転がり落ちる石を見ていると心が穏やかになるような感じもしたのだった。しかしいつもそうだったわけではなく、時には転がる石を見ても心が苛立ったり、何も感じなかったりした。

しかし済州島のオルムで、彼女がある夏の日に誰かの家の門前で下痢をして、僕がその家の塀越しに垂れ下がっていた手の平サイズの葡萄の葉を何枚か取って渡してあげたことを話しながら一緒に笑った記憶はあって、カリフォルニアの荒涼とした原野に建っている彼女の別荘でテキーラに酔ったその晩も、彼女が下痢をした夜の記憶が鮮明に浮かんできたのだが—その夜に降った雨の感触まで生々しく蘇るようだった—僕たちが付き合っていたのはずい分前で、その時の実感がなかなか湧いてこなかったが、その記憶を再び思い出して、そんな時が確かにあったと思ったし、その記憶は僕たちが付き合っていた頃の記憶に遡るためには必ず通らなければならない一つの関門のように思えた。僕が行ったあの善行の記憶は一生忘れられない死ぬ間際にも蘇る記憶であり、ずい分前に別れた僕たちが相変わらず友だちとしていられるのはそのような記憶があるからだと思って、別れた恋人といい友だちになるのは—それくらいなら仲良しと言えるほどの友だちとして―人生にとって最も重要なことであろうと思ったりもした。

彼女とその男は、酒に酔うたびに僕にいつまでも一緒に暮らそうと言ったのだが、酔いが覚めるとその話は一切口に出されなかったし、僕も酔ったときにはいつまでも彼らと過ごしても良さそうな気がしたが、酔いが覚めるとそんな気にはなれなかった。彼らにとって、僕にはいつまでも一緒に過ごしがたい何かがあったようで、それより僕という人間は誰とでもいつまでも一緒には過ごせない人間だった。

ところが昼に酔っ払ってしまったとき、不思議なことにサソリと一緒にいたくなった。もちろんサソリに刺されても死にはしないし、ただ大変苦しいだろうけれども、わざわざ苦痛を味わいたいはずもないので、それ以上刺される理由もなかったが、それでも刺されたらそれはそれで仕方ないことだと思った。またこの思いは酔っ払ったから湧いてくる無茶な思いだと知りつつ、サソリを探して周りを見回したりした。しかしサソリは家の中にはいないのか、それとも見えないところに隠れているのか目には入らなかった。しかしある日の夜、皆居間のソファーで酔い潰れていた時に一匹のサソリが居間を横切って逃げていくのが見えた。でも誰一人それを追い出そうとはしなかった。それはサソリを捕まえにいく道があまりに遠くて大変に思えたからだった。僕はサソリに刺されてもかまわないし、僕がすぐ眠りに落ちてサソリが僕の側に並んで寝てもかまわないと思った。酔った状態ならサソリは一緒に寝るには良い相手だと思った。ところで翌日、そいつは風呂場に現れて、僕たちはそいつを追い出そうと大騒ぎをした。

僕たちは午後もほぼ玄関に座ってテキーラを飲みながら、テキーラにサソリを浸けて飲む話をした。もちろん実際にそうしなかったのは、僕らにとってそうやって死ぬべきだと言えるサソリがいなかったからだけど四日目にはテキーラを飲みながらゴロゴロするのにも飽きて、午後、別荘の近くにある低い丘が連らなる野原に足を運んだ。僕とメキシコ野郎は、何本かの柱を束にしたようなでっかいサボテンを的にしてピストルの射撃練習をしたのだが、それはその近くにサボテンの他に標的になりそうなものがなかったからだ。彼はその銃を借りたのか買ったのか拾ったのか、それとも誰かから奪ったのかあやふやな言い方をしながら、ただなんとかして手に入れたものだと言った。やつはやっぱり怪しい人間だった。彼はいつも必要な食べ物などをどこともなく出かけて買ってくるのだが、いつ出て行ったのかわからないうちに買ってきたので、彼が買ってきたものはすべて不法に国境越えをして、メキシコから密輸したもののようだった。この辺りで銃を撃つのも違法かどうかはわからなかったが、メキシコ野郎は全く問題ないと言った。とりあえず僕たちはその辺りはもちろん、他のどこでも保安官を見かけたことなどなかった。やつは自分がやや法を見下している人間だということを、鼻にかけているようだった。

僕がやつのピストルより口径の大きいものや大砲はないかと聞いたら、そんなものはないと答えた。僕はできることなら、ピストルのような小さなものではなく大砲を撃ちたかったし、目の前で巨大な爆発を見たかった。できるなら大砲のようなやつで瞬く間に大きな岩一つくらいは吹っ飛ばしてみたかった。いや、大きな岩一つをふっ飛ばしても、瞬きもしない自分を感じてみたかったのだ。

メキシコ系の彼はなるべくサボテンに当てようとしたが、僕はサボテンを狙い撃ちするふりをしてなるべく外そうとした。サボテンは銃で撃つには、あまりにも罪のない存在のように思えた。僕は、誰も、また何も傷つけたくなかったが、やつは銃を持っている限り、誰か、また何かを傷つけなければならないと思っているようだった。僕は、もしワシが飛んでいたら、ワシに向かって直接銃を撃つより銃声で脅かして逃がしてやりたかったが、そんなワシは見当たらなかった。ワシを恐れる小鳥はいたが、僕が目標にしたのはワシだったので、小鳥は放っておいた。いつも少しおどおどして生きている小鳥まで、脅かしたくはなかったのだ。僕たちが銃を撃つたびに遠くから犬がオオカミのように吠える声が聞こえたりもしたので、サイレンの音以外に銃声も犬をオオカミのように吠えさせることがわかったが、それ以外にまだ何があるのか、少し気になった。

僕とメキシコ野郎は代わる代わるに銃を撃ったが、再び僕の番になったので僕はゆっくりとそれといった的も決めずに銃を撃っていたら、ふと自分の頭を撃ち抜いてみたいという衝動に駆られた。棒を持っていれば何かを殴りたくなる衝動に駆られるのと似たようなものだった。いや、それより前の日に飲んだテキーラのせいで二日酔の頭痛が治っていないからだった。僕の頭痛は派手な柄のガラス玉のように頭の中に住み着いてしまっているようで、それを撃てば数多くのモザイクの欠片で木っ端微塵に砕けそうな気がした。ところが次の瞬間には近くに立っている二人を何の理由もなく撃ち殺したい欲望に駆られた。それはとても大きな欲望ではなかったものの、ほどよく抑える必要はあった。ひょっとしたら撃つのに人ほどいい標的はないのかもしれないという思いが浮かんだ。とにかく人は何の反応もないサボテンよりは確かにいい標的だった。そうでなければ、この二人を殺さなければ僕はいつまでもこいつらと一緒にテキーラを飲みながら時々銃を撃って暮らす羽目になるような気がしたからかもしれなかった。しかしけっきょくは、はっきりした理由は全くないということだった。

僕は誰を先に撃つかは決めずに、しばらくそのままで、人を撃ちたいという欲望は銃を持った人ならごく自然に湧いてくる感情だという結論に達した。二人は互いに話を交わしながら僕を見て笑っていたが、それが彼らを撃たない理由にはならなかった。笑いが一瞬にして驚愕に変わる二人を想像するとさらに撃ちたくなったが、またもやしばらく二人の内どちらを先に撃つか、撃とうとすればどこから撃つかを考えた。先に男を片付ける方がよさそうで、頭や胸に命中させるより先に両脚を撃って自然に跪いた格好にさせた後に両腕を撃つのがいいと思った。もちろん他理由もあるだろうけれども、メキシコ野郎は毎日のように腕立て伏せを一気に三〇〇回ほどやっていて、それが彼がそんながっしりした体を保つ秘訣だと思っていたからだ。

しかし彼の跪く姿を想像するだけですでにそうさせたような気がして、次の機会を待とうかと思ったが、ちょうどその時、彼女がずい分前のある日、路上で下痢をして僕が葡萄の葉を渡してあげた記憶、善行を施して気分がよかった記憶が蘇り、彼らを生かしておく善行を施したくなって、それで気分がよくなったのでサボテンに向かっていい加減に撃ったのだが、それがサボテンの一つに命中して弾丸がサボテンを貫通し、穴が空いた。僕はさらに何発かその穴に向かって撃ったのだがずっと外れっぱなしだったので、最後の一発は苛酷な熱気を噴き出している太陽に向かって撃った。

僕がピストルを渡すと、メキシコ野郎は車の中においてあったガウチョハット[*11]をかぶってガウチョの真似をしながら銃を受け取り、動いている何かを、蛇みたいなものを撃とうとしたが、幸いなことに動いているものは何もなかった。僕はやつが前日の夜酒を飲みながら、蛇について話したことを思い出した。それは彼がメキシコの田舎に住んでいた十代の頃のことで、毒蛇を捕まえて皮を剥き肉を洗濯挟みで固定させて物干しにかけ、日光に当てて肉が木のようにカチカチになったら粉にしていろいろな料理に入れて食べたという話で、それがそこの風習だということだった。その多くの子どもたちが大人たちを見習って、蛇を捕っては皮を剝いたと言った。酒に酔ってその話を聞いていると、皮を剝いた蛇の肉を洗濯挟みで固定させて物干しにかけ乾燥させる一連の話が不思議と詩的に思えた。

僕たちは銃で撃たれたサボテンを刃物で少し切りテキーラに入れて飲んでみたが特別な味はしなかったし、サボテンでそんなことをしてもよいのかわからなかったが別に異常はなかった。

僕と別れてからかなり変わった彼女にも一つ変わってないことがあって、それは昼過ぎまで寝坊することで、彼女は過去と現在の彼氏が朝起きて些細なことを済ませてから他にすることが見つけられない頃起きてきて、その日何をするかを教えてくれたが、それは前の日にやったこととほとんど変わらなかった。僕たちは忠実な僕《しもべ》のように彼女に従った。

僕たちはさらに数日間夜はテキーラを飲み、昼は荒涼とした野原に足を伸ばしてサボテンに向かって銃を撃ったが、それも退屈になって、ある日、車を走らせて同じように荒涼としてはいるがもう少し高くて、険しい丘まで行って強烈な日光を浴びながら歩き、丘に登って頂上に立った。頂上に立つとその下で何かドラマが展開されるのを期待するように、何かを期待して荒涼とした野原を眺めたが、何一つ動くものがなく、動物たちだって夜に活動するために木陰で休んでいるようで何の動きもなかった。青空は深くて広かったが、まるで自分の深さと広さの中に深く落ち込んでしまっているようだった。僕は空を仰いで眉をひそめては、いくつも石ころを蹴飛ばしながら険しい坂の下へと転がした。転がり落ちる石ころを見ているうちに、もう少しこのたわいない遊びを続けたくなって、さらに石を転がした。そうしながら僕は、今まで生きてきてどれだけ多くの石ころを坂の上から転がしてきたかを考えてみた。その石ころを全部集めたら、小さな石塔一つぐらいは建つかもしれない。ところがその時、メキシコ野郎が僕の真似をし始めたのだが、どういうわけか彼が蹴飛ばした石ころが僕のより遠くに転がっていった。彼はゲラゲラ笑いながら石ころを蹴飛ばしていて、それが石を遠くに飛ばす秘訣のようだった。彼女は僕たちのことをただ眺めているだけで、石ころを遠くに飛ばす男を最終的に選んで自分に仕えさせようと思っているようだった。しかし、僕が石ころを転がすたわいないことをやめたら、メキシコ野郎もやめてしまった。

暑過ぎて、僕たちは気力の尽きた人間のようにしばらく身動きもせずにただ突っ立っていた。

ところがある瞬間、遥か地平線の向こうから小さな飛行機が一機現われて、僕たちに向かって飛んで来るのが見えた。それを見ると、僕たちは荒涼たる丘の上で救助を待つ遭難者のように思われた。しかし空はとても広く、飛行機の速度は速くなかったので、僕たちはずいぶん長い間辛抱強く待っていた。遂に近づいてきた小型飛行機は僕たちを見つけなかったかのように、もしくはそこでそのまま死なせるつもりのように、僕たちの上をそのまま飛んで行ってしまった。僕たちはそれが遥か地平線の彼方に消えるまで、またしばらく辛抱強く眺めていた。僕は飛行機が急に黒煙を噴き出して不時着することを想像したが、そんなことは起こらなかった。その消える様子を見ていると、ふとその飛行機は[*12]ジュラシックからまっすぐ飛んで来た翼竜のように思われた。僕は本物の翼竜が群れをなして飛んでくるのを待ってみたが、本物の翼竜どころか翼竜らしき飛行機さえ飛んではこなかった。しばらくの間、音が聞こえては消えると、より一層巨大に感じられる静寂の中で、もう救助への希望をすべて捨てて静かに死を向かえる心構えをしなければならないような気がした。

だが、あまりの暑さでこれ以上そこにいられなくなり、けっきょくいくつかの石ころを転がした後に、そこに登ったのを後悔しながら降りてきたが、降りる道もまたものすごくきつくて、僕にくっついてくる抜け殻みたいな僕の影も、へとへとに疲れているように見えた。僕がその影から目を離したら、くたびれたあげくに僕はそのまま取り残されてしまいそうで、離れないために自分の影から目を離さずに歩いた。僕たちは降りる道で、他の丘の岩にとまっている一羽の鷲を見かけた。その丘の向こうの、また別の丘の向こうには大きな山があり、ひょっとするとそこにはコヨーテがいるかもしれないし、いないかもしれないと思った。

帰り道に、僕たちは道端に壊れて捨てられた車椅子を見かけたが、メキシコ野郎はわざわざ車を停めてその車椅子に銃弾を二発命中させてから車を出発させた。僕は、足の不自由な人を乗せて運んでやったのに、今は自分も壊れてしまったその車椅子がかわいそうに思えたが、メキシコ系の彼は僕より十歳も年下でエネルギーあふれる幼稚なやつだから仕方ないと思った。

僕はテキーラを飲みながら、銃を撃ったり、あるいは昼間に荒涼たる丘に登ったりして過ごすわけにはいかないと思ったが、テキーラを飲んで酔っ払うといつまでもそうやって過ごせるような気がして、これ以上いいことなどなさそうに思えた。酔いが覚めた時は何か他にやるべきことがありそうな気もしたが、特にやることもなさそうだった。僕たちはその次の三日間も何もせずに、昼も夜もテキーラを飲み続けた。そして別にやることがないので、些細な何かをするのにもできるだけ時間を費やしたのだが、半開きになっている窓を完全に開けるために窓際まで歩くのにもそうとうの決心が必要なくらいだった。僕たちがどれほど面倒がって何もしなかったのかについては延々と話せるが、痒い所があっても掻くのが面倒で我慢したり、側にいる誰かに掻いてくれと言っても互いに掻いてやらなかったことぐらいだけ書き残しておくことにしよう。そんな時は特に面倒くさくて、面倒がるのも面倒に思いながら痒いところを自ら掻いたりした。

居間の隅っこにはテキーラの空瓶が山積みになっていたが、誰一人片付けようとしなかった。それはメキシコ系の彼のやるべきことだと思ったが、彼はそれだけはやりたがらなかった。家の中にサソリはもう見当たらなかったし屋外も同じで、家の外にいるサソリを家畜のように家の中に追い込んだ後に再び外に追い出す遊びもできなかった。ある日僕たちはどこかに出かけようと服を着て車に乗り、エンジンをふかしたが、どこへ行くかも決められなくて、迷っているうちにどこにも行かない方がいいと思って、そのまま家に戻ったりしたこともあった。

そこで過ごした最後の日、遅く起きた僕が台所に行くと、彼女がパンティー姿で皿洗いをしていたので、僕はそっと近づいて後ろから抱きしめながら両手で胸を摑んだが、温かい水が入った水風船を摑んでいるような感じで、その胸が昔僕がしばらく触っていた胸かどうかはただ摑むだけでははっきりわからず、直接見ればわかるような気がしたけれども、あえてそうはしなかった。

彼らと十日ほどそのようにテキーラを飲み、銃を撃ち、荒涼たる丘に登って荒涼たる野原を見下ろし、サソリを外に追い出して、三日間は何もせずに過ごしていたら百日も過ぎてしまったかのようだった。百日が十日で過ぎ去ったと思うと時間がとても速く流れたような気がしたが、十日が百日で過ぎたと思うと時間があまりにも遅く流れたような気もした。十一日目、僕たちはロサンゼルスに戻って市内にあるメキシコレストランに行き、ビリア（Birriaf）という、メキシコ風のヤギ肉で作ったシチューを昼飯に食べたが、それはまるでテキーラを飲む苦行の時間を済ませた後で食べる最初の食事のようだった。

＊1　アバンダロ（Avandaro）：メキシコの首都であるメキシコシティから車で二時間ぐらいかかる昔からの避暑地。
＊2　木浦：韓国南西部の港町。
＊3　済州島：韓国半島の西南に位置する韓国最大の島で、「韓国のハワイ」と言われる綺麗な観光地。
＊4　休戦線：朝鮮半島の北緯三八度線付近を、幅四キロメートル、長さ約二五〇キロメートルにわたって、朝鮮民主主義人民共和国と大韓民国の実行支配地域を分割している軍事境界線。
＊5　朝鮮戦争：一九五〇年六月二五日から一九五三年七月二七日まで、三年余にわたり朝鮮半島のほとんど全域を戦場化して戦われた大規模な国際紛争。韓国では韓国戦争という。
＊6　鴨緑江：北朝鮮と中国の境界を流れる川。
＊7　橋：橋は韓国語で「足（ダリ）」と同音異義語。
＊8　長津湖：北朝鮮の咸鏡南道にある人造湖。
＊9　元山港：北朝鮮の咸鏡南道元山市にある港。
＊10　側火山：大型火山体の山腹に生じた小型の副次的火口。
＊11　ガウチョハット（gaucho hat）：南アメリカ南部、アルゼンチンやパラグアイの草原地帯で牛の放牧に従事する人々がかぶる帽子で山の部分が先細りで広いつばが特徴である。
＊12　ジュラシック：現在から約一億九九六〇万年前にはじまり、約一億四五五〇万年前まで続く地質時代で恐竜の時代と言える。

ハリウッド

その日僕たちはハリウッドに行ったが、それはメキシコ野郎が用事があったからだった。昼間彼はハリウッドの中心街からすこし離れたところにあるナイトクラブに入ったが、そこで誰かに会うことになっていたらしい。彼が小さな袋一枚を持ってクラブの中に入る姿を見ていたら、また彼がギャング、いや、何だかチンピラのように思えてきた。

車の中で待っている間に、向こう側の道路を一台の車が通り過ぎた。その車に乗っている大きな犬は開いた車窓から頭を出して長い毛を靡かせながらその瞬間を満喫しているようだった。その犬は毛を靡かすのがよく似合っていて、その毛はとても長かった。その犬はまるで俳優のようだった。その犬に続いて、アフリカ大陸の中でもエチオピア出身のように見える黒人の男が、大変浮かれた顔で横断歩道を渡っていたが、その国の伝統衣装のような長く垂れ下がった服を着たままアフリカの伝統打楽器のように見えるものを持って、まるで自分が部族の酋長に指名されたことにうれしさを隠しきれないような様子だった。

アフリカの酋長が過ぎ去ってから今度は、ポルノ俳優のようにシリコンをいっぱい入れておっぱいをすごく大きくした三人の女性が、ショッピングバッグを持って通り過ぎた。彼女たちを見ていたらハリウッドに来ているという実感が湧いてきた。三人のうち真ん中に立って歩いていく、おっぱいが一番大きな女性が彼女たちのボスのように見えたが、彼女は誰が見てもボスであることがすぐわかるほどおっぱいが大きかった。ひょっとしたら彼女たちはおっぱいの大きさでボスを決めたのかもしれない。彼女はボスらしくバブル・ガムを噛みながら、おっぱいみたいに風船玉を大きくふくらませた。僕は彼女を漫画の主人公だと想像して彼女の口にかかったふきだしに台詞を入れてみた。

「世の中にシリコンがなかったらどうなったかしら。そうだったら私たちの運命もずいぶん変わったでしょうね。シリコンのない世の中は考えただけで恐ろしいわ。私の夢はシリコンで作られた家に住むことなの。私は生まれ変わったら最初からシリコンに生まれたいな」

バブル・ガムを噛んでいないのでふきだしがないために話ができなかった他の二人は、全く同感だという意味でとてつもなく大きいけれどもボスよりは小さなおっぱいを、まるで頭をうなずかせるように上下に振った。彼女たちのものすごく大きなおっぱいは多様な使い道があって、その中でも頭の代わりにうなずかせるのが最も一般的な用途のようだった。

しばらくして買い物を済ませたような白人女の小人が、ネギの端っこが突き出たショッピングバッグを腕に抱いたまま、ペロペロキャンディのチュパチュプスを口にくわえたもう一人のラテン系女の小人と並んで歩いていくのが見えた。レズビアンカップルのようにも見える二人は、大喧嘩でもしたかのように眉をしかめていた。白人女の小人が何かを言ったら、ラテン系女の小人はかっとなってチュパチュプスを道に投げつけながら怒鳴りはじめた。僕は白人の小人もネギの入ったショッピングバッグを投げつけて別々に行くだろうと思ったが、彼女はそうはしなかった。二人は角を曲がって消えるまで大声で怒鳴り合っていた。ラテン系女の小人はいつの間にかまたもう一つのチュパチュプスを口にくわえていた。彼女はかっとなるとチュパチュプスを投げつけたりもするが、チュパチュプスをくわえることで怒りを鎮めたりもするようだった。

　ふとデヴィッド・リンチ監督の映画の一場面を見ているような気がした。僕としては、なめるのにはチュパチュプスがいいかもしれないが、口にくわえるものとしては乳首に及ぶものはないと思った。そして僕は、チュパチュプスの包み紙のデイジー模様のロゴをサルバドール・ダリ[*13]がデザインしたという事実について考えてみた。自分がデザインしたロゴのついているチュパチュプスを女の小人たちがなめているのを見れば、彼はどんな行動を取るだろう、と思った。そのまま通り過ぎたりはできないだろう。ひょっとしたら彼女たちに近づいて歓心を買おうとしたり、彼女たちからインスピレーションを得て「チュパチュプスをなめる女の小人とその小人の恋人」というタイトルの超現実主義的な絵を描いたりしたかもしれない。

　もしかしたら両性愛者である彼女たちのどちらかが、男の小人と浮気をしたことがばれたのかもしれない。それとも、ラテン系女の小人があまりにもチュパチュプスが好きで、自分よりチュパチュプスの方が好きなことに白人女の小人が怒ってしまって喧嘩になったのかもしれない。ひょっとしたら彼女たちは毎日一度は、三度の食事のように喧嘩していて、その時間はラテン系女の小人がチュパチュプスをなめる時なのかもしれない。それとも、彼女たちは家に帰ってラテン系女の小人が作ったネギの入った料理を食べて気分がよくなり、さっき喧嘩したことなんかもう忘れて二人仲良くチュパチュプスをなめることもありそうなことだ。そして彼女たちはチュパチュプスを全部なめきったらご機嫌になって、愛を交わさざるをえなくなって愛を交わすことになるのかもしれない。それが彼女たちが一緒に過ごすやりかたなのかもしれない。

　僕は小人たちを、それも一人ではなく二人を、さらに男ではなく女たちを見かけたのが、まるで二重の虹を見たようにとても気分がよかった。それに小人に関するある記憶が浮び上がって、さらに気分がよくなった。その記憶は小人を見るたびに浮かんだものだった。僕は今まで何人か小人を見たことがあるが、実際に話を交わしたのは一度だけで、それはいつだったかソウルの路地を歩いていた時に向こうからきた小人に画用紙と水彩絵の具をどこで買えばいいのか、と聞かれた時だった。どうやって行けばいいのかはっきり知らなかったので僕は自信のない声で、大通りにつながる道を教えてあげたが、自信がなかったのはその道が正しいかどうかはっきり知らなかったうえに、小人を見ると自信がなくなってしまうせいでもあった。僕はその小人が画用紙と水彩絵の具で何をするのかはわからなかったが、彼は自画像とか、小人だった死んだ父親、あるいはヒキガエルや火山などを描くつもりなのかもしれないと思った。

　ところで僕が小人を見るたびに自信がなくなってしまうのは、ある日、道を間違えて入ってしまったソウルのある路地で、自分の家のようなある家の前で徒手体操をしている小人を見てからだった。彼は節度ある威勢のいい掛け声を上げながら、号令に合わせて体操をしていた。僕はしばらく立って彼をじっと見つめていたが、彼の恐ろしいところを見てしまったようで少し怖くなった。勇ましい号令に路地は仕方なく、彼のものとなってしまったようだった。僕は、体操をするのなら家の中でやれ、またこうして外に出てやるのなら、少なくとも大きな声で号令をかけることだけは控えるべきだ、みっともないことを二つも一気にやるなんて、とうてい見ていられない、と思った。

ところが驚いたことに彼はただの徒手体操ではなく、ずいぶん前韓国という国で国民みんながこぞってやらなければならなかった「国民体操」を最初から最後までやっていたのだった。その体操は健康のためにはいいかもしれないが、それにまつわる僕の記憶は非常に不愉快なもので、彼がやっている体操を眺めているだけで気分が悪くなった。韓国という国が貧困から脱するために狂おしいほど苦労した時代に、拡声器を通して響く号令と音楽に合わせて、全国の学校や軍隊や工場や会社の運動場や庭でやらなければならなかったその体操は、今はほとんどやる人がいない。その集団体操を長い歳月が経った後に、狭くて静かな路地で小人がやっているのを見ていたらとても退廃的に思えた。退廃的という表現が正しいかどうかわからないが、ほかに適切な言葉が見つからなかった。そこにはやはり退廃的なものがあるように思われた。個人より集団が優先であることを改めて刻印させるための有用な手段として集団体操を用いて、それに執着した全体主義体制が退廃的に思われた理由であったかもしれない。小人は集団体操をしながら、全体主義体制の郷愁にひたっているようだった。

僕はその小人になめられているような気がしてきた。幼い頃に誰かが僕をからかっても大体じっとしていた僕は、今回もじっとしていた。そして僕をからかう人もいなくなった今になって、小人が僕をからかっているのだ、そうしたいならいくらでもそうすればいい、このまま黙っていてやるぞ、と思った。僕は徒手体操をする彼のそばでどうしても邪魔したくなって、マサイ族の戦士のようにかけっこでもしようかなと思ったが、そのままのっそりつっ立っているだけだった。彼が徒手体操の代わりに器械体操をするのなら興味を持って見ていることもできるだろうと思った。僕は器械体操をする者に対しては、少し羨望のようなものを感じていた。僕はただ通り過ぎればいいだけのはずなのに、どういうわけかずっとそのまま立っていた。

ところが僕を本当に怖がらせたのは、体操を終えた後に彼が見せたある動きだった。彼はしばらくじっと立っていたが、息を長く吐き出しながら膝を曲げて両手を広げて伸ばしてから、腰の方に戻す動作を何回も繰り返した。彼は気功体操をしていたのだ。僕は何だか知らない気運に押されたような気分になったが、彼は気を集めている最中で、すでに相当な量の気を集めたのだが、それだけでは足りないのか、もっと気を集めようとしていた。小人を見るたびに気を緩めて気持ちが優しくなる僕だったけれども、今回はむしろ気分が荒々しくなった。やっきになって気を集めていたので、彼の顔は赤くなり手も震えていた。それでは気が全部抜けてしまいそうだった。彼は邪気を集めているようには見えなかったが、良い気を集めているようでもなかった。僕はしばらくその気に激しく圧迫されざるを得なかった。

彼は、自分が人の気勢を抑えようと決めればどれだけ見事にできるのかを見せつけようとしていたが、僕はそんなに人の気勢を抑えようとやっきになるのなら簡単に悪びれない子どもたちに向けてやれ、と思いながらかなり気の抜けたまま彼の間抜けな試みを見届けた。無駄だと思ったので、気を引き締めようともしなかった。僕はちょっとぐらいは彼の好むような、心にもないお世辞を言ってあげようかと思ったが、今はそれが思わず口からもれないように気をつけた。そういうわけで目まで赤くなって怖いですね、などとは言わなかった。彼は邪気を満たすためにある方法を使って僕の気を抜き取っているようだったが、彼が盗み取った分以上に僕の気は抜けてしまったようだ。気を少しずつ盗み取るのが彼の手法のようだった。しばらくすると僕の両足の力が抜けそうになった。ふだんでも気の抜けている僕は、彼をみっともないという表情でじっと見つめたが、彼は誰かに見られていることでかなり気持ちが高ぶっているようだった。

僕がそれとなくあざ笑っていることに彼は全く気づかなかったので、僕はもっと軽蔑する顔をしたが、それにも気づかなかったのでむしろ僕の方がすごくもどかしい気持ちになった。僕は、自分を軽蔑していることに気づいてくれない彼を恨めしく思った。彼は気の利かない小人のようだった。そんな、人の心の読めない彼が無情に思えた。そう思ってもおかしくない状況であり、気が向いたらかなり浅ましくなれるのが僕であって、小人を浅ましくやっつけたかったが、そんな気にはなれなかった。それはその小人が成長期に誰からも、「会わないうちに見違えるほど背が高くなったね」という言葉を一度も聞いたことがないのだろう、とかわいそうに思ったからでもある。ところで僕がこんな突拍子もないことを考えている間に、彼は自分の見せていることが見栄っ張りでないということを見せびらかすように、力のこもった気合をかけてきたが、むしろそのすべてがはったりのように思えて、僕は、君は本当にほら吹きの小人だね、と心の中で呟いた。しかし、彼は間違いなく小人であったが、全くのほら吹きではなさそうだった。

しばらくして彼は、自分の必要とした気を十分に集めたのか完全に生き返った様子だった。僕はあきれて気が抜け、脈が弛んだ。気と脈がどう違うのかよくわからなかったが、脈の方がもっと肉体的な感じがした。彼の気勢を抑えるためには彼の気勢を抑えられるほどの気が必要だったが、僕にはそんなものはなかった。僕の気があふれてその気で相手を倒すことができたり、また指一本触れずにただ僕の気だけで相手を倒せればどれほどいいだろうと思ったが、すぐ、気が溢れ過ぎるのは見掛けにもあまりよくないと思った。

その時彼は、急にスパーリングをするボクサーのようにフックを放ち始めていたが、僕がじっと見つめていたら、何をそんなに見ているんだ、と怒る代わりに自分のやっていることをちゃんと見ろ、という表情で僕の方に向かって虚空に拳を放った。僕は馬鹿みたいにじっと立っていて、このままではこの小人の相手にはなれないと思ったが、別に彼の相手になれそうなことは何も思いつかなかった。僕は、この小人が自分に何をして、また僕には何をするつもりなのかを考えた。彼が狙っていることがわかるようで、わからなかった。彼はなかなか攻撃的で、僕はただじっと立っているだけですでに守勢に追い込まれていて、袋小路を後ずさりしそうだった。僕はこの小人を恐れながらも、彼が怖い目で睨んでも後ずさりしてはいけないと思って、じっと立っていた。徒手体操をした後で気を集め、気を集めた後でボクシングの練習をする彼が次は何をするつもりなのか気になりながらも（彼はそのまま路地に座って瞑想にふけった後で、最後に駆けっこで心身を鍛えて、通り過ぎる人の気を押さえ込むことで、その日の彼の重要な日課を終わらせたようだが、僕は彼の心身を鍛える理由が人の気を押さえ込むためであれば、彼は小人物の小人に過ぎないと思った)、彼から逃げるようにそこを立ち去った。それで小人たちには太刀打ちできないと思ってしまった。それ以来、小人を見るたびに自信がなくなるのだった。

僕は彼が心の修養をせずに体だけを鍛えた後で家に入り、生卵を三つ飲んで心を修める代わりに心を浮かれさせ、静かに天井を見あげながら口に嘲笑を浮かべ、その日にやるつもりだった悪行について考えるだろうと、自分勝手に思った。いや、彼は生卵の代わりに小さな蜂蜜の壺から蜂蜜をスプーンで三杯掬って飲んだ人間のように、きっと静かに壁を眺めながら満面に嘲笑を湛えているに違いない、と思いこんだ。蜂蜜がなければ砂糖でもがつがつ食べるのだろう、甘みは嘲笑を湛えるのに役立つから、そして彼はしばらく嘲笑を浮かべているのだろう。世の中には彼があざ笑うことがたくさんあるはずだから。僕は、彼が路地に出て変なことをする代わりに、自分の家で壊れて音もまともに出ないトランペットなんかを静かに吹きながら、世界をあざ笑うように、と願った。

二人の女の小人が過ぎ去ってから、しばらくしてゲイのように見える、顔に化粧をした背の高い白人の老人が横断歩道を渡るのが見えた。全く性的魅力を失った彼は、人々の間では寂しく見えて、おそらくまったく性的魅力を失ってもう異性や同性や誰からも関心を持たれない年になったということは、人生のなかで一番悲しいことの一つだと思われた。彼の存在自体に悲しみが滲んでいるように見えた。家で静かに鏡を見ながら化粧をする彼の姿を思い浮かべたら、彼の寂しさが伝わってきた。しかし、彼は自分の姿と寂しさに満足しているのかもしれない。彼が最も寂しく思う瞬間は、化粧を落として正体が明らかになった自分を見つめる時なのかもしれない。彼が見えなくなるとハリウッドの街はただの普通の街のようになった。昔つきあっていた彼女からカリフォルニアに定住することを真剣に考えてほしい、と言われたので、僕はそうすると答えた。それは可能なことであり、悪くはないと思った。

かなりの時間が経ってから、僕たちのギャングは、手に大きなショッピングバッグを持ってナイトクラブから出てきた。中身について聞いたが、彼は答えてくれなかったので、僕は間違いなく覚せい剤だと思った。僕はそれを奪い取って、その一部を鯉の住む、ある公園の池にふりかけて鯉に新しい世界を味わせてやることを想像してみた。そうすれば鯉は半日ぐらい気持ちよく水面に横たわってから起きるかもしれない。彼はショッピングバッグの中からテキーラを二本取り出して、とても良いテキーラだと言った。どうやら彼は若干の覚せい剤を持っていって、それに匹敵する金をもらう代わりに、損をしてでもテキーラを受け取ったらしい。テキーラの産地として有名な、メキシコのテキーラ市から遠くないところが彼の故郷で、幼い頃からテキーラを飲みながら育った彼としてはテキーラに目がないのは仕方ないのだ。彼は最後まで自分がどんな仕事をしているのか教えてくれなかったし、彼女の方もそれに関してははっきり言ってくれなかった。彼はやましいことをするよりは何もしていないほうがやましいと言って、むしろ、やましい何かをしているように見せかけようとしていたが、僕としてはそれならいくらでも堂々と言えるはずなのに、と思った。

*13　サルバドール・ダリ（Salvador Dalí、一九〇四～一九八九）：スペインの画家。シュルレアリスムの代表的な作家。「天才」と自称して憚らず、数々の奇行や逸話が知られている。

仕方なくせざるを得ないあきれたこと

その日の夕方、僕たちは当てもなく太平洋の海岸線に沿って北の方に向かっていた。途中、数カ所の海岸で泳いだり、ペリカンとオットセイとアシカを眺めたりして、夜にはモンテレーの海辺にあるホテルに泊った。僕は途中にあったホテルで夜を過ごした後に、サンタクルーズの近くにあるヌーディストビーチに行きたかったが、メキシコ野郎は人の前で素っ裸になることなどできないと言って反対した。

翌日の午前に起きて二階の客室の窓から外を見ていたら、ある映画の一場面のように、二十代前半に見える白人の男が砂浜を歩いていて、まるで無人島に漂流した人間が救助を求めるみたいに、砂の上に足で、遠くからも見えるように何か大きな字を書いているのが見えた。彼は書き終えてから自分の書いたものを見ていて、僕もそれを見たが、それはヴァレリーという名前だった。ヴァレリーという名前はポール・ヴァレリー[*14]の『海辺の墓地』[*15]を思い浮かばせたが、もちろん周囲に海辺の墓地なんてなかった。彼がなぜその名前を書いたのかはわからなかった。ひょっとしたらヴァレリーという女を探しているのかもしれないが、それよりホテルの客室でヴァレリーという女が自分の名前が書かれているのを見ている可能性の方が高いと思った。ヴァレリーが、罰を受けて当たり前のことをした彼に、罰を与えたのかもしれないし、彼がヴァレリーの歓心を買おうとしてやったのかもしれない。彼は自分の書いた名前をしばらく眺めた後、ある映画の一場面のように消え去った。

さらにわけがわからないのは、すべてを見ていた僕が駆け付けるように砂浜に走っていって、砂の上に書かれていたヴァレリーという名前を消し始めたことであった。彼はヴァレリーに何かを見せたいという何らかの理由があったかもしれないし、ヴァレリーも彼に罰を与えて自分の名前を書かせたのかもしれないが、僕には何の理由もなかった。僕の行動はある映画の一場面のようにはまったく思えなかった。それは変な小説の中の削除しなければならない場面のように思えた。

もしかしたらヴァレリーは、彼氏と一緒にホテルのバルコニーで狂ったような東洋の男の足によって自分の名前が無残にも消されていくのを見ていたのかもしれない。彼らは僕が正気かどうかについて話し合ったかもしれない。やっかいなことなどかまわないどころか、やっかいな問題を起こすことが大好きな彼氏は、今すぐでも走ってきて僕のことを始末しようとしたが、どうしても悶着を起こしたくないヴァレリーが止めたのだろう。彼らはその問題で喧嘩でもしたのではないか。一旦腹が立つとどうしても怒りを押さえきれない彼氏が、今度も怒りを抑えられずにドアに向かって歩き出した瞬間、ヴァレリーは両手を広げて立ちはだかり、涙ぐんだ目で彼のくりくりした目をじっと見つめながら、どうか私に免じて我慢してねって言ったのではないだろうか。それで思う存分良くないことをやらかすのが好きな彼氏が、今回だけはやめようと心を決めたのかもしれない。

とにかく僕に向かって近づいてくる人間は誰もいなかった。僕はヴァレリーという名前をしっかりと消した。僕は何かをしながらも何か見せ物をやっているような気がする時が多かったが、その瞬間にはそうは思えなかった。いや、いつも僕のやるすべてのことがほとんどとんでもない見せ物のように思えたが、今回は全くそうとは思えなかった。僕がしでかした跡を少し見下ろしていると、何の真似をしたのか徐々にわかってきて、何かをやりなおさなければならないような気がしてきた。しかし僕としては力不足で、やり直そうと思っても、すでに取り返しのつかないことをやらかしたようだった。

それでも何の根拠もない、ある満足感を装った得体の知れない感情が湧いてはすぐに消えた。湧いてきたと思ったらすぐ消えた感情の余韻からは、それが満足感だったのかどうかもはっきりしなかった。どうやら満足感とはすこし違う気がした。ところがきれいに消すつもりだった文字の消し残りがほんの少し見えて、全部消すべきだという未練の思いが湧いて、足で残りもすべて消してしまった。今度はまた何の根拠もない、漠然とした後悔の念が押し寄せてきた。わがままかってに感情が生まれてくるようだった。押し寄せてきたその後悔の念を足でそっと踏むようにしてしばらく立っていたら、その後悔の念によって閃いた思いのように、どんな場合でも問題を起こすことを避けてきた僕が、何かトラブルをおこす恐れのあることをやらかしたような気がした。しかし、後悔という思いもあまり強烈ではなかったようで、すぐに消えてしまった。そのあとにはいかなる感情も湧いてこなかった。

ふと、僕がそんなことをしたのはヴァレリーを何かからなのかはわからないけれども助けなければならないと思ったからだ、という気がしたが、それは筋の通らない話のようだった。筋の通らない思いが続々と頭をよぎって、それらを砂の中に埋めるように熱心に足で砂の上に砂をかけた。

その後、海辺の墓地のないその浜辺でまた何ができるのだろうか、としばらく考えたが思いつかなかった。しかし誰かがヴァレリーという名前を書いて、僕がそれを消した後に、どういうことが起これぱよいのかを、ある物事の自然な連鎖を考えるように、僕は考えた。何かが起こってもいいし、また起こらなくてもいいのだ。必ず何かが起こるべきならば、僕がさりげなく歩いて海に入っていくようなことが起こるべきだと思ったが、それはなんとか思いとどまった。それは僕が下品な行動をとって今はどうしても失った面目を立たせるべきだと考えたこととは関係なかった。海の中に歩いて入ることで僕の面目が保たれるわけでもなさそうだった。わざととぼけてタバコを一服吸ってみたが、過ちを犯した後にとぼけている人間のように思われて、すぐにもみ消してしまった。

僕は、他にやることもないのでただじっと立っていようかと思ったが、そうしてはいられなかった。気まずく思った僕は、また足で砂を蹴っていた。心の余裕はあるので、静かに歌でも歌おうかと思ったが、それもしなかった。時間的に余裕があるので、何の理由もなしに何かを思い惑う人のように砂浜を行ったり来たりしようかとも思ったが、何の理由もない行動はヴァレリーという名前を消したことでもう十分だと思えた。それでも僕はしばらく行ったり来たりしてみた。それで心の迷いがなくなるかもしれないと思ったからだった。しかしそうしているうちにさらに思い迷ってしまいそうだった。ぴたっと立ちすくんで、僕は自分が個人的に知っているヴァレリーという名前の女がいるかどうか考えてみたが、残念ながらいなかった。僕の知り合いの女の子たちの中には、ナタリーやテレサという名前はあったが、そういう名前はヴァレリーという名前とは全く違う感じだった。ヴァレリーという名前をあまりにも徹底的に消したので、僕の知らない世の中のヴァレリーたち皆に過ちを犯したような気がしてきた。僕はヴァレリーという名前のVの字を砂の上に小さく書いて復活させた。そして犯罪の現場から逃げ出すようにそこを立ち去った。

客室に戻って窓の外を眺めていたら、僕は少し興奮してしまったという気がした。砂の上に書かれたヴァレリーという文字を見た瞬間に飛び出してそれを消した時に感じたその興奮は、乗っていた小さなボートがひっくり返って水におぼれた時の興奮のようなものだった。しかしそれも適切な比喩ではなさそうだった。むしろ適切ではない例えの例としては適切なようだった。いや、そういう例としてさえ適切ではなさそうだった。その他、やはり不適切な比喩が続々と浮び上がったけれども、適切な比喩は浮かばず、けっきょく適切な比喩を探すのを諦めるしかなかったが、それは僕にとって大変な苦痛だった。

今は僕の犯した、ヴァレリーという名前を消した理解のできない行動ではなく、それに対する比喩が見つからないことが、その比喩自体が問題であった。適切な比喩さえ見つければ僕の犯したそのあきれた行動が理解できて、納得が行きそうだった。時々そうだったように、その瞬間も、何かに対する適切な比喩を見いだせないことがどれほどつらいことなのか、改めて実感した。そして、適切な比喩を見つけられなかったことでさらに比喩の力を実感したのだが、適切な比喩さえ見つけられたならば、僕はそんなに苦しまなかったはずだ。僕は髪の毛をかきむしりたくなって、実際にすこしかきむしった。そうしたら自分が、とてもつらかったけれどもほぼ克服したと思っていた激しい情緒的混乱を再び経験している人のような気がした。

その苦しみは家のどこかにあるはずの、すぐに必要なのだが、どこに置いたのかわからない物を探すことで気が狂ってしまいそうな状態に比喩できそうだが、しかしその二つは全く異なるものだった。僕は比喩を使う時には、自分がほとんど直喩法を使うということに改めて気がついた。僕は隠喩が好きではなかった。その正確な理由はわからないが、僕にとって直喩が水のこぼれた底の水気のようだとすれば、隠喩は水気の乾いた底のようだった。

けっきょく、適切な比喩を探すのは諦めて、窓の外の砂浜でしどろもどろに乱れている僕の足跡を見ていたら、砂の上に書かれていた誰かの名前を消したのは今まで僕の人生の中でもっともあきれた行動の一つのように思えた。もちろん僕は今まで生きてきてあきれたことをやらかそうとは思わなかったが、機会さえあればあきれたことをけっこう犯してきたようだ。今回のことはその中でもかなり際立った行動だった。どういうわけか、僕はある状況に置かれた時にあらゆる選択肢の中で最も理想的な選択をするよりも、最もおかしくてとんでもない選択をすることが多かった。もちろんそれはよく考えてみれば当然の帰結でもあったが、そのたびごとに結果はあきれたものだった。ふだんも自分をかなり下らない人間と思っているが、それ以上にさらにおかしな人間になるように努力しようと思ったりもした。それにしても、また機会があれば砂の上に書かれた誰かの名前を消すようなふざけたまねをしよう、という覚悟は一切なかった。そんな覚悟をするのは、とても下らないと思ったからだ。

多くの人たちを動かす上品で名分のある動機によって僕が行動を起こすことがどれほどまれだったのかについて、僕はしばらく考えた。僕を動かしたのはどうも品があるとは言えないか、あるいはほとんど名分のない動機だった。しばらく僕は、世の中には理由なしでもできる、時にはせざるを得ないことがたくさんあって、それらが僕に多くの楽しみを与えてくれたという事実について、またそんなことによって僕が少しでもどれほど上機嫌になったかを考えていた。その事実にひそかに励まされて、僕はこれからもまた機会があれば、とんでもないことをやろう、と思った。そうしたらそれはある種の覚悟になり、そう覚悟することが正しいのかどうかを考えたが、そんなことはどうでもいいと思った。そんなことは覚悟とは関係なく、また機会があればやらかすに決まっているからだ。これからの僕は、そんなことをするようになるか、しないようになるかの、どちらかだと思った。またあきれたことをした後で楽しかったことを思い出して途方もなくいい気分になったのだが、それは機会があればとんでもないことをやらかそう、と心を決めた人間などは、この世にはほとんどいないと思ったからだ。

けっきょく、僕の犯したそのあきれた行動には適切な比喩を見出せなかったために、それは理解のできないこととして残ってしまった。それから、ヴァレリーとヴァレリーの彼氏なのかそれともヴァレリーを探していた男なのかよくわからない奴らは、見えなくなった。僕は誰か、またある男が砂浜にやってきて、砂の上にヴァレリーと書くことがなかったことが残念だった。今度も僕がその名を消すかどうかはわからないが、たぶんもうそんなことはしないだろうと思った。そんなことは一度で十分だった。僕はヴァレリーとその彼氏に、世の中にはサイコが多過ぎるからそんなやつらをいちいち相手にして生きることはできないという話をして、サイコたちの多い険しい世の中を切り抜けるために彼らが仲良く手を握って、その日に行こうとしたところに行って楽しい時間を過ごしてほしいと思った。

ところが窓際に立って砂の上に書かれたVの字をじっと見ていたら、かなり恥ずかしくなった。それでその恥ずかしさを揉み消すためのある処置が必要になった。しかし適当なアイデアが思いつかなかった。僕自身が別人のように思える時といえば、稀に気の利いたことが閃いた時だった。しかし、その瞬間には何か立派なアイデアが思い出せなかったので、僕は自分を別人のようには思えなかった。考えてみれば立派なアイデアが閃いたのはずいぶん分昔のことのようだった。もっと考えてみたらそんなことは全くなかったような気がした。何か他にやることはないかな、と思っているうちに、僕は思わず下着の中に手を入れて尻を触ってみたのだがその感じに絶望してしまった。

もともと標準に至らない体重だったが、このごろあまりにもテキーラを飲み過ぎたのでまともに食事を摂っていなかったせいか、かなり痩せてしまって尻の骨まで触れるほど尻に肉がなくて、初めから尻なんかなかったような感じがした。実に尻は肉のない骨だけの塑造のようで、実物なのに何かの比喩のようにも思われた。それをわざわざ確認しようとトイレに行ってパンツを下ろし、尻を鏡に映してみたら僕の尻は見るのも痛ましく、このあわれな尻の持ち主ほどあわれな人間もいないだろうと自らを思った。しかしみすぼらしいけれども、見ものだった。いや、見ものには見えないかもしれない。今まで、最後に尻を鏡に映してみたのがいつだったのかはっきり覚えていないが、その時よりもさらに不様になっていた。その時はこれほどまでに見苦しくはなかったはずだった。

そろそろパンツを上げてまともに何かをしてもいいのだが、僕はそうしなかった。その瞬間、尻がそんなに不様になってからは、まともに屁もひれなかったような気がした。見映えのいい尻だからこそ立派に屁もひれると思い、それが道理のように思われた。その事実を確認してみようと、いかに立派でない屁をひるか真剣に屁をひろうとしたのだが、できなかった。気持ちとしては一回で終えずに何回か連発したかったが、全くそんな気配がなかった。ひれない屁に対して、つれないなとまで思った。勢い込んで屁をひろうとするとむしろできないという事実を、改めて確認した。それもまた何かの道理のように思われた。束の間に何かの道理を、それもでたらめな道理を二つも悟ったのだが、すこしもうれしくなかった。いや、これは道理などではない。そもそも無理に屁ひりなどはできるはずもなく、そんな屁はひろうとも思わなかった。

それでも屁に対するある思いに心がとらわれたわけではないが、ある思いが何かの臭いのように頭をかすめた。それは屁をひりながら、一曲の歌を歌ったことで知られているセント・オーガスティンに関する話だった。それが事実であれば、彼は立派な屁ひりで、それは彼が立派な尻の持ち主だったから可能だったのかもしれない。彼の尻は臨月の女のような尻だったのかもしれない。彼は聖霊に駆られた時にはそのような尻で敬虔な気持ちになり屁をひりながら聖歌を歌って、それを聞いていた人たちは聖霊が充満するのを感じたのではなかろうか。

　屁に関する思いを消して僕の尻を見直したら、ほとんど肉がなくてもそれなりに尻と言えるようでもあり、言えないようでもある僕の尻は、痛ましいと同時にほぼ高邁にさえ見えた。僕はその尻に「高邁極まりない尻」と名付けたが、それは嘲笑を買って当然な尻だという意味で、ふざけた尻と言い換えることもできるだろう。その他、その尻に過分でない修飾語を探そうとしたが、もったいない修飾語しか浮かばないので探すのはやめた。ただでさえかわいそうな尻に悪口を言っている自分が、尻に対してずいぶんひどいことをしているような気がした。

　そんな尻と、それにふさわしいがりがりにやせた僕が飛び出してヴァレリーという名前を消したことがあまりにも恥ずかしかった。そんな尻をした人間は、肉体的にだけではなくて精神的にもかなり疲弊している奴に違いない。そんな尻は罰を、それも体罰を受けるべきで、適当な体罰でしごくよりは（しごく尻もないので）尻としての面貌をもっと失わせて、さらに惨めな状況に追い込むのが良さそうだ。しかし考えてみたら、いや考えてみるまでもなく、尻がそんなにかわいそうな形を持ったのは尻の過ちではなく、持ち主である僕の過ちだった。尻には何一つ罪はなかった。僕の尻は不適切な主人のものになって、尻としての面貌まで失いながらずい分と苦労していた。罰を受けて当然なのは尻ではなくて僕の方だった。すまない気持ちで僕は尻を、今回は謝るように撫でた。自分に対する罰はこれから忘れずに少しずつ与えていくことにした。

　尻を鏡に映してみるのはかなり恥ずかしいことだからよくするわけではないが、たまにはやった。少なくとも一カ月に一度はやった。それ以外にも、僕が一人でする恥ずかしいことがかなりあるが、それについて話すつもりはない。実はその他のことに比べて、尻を鏡に映してみることはそんなに恥ずかしいことでもなかった（だが僕としては自分の尻と屁のような極めて個人的な話をするのも恥ずかしいのだが、恥ずかしい話だけれども僕は立派なことについて話すことにあまり興味がない）。

鏡に映ったすべてを諦めたような尻は、僕にもすべてを諦めろ、と言っているようだった。僕はズボンを上げながら、このような尻では何もできないと結論を出して、これから何を信じて何をしたら良いのかを考えた。こんな尻では何の見込みもないようで、何をしてもむずかしそうで、何をしても恥ずかしいだろう、と思った。そんな尻では先のことなんか考えてはいけないのが当たり前のように思えた。そんな尻では、何かの希望を持つことさえも、とんでもないことのように思えた。僕の尻は自分のような形の尻を持っては、女の子なんかに夢を見るな、と言っているようだった。僕は心の中で、わかった、もういい、とつぶやいた。

尻とも言えない尻を鏡に映してみたが何か物足りないようで、屁について考えて、尻に悪口を言って、それでも何かがまだ足りないようで人生に対する希望を捨ててみたら、僕がとても貧乏たらしく思えた。さらに僕の貧相はそこにとどまらず、貧相について貧乏たらしい思いにつながっていて、それにすこし感嘆したが、そんなことは僕にとって別に珍しいことでも何でもなかった。僕はしばしば行き過ぎだということがわかっていながら、行き過ぎの行動を取ることがあった。僕は貧相に振る舞おうと意識しながら、貧相について次のようなある種の理論のようなものを展開しようと思い、それを要約してみた。

人はたまには貧相に振る舞うべきで、たまにそうするなら貧相はよく振る舞えば面白いし悪くないし、精神的な健康のためにもいいかもしれないが、悪くすれば自ら面目が立たなくなるという恐れもある。その境界は曖昧で、度が過ぎると健康にもよくないので貧相に振る舞う時は気をつけなければならない。適切に、品を失わずに貧相に振る舞うことはむずかしい。貧相とは一種の精神的なもので、それは奈落に落ちないようにしながらも、ついには落ちてしまうあらゆる精神的な戦いとも言えるからだ。貧相とは、過酷で倦怠で無意味なこの世界に立ち向かうより、自ら負けを認めて白旗を掲げ、心から笑うことであろう。それを最もよく見せてくれたのが、カフカや李箱[*16]のような作家たちだった。李箱は、一番不愉快だった一日を選んで虫下しを服用したと書いたが、彼はそれで貧相の真髄を遺憾なく見せてくれたのだ。彼らの貧相には学ぶところが多かった。しかし僕から見れば窮状が窮状として目立つためには、自意識で充満した状態で振る舞わなければならないと思った。

こうして貧相に対するある種の理論のようなものを展開したので、なぜか思い切り貧相に振る舞ったような気になった。僕の思考は観念的なものから具体的なものに、そして実物に、つまり僕の尻に再び戻った。僕の尻はただ横になるにはぴったりだと思って、ベッドに横になってじっとすることにした。すべてをきれいさっぱり諦めよという天からの呼びかけのような声が、僕の胸の内から聞こえてくるようだった。何もせず横になっている時は、いつもその瞬間に最善を尽くしていないような気がした。すべてを諦めた者に訪れる心の平和が、僕には訪れそうでいてまだ訪れないのではなく、初めから訪れる予定はないようだった。さて砂の上に書かれたVの文字が気になってきた。今はそれが勝利を意味するVに思えてきて、僕がやったことがことさらとんでもないことに思えた。僕はヴァレリーという名前を消した後に、その上にVを書いた人間は頭のおかしな人間だから相手にしない方がいいと念じて、やっとヴァレリーからも、僕の尻からも、そして自分からも解放されて、じっと横たわることができた。

彼女と彼女のメキシコ系の彼氏と一緒に朝食を食べる時、僕の犯したとんでもないことについて話してみたが、メキシコ野郎は自分だったらそんな行動は取らないだろうと言いながらも、僕には、よくやったと褒めてくれた。そして砂に女の名前を書くやつは間違いなくずうずうしいか気が弱いか、あるいは気が弱いくせにずうずうしいやつだと言った。またそんな行動は事前に防げないので、事後にそんな行動を取ったことを後悔させるべきだと言った。それはある意味で馬鹿げた話であって、ある意味ではまったくあきれた話でもあった。

それでも僕は、これからも砂の上に書かれた誰かの名前を見たらまた消してしまうかもしれない、と思った。それは消してはいけないものだとは思えなかった。またそんな名前を消せば、その名前と一緒にヴァレリーという名前を思い出すかもしれない。でも、これからは砂の上に書かれた誰かの名前を見ても、それを消してしまうようなことは二度としないかもしれない。そんなことは人生の中で一度で十分だと思った。いや、もう絶対にしないだろう。そう思ったらそれはしてはいけないことのように思われた。しかし今後絶対しないと今は思っても、その時になればまたするかもしれない。今はそんなことはしないと決心できるけれども、いざとなったらやってしまっても仕方ないと思った。二度としないと決心した後でも、再びやらかすかもしれない。そして動機の不明なそんな行動をした後には何とも言えない好ましい楽しみも覚えたのだが、それは明白な動機のある行動からは得られない思いだった。

半熟の卵をゆっくりほお張りながら、窓から砂浜で砂をかけ合って遊んでいる二人の子どもを見ていたが、その時またヴァレリーという名前を消したことが思い浮かんだ。その行動は、あきれたことをやらかす僕の隠れた資質のようなものを遺憾なく発揮したもののようで、そのような隠れた資質を生かさずにごろごろしてばかりいるのはもったいないことだと思った。同時にこう思うのもあきれたことだと感じた。また僕があきれた行動を取るのは、そんなことでもしなくては人生に耐え難いので、僕が生きていくための一つの方便だと思った。

僕たちは食事を済ませてから、モンテレーの市内に向かった。市内にはきれいな店やカフェがたくさんあったが、あまり気が乗らなかった。ところで街を歩いていたら、若い女性がベビーカーを押していたのだが、それに乗っていた女の赤ん坊が唇をぶるぶる震わせながらプーッという音を続けて出しているのを見かけた。そんなに寒くもないのに赤ん坊の唇は青くなっていた。一生懸命に唇を震わせたせいなのか、金髪の赤ん坊の顔はとても白かった。僕は赤ん坊がそんな音を出せば、すぐに雨が降る、というある迷信を信じていた。地震を予知するモグラのように、赤ん坊は雨を予知してそんな音を出すという話なのだ。僕はそんな光景を何度か見かけたことがあった。赤ん坊がプーッ、という音を出したのに雨が降らない場合もあったが、大半の場合は降った。ある地域でたくさんの赤ん坊たちがそんな音を出せば、そこでは間違いなく雨が降ってくるだろう。

物心のつく前の年齢の子どもたちにはそんな能力を持つ子がいるようで、僕も幼い頃には雨を予知してそんな音を発したという。大人たちが子どもたちに変な音を出さないように叱ったりするのは、実は雨が降るのを望んでいないからのようだ。雨を予知する能力は、歯が生える前の赤ん坊が最も発達しており、歯が生えてからは徐々に衰えると思われるが、そうするとその能力を失いながら歯が生えてくるとも言える。それでは歯がすべて抜けた老人には能力が蘇るのだろうか。僕は、彼らはずる賢くなっているので、雨を予知しても何のそぶりも見せないのだ、と思った。もっとも彼らには雨が降っても降らなくても関係ないだろう。いや、体の弱い彼らは、神経痛が出れば雨が降ると予感するだろう。

空は青かった。僕はいらだたしい気持ちで、唇の青い赤ん坊が顔まで青くなって泣き出す前に、青い空が曇って雨が降るようにと願った。何よりも、雨が降らないで赤ん坊が泣き出すことだけは起こらないように。僕たちはしばらくベビーカーと並んで歩いていたが、ベビーカーに乗っている赤ん坊はずっと唇を震わせていて、確実に雨が降る、と言い続けているようだった。すぐ雨が降ってくるから雨に濡れる覚悟をしろとでも言っているようだった。そして赤ん坊は何かを哀願する目つきになった。なぜか赤ん坊は、雨に降られてずぶ濡れになりたがっているように見えた。母の羊水から出たばかりのまだ両生類のような赤ん坊は、雨にびしょ濡れになるのが好きなんだろうと、僕は理解した。仲間たちにその話をしたら、自分たちも幼い頃にはそんな音を発したことがあったけれども、それが雨と関係があるとは全く考えなかった、と言った。僕には彼らがとても無神経な人間たちに思えて、さらに注意深く赤ん坊が発する音に耳を澄ませた。赤ん坊が出す音を聞いていると、なんとなく雨は雨でも天気雨が降りそうな気がした。

ところで本当に、それから三十分ほどあとに我々がカフェーでお茶を飲んでいたら空が急に暗くなって雨が降り始めた。そして激しい雨になった。雨が降り出す直前に、僕は急に暗雲に覆われて決意に溢れたような空の様子を見て、僕なりに心の準備をする時間的な余裕はあったのだが、何もしなかった。僕は無防備の状態で雨を迎えたかった。僕が予想したような天気雨ではなかったが、僕の信じていた迷信が間違っていなかったのも雨が降ってくるのもとても気持ちがよかった。僕はその付近一帯にいるたくさんの赤ん坊たちが唇をぶるぶる震わせながらプーッ、と音を立てながら吐いた息と唾が雨雲になって雨が降ったのだろうと思った。

その後も僕は、赤ん坊や子どもたちがそんな音を出すと雨が降り出すという現象を何度も目撃した。彼らは驚くべき天気予報官だった。ベビーカーに乗った赤ん坊は僕たちと別れた時に急に赤ん坊ならではの笑い声を出したが、その声は雨を予報し、またその予報が実現したことが嬉しくて発した声のように聞こえた。それは無我の境地に入った呪術師や占い師たちのそれに似た声だったので、その子がまさしく呪術師か占い師だと思った。僕は大人たちが赤ん坊の言うことを聞けば、他はともかくも、少なくとも雨に備えることはできるだろうと思った。

僕たちは続いて北へ進み、夜明けにはサンフランシスコに到着した。僕たちが到着した時、市内には霧がずい分深く立ち込めていたので標識を読むこともできず、道を聞こうとしても通り過ぎる人もいなかった。僕たちはしばらく市内で霧の中を道に迷ってしまったが、まるで辺獄（ラテン語 limbus：カトリックで洗礼を受けなかった人が死後に行くところという）を彷徨っているようだった。何かに取り憑かれたかのように、永遠に抜け出せないような思いがした。僕たちは同じところを何回も通り過ぎたりした。しかし僕は、ずっと足踏みを続けているようなその状態がとても気に入って、いつまでもそんな状態が続くように願った。僕は、僕たちが、果てしなく広がっている雪しか見えない北極で、繰り返し元の場所に戻ってきたあげく、ついにすべての希望を放棄した状況に至った探査隊のように感じられた。しかしメキシコ野郎は、希望を諦めないことは絶望的な状況ですべての希望を放棄すること以上にむずかしいことを見せているように、なんとかその状態から脱しようとしていたが、彼女はどうでもいいという反応を見せていた。彼女は、すべてがどうでもいいという一種の哲学、あるいは思想のようなものを持っていた。

けっきょく僕たちは、二時間近く霧の中をさ迷ってからようやく北につながる道を見つけてゴールデンゲートブリッジを渡り、サンフランシスコを抜けることができた。その後僕たちは太平洋の海岸に沿って北に進んだが、水が冷たくて海では泳げなかった。僕たちはただその地名にひかれてユーレカというところまで進んだが、そこはアメリカの普通の小さな町に過ぎなかった。夜、そこのホテルでテキーラを飲んで皆酔った時に二人は僕にまだ一緒に過ごそうと誘ったが、僕はその誘惑を振り切ることに心を決めていた。その翌日、僕たちは再び太平洋の海岸に沿って南に下ったが、サンフランシスコに到着した夜もまた霧が深く立ち込めていて、僕たちはまたしばらく霧の中でさ迷った。本来は三人でロサンゼルスに行く予定だったが、僕は何となく、自分はサンフランシスコに数日滞在することにすると言った。あるホテルの前で僕を降ろしてくれた彼らは、サンフランシスコってアメリカでも犯罪で悪名高い都市の一つだと言った。ロサンゼルスに住んでいていつも日差しを浴びるのに慣れていた彼らは、気持ちの落ち込む霧の中で僕が大丈夫なのかを心配しているようだった。しかし僕は霧が好きで、僕をサンフランシスコに引き留めたのも霧だった。むしろ僕には、彼らが深い霧に包まれたあの都市を無事に抜け出せるかどうかが気がかりだった。

＊14　ポール・ヴァレリー（Ambroise Paul Toussaint Jules Valéry、一八七一～一九四五）：フランスの作家、詩人、小説家、批評家。多岐に渡る旺盛な著作活動によってフランス第三共和政を代表する知性と称される。

＊15　『海辺の墓地』：ポール・ヴァレリーの詩。日本では一九二二年堀辰雄『風立ちぬ』の冒頭に引用された「風立ちぬ、いざ生きめやも」Le vent se lève, ilfauttenter de vivre」（風が起きた、生きてみなければならない）の一節で知られる。

＊16　李箱（イサン、一九一〇～一九三七）：朝鮮の詩人、小説家。難解で過度に自己中心的な作風は「天才」と「自己欺瞞」の両極端な評価を受け、独特の世界を描いている。代表作には『翼』『烏瞰図』などがある。

アメリカのホボ

その翌日は霧が晴れ渡ってしまい、僕がサンフランシスコに留まる理由がなくなってしまったようだった。ホテルでしばらくぐずぐずしてから外出した僕は、サンフランシスコの観光案内書をもらっても特に行きたいところなどはなかった。そのうち、ふとワシントン・スクエア公園を思い付いた。その時僕は、アメリカの詩人であり小説家でもあるリチャード・ブローティガン[17]の小説『アメリカの鱒釣り』[18]をもう一度読んでいたが、その本の表紙に彼がベンジャミン・フランクリン[19]の銅像の前である女性とポーズを取っている写真が載せられていて、その銅像のある場所がワシントン・スクエア公園だったのだ。

僕はベンジャミン・フランクリンの銅像を見るためにその公園に行って、その銅像の前に立った。ベンジャミン・フランクリンについては特に関心を持ったことはなかったし、いざ彼の銅像の前に立っていても彼に対する特別な関心が生じたりはしなかった。僕は銅像を見るとまるである人間との出会いのように個人的な感情を持つのが好きだったが、彼の銅像の前では特に何も感じられなかった。ひょっとしたら、ベンジャミン・フランクリンについては違うタイミングと違うきっかけで関心を持つようになるかもしれない。僕はふだん銅像を見る時と同じく、彼の手を注意深く見てみたが、その両手は何かを持っていた。僕は何も持っていない手が好きで、手が空っぽの銅像は大体何かを指している場合が多く、その手が指している方向を見ると何か面白いこと、またはそうでない何かを見つけることができたのだ。

以前ある公園に、手に何も持っていない銅像があって、その指先が指している方向へ歩いていったら、茂みの奥にある鳥の巣まで辿り着いたことがあった。巣の中には親を待つ生まれたばかりに見える四羽の雛がいた。僕はしばらくその雛たちの様子を見ていたが、そこを離れる前に鳥の雛たちに出会えるように導いてくれた銅像に向かって手を振って挨拶した。銅像の手が空いていると大体ぎこちなく感じられるのだが、それで多くの銅像の手には何かが握られているのかもしれない。僕はどこかで見たことのある、僕のとても気に入った銅像のことを思い出した。誰の銅像だったかは思い出せないが、自暴自棄の表情で、仕方がないとでも言うように片手をあげ、また片手は下げていた。その銅像は大変な失意に陥った人のようだった。

アメリカに多いベンジャミン・フランクリンの銅像の中でもサンフランシスコのワシントン・スクエア公園にある銅像は、アメリカのゴールドラッシュ時代に西部の開拓者に金歯を入れていたある歯医者が寄贈したものだが、金歯を入れる仕事で儲かった彼がベンジャミン・フランクリンにも金歯を入れてあげたのかどうかまでは定かではない。僕はその銅像を見上げながら、タバコを一服吸って、相当な変わり者だったブローティガンに関するいくつかの事実を思い出した。例えば身長が一九〇センチを超えていた彼は、自分の娘に、食うや食わずの生活を送った極めて貧しかった彼の幼い頃の話をする時には、彼の母親が小麦粉からネズミの糞を取り出したことをよく話したというが、それはその話が面白いと思っていたからというよりは、娘にその話をすること自体を楽しんでいたからだった。また一九六一年の夏、南部アイダホへ妻と娘と家族三人でキャンプに行って『ビッグ・サーの南軍将軍』[*20]と『アメリカの鱒釣り』を書いたこととか、モンタナにあった自分の牧場の家で酔っぱらった勢いで銃を打ち、壁にいくつか銃弾の穴を開けてしまったこととか（彼は自分の家にできた銃弾の穴と銃で撃たれた家を見て、蜂の巣みたいだと思って大変喜んだのかもしれない）、ビート族[*21]の一人だった作家ローレンス・ファーリンゲティ[*22]によると、彼は人よりアメリカのマスと相性がいいほど無邪気で（彼の作品も純粋だったかどうかはわからないが、それは木や雲が純粋かどうかが判断できないことと似ているだろう）、彼が誰よりもヒッピーのような人生を送りながらも、ヒッピーでないふりをしてヒッピーたちをあざ笑い、ヒッピーたちと付き合いながらも距離を置こうとしたこととか、一九八四年に四九歳になった彼はサンフランシスコにほど近いマリン郡のボリナスにある、太平洋の見える眺めのいい大きな窓のある家のリビングルームで銃で自殺したのだが、彼の遺体が一カ月後に発見されたことや、彼が自殺する前には本気で死ぬ覚悟を決めてからはまるで気が楽になったように愉快に振る舞ったこととか、彼の実父は彼が死んで初めて自分に息子がいたことに気がついたこととか、赤ん坊の名前を「アメリカの鱒釣り」と名付けた若い夫婦がいたとか、『アメリカの鱒釣り』は全世界で数百万部売れたのだが、それ以来読者や批評家の両方から徹底的に無視される小説を書いた――そのような作品を書くのは作家の夢見る一つの理想でもあるが、それを夢見る作家は極めて少ない――ことなどの事実ではなく、彼が若い頃、むりやり精神病院に運ばれた時に、ある古い家の玄関で白猫を腕に抱いて座っていた少年を見ながら涙し、その涙を飲んだことについて考えてみた。

狂っていないのにもかかわらずむりやりに車に乗せられたので、精神病院に運ばれる途中で見た釣り竿を持ち歩く誰かや、トラックに積まれていった丸太や、木の枝に止まっていたカラスや、道路の中央に引かれた黄色の車線や、干し草の俵などは皆悲しそうに見えたはずだが、ボロ家の玄関で白猫を腕に抱いたまま座っていた少年が特に悲しそうに見えたのだろう。東京とモンタナで暮らした時期を除いては、大人になってからのほとんどの人生をサンフランシスコで、全く平気でない状態で過した彼に対して僕は哀悼の気持ちを抱いたりはしなかったが、それは彼が追悼を望まないと思ったからだった。いやそれより、彼は死んだ後も追悼などを望まない人でいてほしかったからだった。

僕が精神病院に運ばれるブローティガンについて考えこんでいるうちに、誰かがそばにやってきて僕の考えごとの邪魔をした。彼の身長は一九〇センチほどで、僕は一瞬ブローティガンが目の前に現れたような錯覚を起こしたが、彼はタバコを吸っている僕を見てタバコを一本もらおうと思って近づいてきたのだった。それでも僕は彼がブローティガンのようで、少しうれしくなって、僕たちはさりげなく何本か僕のタバコをおいしく吸いながら言葉を交わした。彼の顔をじっと見ると、彼は目がぼこんとへこんでひげがふさふさしていてブローティガンよりは、キリストのようだった。僕は彼が復活したイエス・キリストではないかと思いながら、タバコを吸っている彼を見ていたのだが、だんだんと僕は彼が再臨して真っ先にタバコを吸ったキリストに思えてきた。

彼はホボ（正確にはホーボーと長く発音するべきだがホボと言おう）のようだった。少しおどけた感じで流れ者をホボと呼ぶのだが、ホボとこじきは簡単に見分けがつく。まず、ホボはこじきに比べてはるかにぴんぴんしており、体を洗わない人独特のすっぱいような臭いはしたが、こじきのように瞬間的に頭がぼっとしてしまうくらいの悪臭がぷんぷん臭うわけではなかった。彼からは、長く冬眠していて生体リズムが崩れてしまい、春がやってきたのに起きずに夏まで寝坊してしまった熊から嗅げそうな臭いがした。

彼はニューヨーク出身で、海軍に入隊して潜水艦に乗ったことがあるそうだ。潜水艦という言葉を聞いたら、すぐに核潜水艦や大陸間弾道ミサイルという単語が僕の頭に浮かんだ。彼に核潜水艦に乗ったのかと聞いてみたら彼はただの潜水艦に乗ったと答えたので僕は少しがっかりしたが、彼はそれ以上は言えないような話だと言った。僕は水中音波探知機で他の潜水艦や船舶の存在を探知する彼の姿を想像しながら腹の中で笑った。復活したキリストの若い時代の職業として潜水艦の船員は妙に似合いそうだと思ったからだった。

彼は一年近くアメリカのあちこちを放浪し、カリフォルニアでアーモンドを収穫する仕事もしたことがあり、太平洋の沿岸に沿って北へ向かってカナダを通過しアラスカに着いたら―彼の話を聞いていると、カナダはアラスカに行く道にある、ただ苦労して通り過ぎなければならない無人地帯のようだ―カニ捕りの船に乗るつもりだと言った。その話を聞いたら彼がさらにキリストのように思えた。彼はカニ捕りの漁師たちに教えを伝える計画を立てているのかもしれない。しかし、彼はガリラヤ湖で漁師たちに教えを伝えた元来のキリストとは違って、自分が復活したキリストだという事実を最後まで隠して静かにカニを捕ったり、アーモンドを収穫したりしながらホボとして生きていきそうなので、さらに彼への好感が強まった。彼がキリストだという証拠は手の甲にあった小さな十字架の入れ墨だけで、彼はキリストだという事実を隠しながらも、しかしその事実を完全には隠さず、十字架の入れ墨を標識として残し、見抜ける人だけがわかるようにしているのかもしれなかった。カニ捕りにアラスカへ向かうつもりだと聞くと、アラスカはカニ捕りの漁船が転覆して溺死した船員たちをカニたちがおいしく食べる万般の準備を整えている所に思えて、くれぐれもアラスカでカニに喰われてホボとしての彼の人生を終わらせないようにと願った。

僕が聞いてもいないのに、彼はホボについていろいろな話をしてくれた。世の中には問わず語りにいろいろな話をしてくれる人がいて、彼もその一人のようだった。あちこちをさまよいながら生きていく人を放浪者（drifter）と呼び、放浪者は仕事をしなければならない時だけ働く渡りこじき（tramp）、そもそも仕事はまったくせずにほぼ物乞いに近いホームレス（bum）、放浪をしながら仕事をするホボ（hobo）などに細分化することができる。その中でもホボは一九〇〇年から毎年アメリカで全国ホボコンベンションを開いていたが、ホボは困難に陥った仲間のホボを必ず助けなければならない、自分の人生は自ら決めなければならないなど、それなりの倫理綱領があるし、ホボの文化はアメリカ文学では重みのある素材として書かれてきており、[*23]ジャック・ケルアックや[*24]ジャック・ロンドン、[*25]ユージン・オニールや[*26]ジョン・スタインベックなどを含む多くの作家たちがホボとして暮らしてホボに関する作品を書いたし、パソム・ベリー（possum belly、フクロネズミの腹を意味する言葉で、風に吹かれて飛んでいかないように無賃乗車した汽車の客車の屋根に腹をくっつけて伏せていることを意味する）などの多くの新造語を作り出した。彼は、サンフランシスコはホボにとって聖地のようなところだと言った。それは僕がホボに関する資料を読んですでに知っていた事実だったので、もしかしたら彼が間違った話をするのではないかと黙って耳を傾けていたけれども、間違った話は出なかった。彼はホボとしての生き方を説明したマニュアルのような本を一生懸命覚えたのかもしれない。

彼はホボにとって最も重要なことは、ホボ同士が助け合うことだと、まるで僕が仲間のホボでもあるかように、そして仲間として僕が彼を助けることはタバコをずっと提供し続けることでもあるかのように、ずっとタバコを吸い続けた。くれと言われるまではあげないぞ、いや、くれと言われてもあげないぞ、と心に決めていた僕がずっとタバコをあげつづけていると、彼は僕がホボとしてアメリカでどうにかやっていけるだけの人なのかを見きわめるかのように僕を一通り眺めてから、ホボの生活において有効ないくつかのコツを教えてくれた。壁に描かれた十字架の表示は、パーティーの終わった後にホボたちに食べ物を提供するという意味だとか、猫の絵はそこに優しい女性が住んでいるということだとか、水平に描いたジグザグは吠える犬がいるということだと教えてくれたが、それらはすべて僕の知らなかった事実だった。僕が垂直のジグザグはないのかと聞いたら、そんなものはないと答えた。僕がホボに似たような存在になったら、垂直のジグザグ表示をしたりするかもしれないと思った。それは本物のホボではないのに、ホボの振りをしている者がいるという意味になるかもしれない。

ホボは自分の話に僕が感動を受けたと思ったらしく、もっと感動を与えようと、真の流れ者はホボであり、自尊心があるという点で自分たちはホームレスとは全く異なると強調した。彼はホームレスからひどい目にあったことがあってホームレスを見ると歯ぎしりするらしい。僕は彼の話が滑稽に思えてタバコをもう一本あげたが、その裏を知らない彼は真剣にタバコを吸ってから、自分がホボだという事実にあらためて誇りを感じたようにタバコの煙を長く吹き出しながらホボとして暮しながら経験した、全く面白くない話を続けた。そのほとんどは困っている他のホボたちを助けた話だった。僕が期待した、警察に追われたり、逮捕されて収監されたりした話しや、鶏やスイカを盗もうとした時に獰猛な犬に追われて逃げたり、逃げるうちに足や尻に噛みつかれたり、盗んだ鶏やスイカを抱えたままで夜の川を泳いで渡ったり、塀を乗り越える時に落ちて足を怪我してしばらく足を引きずったりしたことなどについては話してくれなかった。彼はそんなことは経験したことがないようだった。彼はどうやらつまらないホボのようだった。さらにそのつまらないホボは先輩のホボとして、ややもすればホボになり得る僕を教えるような態度を取った。

彼は前歯が上下に一つずつ抜けていて、少なくとも僕はその歯が抜けた時の面白い話でも聞きたかったが、話してはくれなかった。彼はどう見ても自然に歯が抜ける年ではなかった。それで初対面だが遠慮せずに聞いたところ、それらが抜けた事情もつまらない限りであった。僕としては、誇示するように前歯が二つも抜けているなら、そこにはもっともらしい話ぐらいはあるべきだと思った。しかし、それらは最もつまらない理由、彼が居酒屋で酔っぱらって倒れた時に何かに顔をぶつけて抜けたそうだ。ホボたちの間でしばしば起きる暴力ざたの最中に抜けたわけではない。彼の抜けた二つの歯は、抜けながらも自分たちがこんなつまらない理由で抜けるのが悔しくて、しばらくはずっと悔しがっていたかもしれない。もちろん残った歯が、抜けた二つの歯を除去したわけではないだろうが、彼が口を開けるたびに残りの歯がまるで残っていることを自慢するように、喜んでいるように見えてきたので、僕は抜けた前歯二つを憎んでいた残りの歯が企んで前歯二つを放逐したに間違いないと思った。こう考えた方が前歯が抜けた理由としてはまだマシだと思ったからだ。

僕はもうキリストに似たそのホボだけでなく、ホボたちの生活にも興味を失い始めていた。流れ者になるのならホボよりは、そもそも仕事もしない、そしてホボの自尊心のようなものもすべての自尊心も捨て、自尊心などは知らないままに、特にこじきと違わないように生きていく堂々としていないホームレスになる方を選ぶべきだと思った。

ホボは同じ言葉を繰り返す酔っぱらいのように、またアラスカに行ってカニを捕るつもりだと言った。まるでアラスカのカニを全部捕ってしまいそうな彼の話は、アラスカのすべてのカニの運命が彼の手にかかっているように聞こえるよりは、彼の運命がアラスカのカニにかかっているように聞こえた。僕は彼の話をうわの空で聞いたつもりだったのに彼の話が全部聞き取れたのは、本当にうわの空で聞いたわけでもなかったからのようだった。

僕たちは互いに飽きてきたのがわかってきて、相手が退屈しているのを知っていながらもぜんぜん気にしなかったので、僕はむしろ彼をもっと退屈させたいという思いになった。その時彼は僕にどんな仕事をしているのかと聞いた。僕はホボとして生きてきたのではないが、ホボに似たような暮らしをしてきたと答えた。そして幼い頃もホボとあまり違わない暮らしをしたと言った。そう言い出したらそれが事実であるかのように、僕は自分がどんなホボよりもホボらしく思えてきた。彼は僕を、ホボのふりをする似非《えせ》ホボではないかと疑わしい目つきで僕を見つめた。正気の人間の中でいったい誰がホボでもないのにホボのふりをするのかと訊きたくなったが、もしかしたらホボから転落したホームレスの中で自分がホームレスだという事実を認めずに、ずっとホボのふりをしている者たちもいるのかもしれなかった。

僕が英語で書かれた本を韓国語に訳す仕事をしていると言ったので僕たちは本の話をするようになったのだが、それとなくアメリカの作家レイモンド・カーヴァー[*27]のことも話した。僕は彼の本を一冊翻訳したのだが、彼のことはあまり好きではないと言った。カーヴァーは一時はよく読んだが今はつまらないと思われる作家群に加えられた代表的な一人となったのだが、僕にはそうなった作家や芸術家たちがとても多かった。カーヴァーについて聞いたことのないホボは、どうしてあまり好きでもない作家の本を翻訳できるのかと尋ねたが、僕は仕方なくそうすることになったと答えた。また今まで五十冊ほどの本を翻訳したが、すべて仕方なくやってきたと言った。彼は僕のことを理解したとでもいうように、自分も今は止むを得ずホボとして暮らしているが、いつかは作家になりたいと言った。僕は目の前にいるホボが果して作家になれるか疑わしいと思ったが、ホボとして過ごしたあと作家になった人もいるし、人のことはわからないから、また彼が作家になれないとは言い切れないから作家になるかもしれないと思った。彼が本当に作家になっても、それは本当に人のことはわからし、また彼が作家にならないとは言い切れないから、ホボとして過ごしたあとで作家になった人もいるからそうなるかもしれないと思った。僕は自分のことを作家だとは言わなかった。

僕は話をそらして、本当のアメリカインディアンに出会ったことがあるかと聞いてみたら、彼はじっくり考えてから、ないと答えた。もちろん賭博場のあるインディアン保護区域に行けば酒や覚せい剤で酔った本物のアメリカインディアンに出会えたかもしれないが、惜しくも僕はアメリカで本物のアメリカインディアンに出会ったことは一度もなかった。

僕がアメリカインディアンのことを言い出したのは、瞬間的に急にロックバンドのドアーズのボーカリストであるジム・モリソン[*28]と関連したある思いが浮び上がったからだ。それは彼が海軍将校の息子で、UCLAを中退して自分の家の屋根で多くの時間を過ごしたというのは——これはどこかで読んだのかそれとも僕が作った話なのかはっきりしないが——事実ではなくて、彼が四歳の時にアメリカインディアンの家族が死亡に至るほどの怪我をした自動車事故を目撃したことだった。彼は自分の歌「夜明けのハイウェイ（Dawn's Highway）」「ピース・フロッグ（Peace frog）」「亡霊の歌（Ghost Song）」などでこのエピソードについて語っていたし、自分の詩とインタビューでも繰り返し話したことがあって、彼はその事件が彼の人生に最も大きな影響を与えたと信じていたそうだ。彼の父親の言葉によると、彼が子どもの頃に彼の家族が車に乗ってインディアン保護区域で自動車事故が起きた現場を通り過ぎたことがあったのだが、彼らは怪我をした何人かのインディアンたちを通り過ごしていくしかなかったそうだ。そのため彼はとても傷ついたのだった。それが幼いジムに強烈な印象を残したため、彼はいつも泣いているインディアンについて考え、太古からの記憶のように高速道路の上で血を流して死んでいくインディアンたちが散らばっている場面が、ずっと彼の頭の中に刻まれているのだった。

　死んでいくインディアンたちの姿を最初の記憶として持っているのは、あるいはそんなことを最初の記憶だと考えるのはある意味で悪くはないかもしれない。一方、僕にとってインディアンとは荒野の岩の上でいっさいの表情をなくしたまま、まるで木で作られた彫刻の像のように、あるいはトーテムのように突っ立ったままあるいは座ったままで、自分たちの奪われた土地を眺めている姿として思い浮かんだ。時には酒や覚せい剤に酔って[*29]ガラパゴス諸島の亀のように荒野にだらしなく横になっていたり、のそのそと這っていったりするインディアンの姿が浮かんだが、そんな時彼らがガラパゴスから追放されたガラパゴス諸島の亀のように思えた。

　僕がガラパゴス諸島の亀のようなインディアンたちについて考えていた時、そばにいたホボが僕を驚かせた。急に殴ろうとするように僕のほうに手を伸ばしたからだ。一瞬僕はこのくだらないホボがばかなことを考えたあまり、僕を殴ろうとしている、このホボは理由もなく人を殴ったりする悪いホボだな、と思った。しかし、彼は僕を殴ろうとしたわけではなく、ハエを捕まえようとしたのだ。その瞬間、嘘のように僕たちの間に飛んできた一匹のハエが彼の手の中に入った。彼が何かの魔術をかけたように見えたが、それはとてもくだらないマジックのように思えた。

僕は彼がそのハエを彼の口の中に嘘のようにほうり込むのではないかと思ったが、彼は釣り人が趣味で釣った魚を逃してやるようにそいつを逃してやった。いざとなったら再びつかまえるためのようだった。彼は素手でハエをたたくというすごい技を持っていて、それは彼が世界で一番得意なことのようだった。僕がハエ取りの実力をほめたら、彼は七歳の頃から素手でハエを捕まえたと言った。彼は四十歳で、三三年間素手でハエを捕まえてきて、それが彼の最大の経歴のようだった。その長い経歴がハエ取り以外には特に役に立たなかったのが残念といえば残念だったが、ハエ取りにおいては申し分のない経歴だと考えれば、そんなに残念なことでもなかった。

彼はまたいざとなれば僕を殴ろうとするように手をあげたまま、さっきのハエがまた飛んでくるのを待っているように周りを凝視していたが、ハエはそのホボに興味がなかったようで、すでに他に飛んで行って帰ってこなかった。ホボは去った彼女を待つように空を見上げてハエが帰ってくるのを待ったが、去った彼女は帰ってこなかった。そのハエはよくない臭いのする他のホボやこじきや良い香りのする若い女たちや、臭いかもしくはいい匂いのする食べ物を探して行ってしまったようだった。

ホボは他のハエでも、それとも他の虫でもいいから虫が現れるのを待っていたが、まるで彼が待っているのを知っているかのようにハエどころか虫一匹飛んでこなかった。ホボはとても残念がっているように見えたが、その心情は十分理解できた。自分の最高の経歴を誇示する機会が与えられなかったからだろう。僕はもうその場を離れたいと思いながらもすぐには立ち去らなかったが、それはそのホボと別れたあとに特にやりたいことがなかったからだった。そのまま離れていけばいいのにすぐにはそうしなかった。何をするのかあるいはしないのかについて、僕は複雑な思いに耽った。僕はむずかしくもないことをとてもむずかしくする方法を知っていて、それだけはとても上達していた。

僕が迷っているうちに、ホボが僕に立ち去らねばならない理由をくれた。彼は頭が痒いのか頭を掻き始めたが、どうやら彼の髪の毛にはシラミが住んでいるようだった。彼は頭のあちこち、前後左右を掻きまくったので、彼の頭には少なくとも四匹のシラミが住んでいるようだった。彼は頭を掻くのを止めずに、恥も外聞もなく両手で頭を掻きまくっていたので、少なくとも四匹から多くて一〇〇匹ほどのシラミが彼の髪の毛に巣を作っているようだった。一〇〇匹が暮らすのには彼の頭は狭苦しいので、彼らは互いを押し合って頭から互いを落とそうとし合って、互いに頭から落ちないようにと必死に頑張っているのかもしれない。ともかく、つまらないホボからシラミがうつるのはいやだったので僕は離れた。彼の頭にシラミが一〇〇匹もいれば、人にあげるものが一つもないホボとしては、僕に何匹かあげたくなるかもしれないと思ったからだ。

頭を掻いている彼を見下ろしていたら、彼の頭を除いた他のところには頭に住んでいるシラミには会いたくないと言って互いの領域を侵犯しないように協定を結んだノミたちが暮らしており、時にはその協定が破れてシラミとノミが互いに血のほとばしるほど戦い合っては互いの領域に退いて、危なっかしい平和の中で過ごしているのかもしれないとも思った。霧に覆われて滞在するようになったサンフランシスコの公園で、どうしてシラミとノミに関するそんなことまで考えるようになったのか考えると自分自身が若干情けなく思われたが、それはそんなに特別なことでもなかった。よくそのようにこまごましたことまで考え続けるのだが、そんな思いはこまごましいほど果てしなく続いた。僕は考えている最中に、自分を困らせるためにわざと困難な考えに陥ったりした時もあったが、そういう時はその考えのためにひどい目に遭った。

今回も困ったことだと思いつつも、さらに困った考えを続けた。それは、ホボは暇になると上着を脱いで、自分の体からいちばんぴちぴちしたノミ五匹を選んで腹の上にのせて高跳びの試合をさせ、優勝したノミには特別に自分の乳首をくわえさせて血を吸わせてやる一方、どんじりのノミは隔離措置してさらに肥沃な新たな地で新しい人生を楽しめるように、他人に譲渡するかもしれないという考えだった。時間が余って時間をどう過ごせばいいのか深く悩まなければならないホボにとって、ノミの高跳びの試合は時間を潰しながら楽しめるけっこういい手段なのかもしれない。それとも他のホボと一緒にノミの高跳びの試合をして、負けた者が農家に行って鶏を一羽盗んでくるという賭けをすることもできるのだ。それとも勝った者が鶏を一羽盗んできて、負けた者は鶏よりはるかに盗むのがむずかしい何かを盗み取るという賭けをすることもできるだろう。しかし僕はそれをホボには話さなかった。有益とまでは行かなくても、残る時間を楽しく過ごせる方法を自ら見つけてほしかったからだ。彼が西部の開拓時代から、あるいはそれ以前からアメリカの歴史に登場したホボたちと同様に、彼らが疲れて孤独な時に疲れた体をより疲れさせたりもしただろうが、その寂しさを少しは慰めてもくれた、ホボたちを愛するシラミやノミたちと上手に付き合えばいいのだと思った。

思う存分僕のタバコを吸ったホボは、タバコを惜しみなく提供してあげた僕にどう感謝したらいいのかわからないと、これが感謝すべきことなのかどうかもわからないと言ったので、僕は感謝しなくてもいいと言った。僕は感謝も知らない彼に残ったタバコを全部あげたが、そうすることでアメリカのつまらないホボに僕の持っていたタバコを全部取られたと思えるようになるからである。彼はタバコを乗っ取ることにも相当な経歴があるようだ。彼は初めから僕のタバコを全部乗っ取る意図を持って僕に近づいたように本性を現しながら、望んだことはすべて叶えたように喜んだ。フィッツジェームズ（Fitzjames）という名字の彼は、もうすこし眠らなくちゃ、と言い出したので僕はお休みと、そしてカニに気をつけろ、と言って別れを告げた。彼の話によると、フィッツ（Fitz）は「誰かの息子」という意味で、フィッツジェームズとはイギリスのジェームズ二世の息子の中でも私生児に付けられた名であり、彼はとても遠いけれどもジェームズ二世と関係があると言った。

別れの挨拶をするやいなや眠りに入った王族の私生児の子孫であるかもしれないホボを見ていたら他のことが思い浮かんだのだが、それは今アメリカのホボたちが出現する大分前に、キリストがすでに一種のホボでもあったという考えだった。キリストはオリーブやナツメヤシの実を採ったり死海の塩を採取したりする仕事をしながらアラビア半島をさすらうホボとして過ごしていたが、何かに激しい衝撃を受けたあと、人類を救わなければならないという奇妙な考えが浮かんだのだ。自らもそんな考えはとんでもないことだと思ったが、話にならないからこそ一度やってみるべきだと考えると同時に、それはものすごい発想だと思って神の息子だと自負し、戻ることのできない困難な道に乗り出したのではないか。よくはわからないがキリストは一時はホボとして過ごしたが、ヒッピーとして過ごした時もあったらしく、僕はホボではなく真のヒッピーに会いたかった。それでも僕は、現在のホボたちが出現する大分前にすでにキリストがホボだったと思いながら、ホボの歴史をさらに遡れば何らかの理由でこぢんまりした洞窟での生活を終わらせて洞窟の外で生き始めた初期の人類は実はすべてホボだった、そう見なすこともできるだろうと思った。

特にやることを見つけ出せずに、僕はけっきょくホテルに戻るためにゆっくりと道を歩いていたが、もしかしたらさっき出会ったホボは彼の頭に痒みを与えたシラミを我慢して育てながら、シラミと友だちのように過ごしているのではないかとも思った。それでそのホボが草原に横になって休んでいる時、シラミはその周りの草群で楽しく寝転がっていてホボが起きるとまた彼の頭に乗っかって一緒にまた他の所に行くのかもしれない。あまりにも長い間彼の頭を気持ちいいほど痒くしてやったので、ホボはシラミがそうしてくれないと何かが抜けたように、急に丈夫な歯が二つ抜けたように、もの足りないと感じるかもしれないのだ。そのうち生じたある疑問は、彼とともに流浪生活をするシラミをホボと見なすことができるだろうかということだった。こいつらは彼の頭で定住生活をしているのだが彼の頭自体はさすらい続けているので、渡りのホボの頭で定住生活をしているシラミは一種のホボシラミと見なすこともできるだろうと思った。

ホテルに戻った僕はベッドに横になって、ホボのせいで中断された、一時期ホボとして過ごしたブローティガンについて考え続けた。彼が精神病院に収容されたのは警察署に石を投げて逮捕されたからで、あまりにも貧しくて空腹感を免れるために刑務所に行く方法としてそうしたという説と、自分の書いた詩を彼女に見せた時彼女の激しい批判を受けて傷付いたあまり警察に自分を逮捕しろと言ったが、違法行為をしていないので逮捕できないと言われたのでそうした、という説があった。

ブローティガンは精神病院で、現在は主に深刻なうつ病の治療に用いている電気痙攣治療を十二回にわたって受けながら、「火星人たちの神」という非常に短い文章を書き始めたが（僕はその文章を読んだことはないが、とても変な文章であることは明らかである）、その治療法は文字通り人を痙攣させて壊してしまうので、そもそもおかしかった彼をさらにおかしくさせたのかもしれない。電気痙攣治療を受ける気分がどんなものなのかわからないが（もしかしたら麻酔を打たれた状態で受けて、何も感じられなかったかもしれない）深刻なうつ病にかかっている僕がその治療を受けることになったら痙攣を起こしている様子を録画して、のちに機会あるごとに一人で見たり、恋に落ちた彼女と一緒に見たり、まだ幼い僕の子どもが大人になったら見せてあげたりすることもできるだろう。電気刺激の加えられたカエルのように痙攣を起こした姿を見ると、自分の覚えていない痙攣を起こした瞬間をまるごと思い出して、戦慄がよぎり大きな悲しみに沈む可能性もあったが、悲しみも一瞬、とても愉快な気分になれるかもしれない。もちろんとても愉快な気分も一瞬、再びとても大きな悲しみに沈む可能性もあるが、そのあと安らかな気分になって、その映像を見ながら滝の映像を見ているような気分になれるかもしれない。

僕はムッソリーニとヒトラーを称賛したとして反逆罪で逮捕され、三週間鉄格子の檻に閉じ込められ（僕の記憶は確かではないが、彼は留置場ではなく、動物を閉じ込める本当の檻の中に閉じ込められていたらしい）、頭がおかしくなったエズラ・パウンド[*30]を思い出し、僕自身が少しおかしな人間になったのは、幼いころ柿を採ろうと柿の木に登った時にそこから落ちて枯れ枝に尾骨を強くぶつけたあとからだと、とても古くて一切根拠のないことを思い出した。

いつからか僕は、尾骨を強く打ってからおかしな人間になったので、おかしな人間として生きるしかない運命だと信じるようになった。実際、僕は七歳頃の秋に家の庭で柿を採ろうと柿の木にかなり高く登ったのだが落ちてしまってしばらく気を失っていたが、意識が戻った後もしばらくの間身動きがとれなくて、木の下に横になって尾骨の辺りがひどく痛い状態で、僕が採ろうと登ったが採れなかった柿を見上げながら、世の中には僕の採れないものもあると考えたわけではなかったけれども、この世界は柿をもぎ取ることで死ぬこともあるのだというおかしなことを考えながら、またもおかしな考えに捉われていた。ところでそんな考えが面白くなって、僕はこれからもそういうふうに考えようと思ったし、その後、さりげなくおかしな思いと感情に捉われるようになって、おかしな人間になったのだと思った。

いいや、実は、それが事実なのかどうかは確かではないし、事実ではない可能性がより高いけれども、僕はそう信じるようになってそれは僕がおかしくなった始発点となった。実は柿の木から落ちてとても強く尾骨を打ったとしてもおかしな人間になるわけはないから、本来僕におかしな人間になる資質があったと言った方が正しいが、僕はそう思ったのだ。とにかくその後、僕は成長しながら真面目なことはとてもつまらないことだと思うようになった。それから長い歳月が経った後に、モンテレーのホテルの前にある砂浜に書かれたヴァレリーという名前を見た瞬間に飛び出してそれを消したのも、幼い頃柿の木から落ちて変な人間として成長したからこそ可能だったのだろう。

ところが僕は、柿の木から落ちて尾骨を痛めた後におかしくなったと信じるようになったのだが、その木に登った理由はまだわからないのだ。柿を採ろうと思って登った可能性が一番強いが、それ以外にもいくつかの理由があるようだった。ただ高いところに登りたくて、あるいは鳥のように木の上に静かに止まっていたくて柿の木に登ったのかもしれない。しかし僕がより重きをおく理由は次のようなものだった。幼い頃、僕は柿の木だけではなく多くの木に登って鳥のように木の上に静かに止まったまま、他の木に止まっている鳥たちに自分の領域である木の上で人間が何をしているのかと、疑問を持たせたりしたかったのだ。

＊17 リチャード・ブローティガン（Richard Brautigan、一九三五〜一九八四）：アメリカの作家、詩人。『ビッグ・サーの南軍将軍』でデビュー。以後『アメリカの鱒釣り』、『西瓜糖の日々』、『芝生の復讐』などを発表。『アメリカの鱒釣り』によって一躍ビート・ジェネレーションの作家の代表格として祭り上げられるが、本国では次第に忘れられ、むしろ日本やフランスにおいて評価が高い。かなり飛躍した比喩を用い、深い心理描写を故意に欠いた文体で独特の幻想世界を築く。アメリカン・ドリームから遠く隔たった、どちらかと言えば落伍者的、社会的弱者風の人々の孤立した生活を掬う。

＊18 『アメリカの鱒釣り』：リチャード・ブローティガンの小説。失われた幼い時代の牧歌的夢を探して妻と幼い娘を連れてアメリカ西部を旅行する一人の男の物語である。

＊19 ベンジャミン・フランクリン（Benjamin Franklin、一七〇六〜一七九〇）：アメリカの政治家、外交官、著述家、物理学者、気象学者。印刷業で成功を収めた後、政界に進出しアメリカ独立に多大な貢献をした。現在の一〇〇ドル紙幣に肖像が描かれている。一八世紀における近代的人間像を象徴する人物。己を含めて権力の集中を嫌った人間性は、個人崇拝を敬遠するアメリカの国民性を超え、アメリカ合衆国建国の父の一人として讃えられる。

＊20 『ビッグ・サーの南軍将軍』：リチャード・ブローティガンの小説。アメリカの物質文明を否定する物語である。

＊21 ビート族：一九五〇年代のアメリカに起こったビート運動にかかわりをもった世代の総称。ビート運動は，抑圧的で非人間的な機能をもつ社会体制と、そこに安住しようとする保守的で中産階級的な価値観に反逆し、人間性の無条件な解放のために積極的に貧困に甘んじ、原始的なコミューン生活を行おうとする一種の生活運動である。

＊22 ローレンス・ファーリンゲティ（Lawrence Ferlinghetti）：一九五〇年代から詩集を発表しながら、サンフランシスコにある「シティ・ライツ書店」の経営を続け、同時にビート詩人たちの詩集や評論集を出版する「シティ・ライツ・ブックス」の創業者でもある。「ビートジェネレーション」の最長老の詩人でもあり、政治や社会に対する主張を強く打ち出す詩人として知られている。代表作『心のコニーアイランド』は詩集としては異例のベストセラーとなり、

これまでに一〇〇万部以上売れている。一九九八年には、サンフランシスコの初代桂冠詩人に任命された。

＊23　ジャック・ケルアック（Jack Kerouac、一九二二～一九六九）：アメリカの小説家、詩人で、ビートニク（ビート・ジェネレーション）を代表する作家。『路上』『孤独な旅人』などの著作で知られる。

＊24　ジャック・ロンドン（Jack London、一八七六～一九一六）：アメリカの作家、ジャーナリストでサンフランシスコ生まれ。アラスカのゴールド・ラッシュに加わり、これが作家としての契機になった。二十八歳の時『野性の呼び声』で認められ、以後人気作家となって二十年間に多数の作品を発表したが、四十一歳でみずから命を絶った。代表作『野性の呼び声』と『白い牙』。

＊25　ユージン・グラッドストーン・オニール（Eugene Gladstone O'Neill、一八八八～一九五三）：アメリカの劇作家。アメリカの近代演劇を築いた劇作家として知られる。一九三六年、ノーベル文学賞受賞。

＊26　ジョン・アーンスト・スタインベック（John Ernst Steinbeck、一九〇二～一九六八）：アメリカの小説家・劇作家。短編『殺人』でオー・ヘンリー賞を受けたのを契機に『トーティーヤ大地』が、ベストセラーとなり、映画化権が売れた。以後、『二十日鼠と人間』『怒りの葡萄』『エデンの東』などを書き、六十歳にノーベル文学賞を受賞。

＊27　レイモンド・カーヴァー（Raymond Clevie Carver Jr. 一九三八～一九八八）：アメリカの小説家、詩人。アメリカの中流家庭の日常を淡々とした文体と大胆な締めで書き上げたものが多い。短編小説・ミニマリズムの名手として、ヘミングウェイやチェーホフと並び称されることもある。日本では小説家の村上春樹が一九八三年に『僕が電話をかけている場所』を翻訳し、以来ほとんどの作品の翻訳を手がけ、二〇〇四年には全集を刊行している。

＊28　ジム・モリソン（James Douglas Morrison、一九四三～一九七一）：一九六五年から一九七〇年代初めまで活動したアメリカのロックバンド「ドアーズ」のボーカリスト。

＊29　ガラパゴス諸島：東太平洋上の赤道下にあるエクアドル領の諸島。「ゾウガメの島」という意味で、正式名称はコロン諸島で「コロンブスの群島」を意味する。

＊30　エズラ・パウンド（Ezra Weston Loomis Pound、一八八五～一九七二）：アメリカの詩人、音楽家、批評家であり、T・S・エリオットと並んで、二十世紀初頭の詩におけるモダニズム運動の中心的人物の一人だった。

僕が面白く思っていること

僕が五年後に再びアメリカにやって来た時、今度は彼女に連絡をしなかった。また会ったとしても、テキーラを飲んだり銃を打ったりしながら時間をすごすことになると思ったからだ。もちろんそのように時間を過ごすのも悪くないけれども、それを繰り返したくはなかった。それでも彼女のメキシコ系の彼氏の植えた竜舌蘭は気になったが、わざわざ連絡を取ってまで知りたくはなかった。竜舌蘭は枯れたか、あるいは今もメキシコ系の彼の小便の洗礼を浴びながら、人の小便の洗礼を浴びる世界で唯一の竜舌蘭として生きているのかもしれない。もしそうなら自分の仲間を材料にして仕込まれた酒を飲んだ人間の小便を飲んで生きているその竜舌蘭は、少しは数奇な生を生きているとも言える。僕は時が過ぎてもう一度アメリカに来ることになれば、彼女に連絡することもあり得ると思った。

サンフランシスコに到着してホテルに泊まって部屋を探している数日間、ずっと霧が立ち込めていたが、この都市に再び訪れる前にも、ここのことを思い出せばいつも一番先に頭に浮んだのは霧だった。実際に霧の都市らしく、この都市は霧と切り離しては考えられないほどに霧が立ち込めた。さらにここの霧の特別なところは、時にはカリフォルニアの西部海岸の非常に巨大な領域にわたって、時にはカナダのバンクーバー湾にまで立ち込め、まるで意識を持っている巨大な存在のように海岸線に沿って君臨する。進軍を控えて戦列を整える大軍のように留まっていて、決定が下されたように徐々に陸地に進軍した後は、しばらく滞在して退散する。

僕はその数日間、霧に包まれたサンフランシスコ市内と海辺を散歩したり、ホテルの部屋の窓際に椅子を置いて座り、ずい分長く霧を眺めたりした。霧はすぐに飽きてしまうような光景ではなく、空間を成すある源泉的な質料となって迫ってきた。水が形を変えた霧は、雨と同様に抽象的なある属性を持っているように感じられたが、もしかしたらそれは多様な形態のすべての水とすべての液体と同様に、それ自体で完璧に抽象的な要素を持っているからなのかもしれない。そして見ているとすぐ飽きてしまう具体的な形とは違って、抽象的なものには人を簡単に飽きさせない何かがあるようだった。

その霧は僕に、霧について、あるいは霧とは関係のない文章が書けるようになるのかもしれないと思わせたのだが、実際にこの小説の中の多くの部分は、僕が窓から霧を見たり霧の中を歩いたりしながら、思いついたものである。サンフランシスコの霧がなくてもこの文章は書けたと思うが、全く違うものになったかもしれない。実際に僕はバークレー大学の招待を受けていたので、サンフランシスコから三十分程の距離にあるバークレーに部屋を借りようとしたが、サンフランシスコの霧に導かれたように、サンフランシスコに部屋を借りた。バークレーはサンフランシスコから遠くない内陸にあるが、サンフランシスコとは天気がかなり違って霧もサンフランシスコほどしょっちゅう立ち込めたりはしなかった。

この文章を書いていて、いつものようにとても退屈で憂鬱だったので少しでもそれを癒すためにこの文章を書いたのだけれども、その退屈さや憂鬱さが晴れるわけではなかった。サンフランシスコは都市ならではの魅力がかなり多く、いかなる都市よりもそんな魅力を備えているにもかかわらず、この都市でも退屈さや憂鬱さは避けられなかった。僕は少しでも退屈さや憂鬱さから抜け出すために遊戯的な思いに耽っていたが、精神には遊戯に対する執拗な欲望があると思った。この文章はその欲望との遊戯に関する内容でもある。

本来この小説には「面白さについての僕の思い」という題をつけるつもりだったが、あるイギリスの作家の書いた、まったく同じタイトルの全く面白くない小説を読んでそのタイトルは諦めた。彼は面白さについての人々の考えが面白くないと思って、自分の面白いと思った話を書こうとしたが失敗したようで、彼の本が面白くなかったので僕は数ページしか読めなかった(もちろん僕が書いたこの本もある人には、いや多くの人たちにほんの少しの楽しみも与えられないかもしれない)。この小説の内容は面白さについての僕の考えに関するものになるだろう。僕はこの小説を日記形式を借りて書きながら、その間にいくつかの見出しで構成された文章を入れたりした。

僕が面白く思っていることについて話す前に、まず面白くないと思っていることを挙げれば、あらゆる種類の騒音、ほぼすべての音楽、暴力的なもの、憂鬱、伝統的な小説、時代を反映する小説、傷と慰めと治癒についての小説、登場人物の思考より行為が多くの割合を占める小説、壮大な小説、感動を与える小説(そんな小説にくすぐったい賛辞を並べ立てる批評家たちがどれほど面白くないかを話すのは少し面白いかもしれないが、どうやらつまらないから、彼らがそのようになれる秘訣は批評家として素養がないか人間としての威厳と自尊心がないか、あるいは両方ともだ、ということだけ話しておこう)、成長小説、深刻極まる小説、自意識の過剰が滲んでいない小説、箴言風の詩、常識的なもの、ちょろいやり方（を使う者）、暗い影のない人間、妙なところのない人間、全身に権威を漂わせる人間、勤勉で張り切っている人間たち、社会に貢献しようとする人間たち、雲には興味のない人間たち、単純な人間たち、口数の多い人間たち、あまりにも欲張る人間たち、ユーモアはわからず笑い話しか知らない人間たち、何とも言えないほど面白くない人間たち（彼らは至極つまらない）、人種的優越主義者、カワイ子ぶってすました顔をしながらもそうではない振りをする女（世界のどこにもありがちなこうした女たちは、世界のどこよりも韓国に多いが、それらに対する調査が一度も行われたことがないのでその正確な数は明らかではないが、南極に住む絶滅の危機に瀕したある種のペンギンの数よりも多いのは確かだ）、力と男らしさを自慢する男（韓国にはこんな男も多いが、彼らの中ではすでに力が入り過ぎた首にまた力を入れて音が出るように首を動かしたり、わざと外股に歩く者もいる。彼らはぶりっ子なのにそうではない振りをする女たちとよく似合うカップルになることもできる）、保守主義者、経済的問題などで、そのリストは果てしなく作成できる（そのリストを果てしなく作成することは面白くも面白くもない）。

そして僕が面白く思っているものは、影、雲、風、霧、そして訳あって空中に飛び上がる世のすべての魚たち、土に穴を掘って暮らすすべての動物、交尾の季節になって敏感になった動物たち、天気、樹木、酔っぱらい（彼らは面白かったり面白くなかったりする）、小さな腕白者たちと大人になっても悪戯っ子のようなところのある人たち、無欲な人たち（この中には面白くない人たちもたくさんいる)、物乞いには関心のないこじきたち、あまり大きな夢のない子どもたち、ヌーディスト、女に振られたり振ったりした記憶、復讐に対するある思い、言葉を用いる遊び、言いたいことがほとんどない詩と小説、あまり辛くない病気、貧乏(裕福なら面白そうな多くのことができるが裕福それ自体はつまらない。しかし一方で貧困は貧困だからこそ貧相に振る舞うだけで面白くなることがあり得る)、思う存分怠けること、言葉で自由自在に遊べる境地に至ること、全く根拠がないか非常に根拠のない考え、何でもない何かについて一人だけの理論を展開すること、一人で世のいろいろなことを静かにせせら笑いながら悪口をいうこと、そして何かについてこれ以上考えられなくなるまで考えることなど、そのリストは果てしなく作り出せるのだ(そのリストを果てしなく作成することは面白い)。ところが僕が面白いと思う多くのことは、同時に僕が好きなことでもあるが、その両方が必ずしも一致するわけではない。例えば僕は器械体操とボクシングとスカイダイビングと水中バレエとサーカスは面白いと思うが、好きではない。僕にとって面白いものはこの他にも何とも形容しがたいものが多いが、その中でいくつかの例を挙げれば次のようである。

サンフランシスコに着いてから日を置かず、僕は毎週発行されるある地域新聞を読んだのだが、その行事欄を通じて数日前に市内のどこかでベーコンと関連した集まりがあったということを知った。少し会費を払えば誰でも参加できて、ベーコンを手作りして、ベーコンについて話し合って、ベーコンを試食するという集まりだった。ベーコンに関する専門家がベーコンにまつわる多くのことを話してくれる時間もあった。前もって知っていたら必ず行ったとは言い切れないが、その集まりを取り逃したことは残念だった。僕にとってベーコンと関連した集まりは、土星をテーマに開かれる集まりほどに興味を引かれたからだった。

ひょっとするとその二つの集まりを合わせてベーコンを食べながら土星について語る、さらに面白い集まりができそうで、僕には土星の環はベーコンを思い浮かばせたのである。土星の環は土星を丸く巻いている巨大なベーコンのようで、僕はベーコンを食べる時は自然に土星の環が頭に浮かんで、時には土星の環を食べている気分になったりもして、土星の環の味はしょっぱくて香ばしい味だと思ったりもした。それに似た話だが、まるごと焼いたり煮たりして出されたジャガイモを食べる時は、それが小さな小惑星のように思えて、いつかは巨大なジャガイモのような小惑星が地球に衝突して今の文明が消えるかもしれないと考えたこともあった。ベーコンと土星の環から何かの共通点を見つける人なら、土星の環の形をしたベーコンを食べながらものすごく遠く感じられている土星を身近なものに感じられるだろう。また、この集まりではベーコンと土星とともに画家ベーコンについて話すこともできるだろう。

ある日、サンフランシスコのプロ野球チームであるジャイアンツチームの球場があるAT&Tパーク近くの浜辺を散歩していた時、海に野球帽が一つ浮いているのを発見したのだが、波は穏やかで風もないのに帽子は動いていた。静かな水の上で帽子が自ら動くことはありえないことではないが、驚くべきことだと思いながらそれを眺めた。そしてその理由はすぐにわかった。実は一匹のオットセイが水の中で帽子と戯れていたのだった。野球帽はジャイアンツチームの帽子で、オットセイはこのチームの熱烈なファンであるに違いない。サンフランシスコ・ジャイアンツチームの球場の近くの海でそのチームの熱烈なファンであるオットセイを見かけるのは不自然ではない。彼は自分がそのチームのファンだということを誇示するように、一瞬帽子の中に頭を入れて帽子をかぶったまま水面の上に軽くジャンプをしてから潜水して別の所に消え去った。その日はAT&T球場で試合が行われていたわけではないが、僕はそこでサンフランシスコ・ジャイアンツチームの試合が行われる日にはサンフランシスコ湾の数多くのオットセイが自分たちの応援するチームの野球帽をかぶって応援に来ることを想像した。

そしてある晴れた日に公園で横になっていた時、僕は再び精神には遊戯に対するしつこい欲望のようなものがあり、その欲望はとてもやんちゃなところがあるということを感じた。強い日差しが僕の閉じた目の奥まで差し込んでくるような感じで、草地に横になっていたらとても頭が痛くなって、目を閉じたまま頭痛が治まるのを待ちつつ、僕の感じる頭痛を他のものに取り替えようと頑張っていた。言うに言われぬ頭痛を病んでいる大理石の銅像があって、頭痛を病んでいる大理石の銅像があるということで知られている公園を想像し、僕の感じる頭痛を大理石の銅像も感じているのではないかと想像した。そこの銅像は特に頭痛を病んでいるようには見えなかったが、特に皆目を閉じていて、他の公園が閉まる真夜中だけオープンするその公園がどこにあるのかは僕だけが知っており、頭痛を病んでいる大理石の銅像がある公園を真夜中に散歩すれば頭が冴えてくるが、それは僕が通り過ぎると目を閉じていた大理石の銅像が完全に頭痛が治ったかのように目をぱっと開けたからだと想像した。そうしたら嘘のように頭痛が消えたわけではないが少しは治まった。

　正確に言えば、言葉も出せないほどものすごくひどかった頭痛が、少なくとも一言ぐらいは言えるほどに治まって、僕はずっと頭の中で、膝に痛みを感じている大理石の銅像のある公園と、顔をしかめたまま歯痛で苦しんでいる大理石の銅像のある公園と、胃潰瘍を患っている大理石の銅像のある公園と、腰に両手を載せたまま腰痛に苦しんでいる大理石の銅像のある公園と、激しいめまいに悩まされる大理石の銅像のある公園と、耳鳴りで苦しんでいる大理石の銅像のある公園と、気絶する大理石の銅像──僕はこの銅像については特別な感情を持ったが、それは僕が三年前激しいめまいで気絶した時、その感じが悪くなかったし、その後退屈になると気絶したわけではないものの、とても退屈になった時はかえって気絶でもしたいのに思ったとおりにできなくて残念に思った時が多かったためである──のある公園と、脳手術を受けた患者たちの大理石の銅像のある公園と、凍傷にかかって手足を切断した大理石の銅像のある公園と、夢遊病を患っていて夜になると台から降りて公園の中をさ迷う大理石の銅像のある公園も頭の中で作り出したが、その間頭痛はすでに完全に治まっていた。

　これらが僕がとてもではないが少しは面白いと思っていることだ。多くの人たちはそれらの面白さを知らないが、面白さを知っている少数の人たちが面白く思っていることで、そういう人たちがもっと増えればこの世はもっと面白いところになり得るだろう。

キャットフィッシュと猫

本来グレイトフル・デッド[31]に代表されるヒッピーたちの本拠地だったヘイト・アッシュベリかゲイ・コミュニティーのあるカストロで部屋を探そうとしたが、短期賃貸できる部屋が見つからなくて、けっきょくサンフランシスコの北海岸にあるマリナという地域に部屋を借りた。すぐ隣に海岸のある町で、清潔で安全なマンションであるとはいえ、見た目は良くないし、すべての家具が揃っているものの、まったく個性がなかった。壁は白いペンキで塗られていて大きな病室を思わせる部屋にはこれという眺望はなかったが、朝、ブラインドを上げると窓の外からネズミのしっぽを連想させるゴールデンゲートブリッジの上部連結ケーブルのいくつかが、スズメの涙ほどちらっと見えた。

部屋を決めた次の日、五年前にホボに会ったワシントンスクエア公園に行って、そこで再びもう一人のホボに出会った。その日の午後、僕はその公園で一匹のトンボと時間を過ごしていた。公園で横になっていたら一匹のトンボが飛んできて、草原の上に置かれていた僕の手の甲に止まって食事を始めた。トンボは自分より小さい昆虫の胴から細い足までばりばりとかじっていて、僕はトンボの食事する姿をそっと見つめた。食事を終えたトンボは足で口をきれいに拭いた後、僕の手の甲で羽を畳んだままとてもリラックスしていて、僕はトンボに気楽な憩いの場を提供したわけだった。よく見たらトンボは左の後翅に若干損傷を受けていたが、飛ぶのに支障はなさそうだった。しばらくしてトンボは僕の腕に飛び移って止まり、僕と顔を合わせたまま休息を取ってから、今度は僕の額が休むのによりいいと思ったらしく額に止まって長い休みを取った。僕はトンボの休息を邪魔しないようにじっとしていた。僕たちはしばらくそのままいて、僕はトンボと一緒ならいくらでも時間を過ごせるだろうと思った。

トンボと一緒に時間を過ごしている僕を不思議そうに見ていたホボが僕に近づいてきたが、そのせいで驚いたトンボは他の所に飛んでいってしまって、僕はトンボを追い出したホボを憎らしく思った。トンボの代わりに時間を過ごすことになった今回のホボはオクラホマ出身で、ホボになったばかりなのでホボとしての経験は浅かった。僕は彼がいったいホボについてきちんと知っているのかどうか疑わしかったが、彼はホボとは何なのかに関してはわかっていて、ホボのことを知りホボとして生きていこうと決めたが、まだ自分でもホボなのかそうでないのかよくわかっていないようだった。僕はホボについて僕が知っているいくつかの事実を彼に教えてやったが、彼はそのすべてを初めて聞いたと言った。彼はホボというよりはただの渡り者のようだった。

二人で僕のタバコをわけて吸っていたら、五年前にこの公園でホボに会った日がそのまま再現されたようだった。僕は彼に本物のアメリカインディアンに会ったことがあるかと尋ねたが、彼はないと言った。彼が、どうしてそれを聞くのかと反問したので、僕はジム・モリスンのインディアンの話をしてやった。彼は僕の話がよく理解できない様子で、頭も少し悪そうだった。僕の話には関心がなくて他のことを考えているような感じもした。僕たちは特に話題がなかったので、よもやま話をしたところ、彼がホボとしてどうやって生きていけばいいのかわからないと言ったのだが、その時僕は、なんとなく彼が真の渡り者のように思えた。真の渡り者で、オクルラホマ出身の彼はホボについては話せることがないらしかったが、他のことについては多くのことを話せそうだった。彼は幼い頃、素手でナマズ、すなわちキャットフィッシュを捕まえたことを少し気分を高ぶらせて話してから去っていったが、その後、僕は彼の話をもとに「キャットフィッシュと猫」という見出しを付けた文章を書いた。それは少し残酷でちょっと悲劇的でややもの悲しくやや喜劇的な話で、ナマズに関する物語だった。

「ヌードル」という言葉は一般的に麺を意味するのだが実は別の意味もあって、釣竿のような道具を使わずに、素手でさまざまな魚の中でも特にナマズを捕まえるという意味がある。アメリカインディアンから由来したのかどうか定かではないが、アメリカのヌードリングはオクラホマとミシシッピ、テネシーとミズーリのような、主にアメリカ南部の州のミシシッピ川流域で行われる。人々は主にぬかるみで何も見えない濁った川の中に潜って川岸にある泥穴や岩の下、あるいは低木の下にいるナマズを手探りで見つけた後、ナマズの口の中に手を入れてナマズの顎を握るという方式でナマズを捕まえる。この過程で手を一種の囮に使うこともある。

ヌードリングは主に夏に行われるが、この時期はナマズの産卵期のためナマズがとても攻撃的になる時期である。大きなナマズは三十キロにもなって、ほぼチョウザメの重さである。人々はできるだけ負傷しないように、手に手袋をはめたり靴下を履いたりするが、真のヌードラーを自任する人はそうするのをあざ笑い、素手にこだわって怪我をすることに快感を覚えたりもする。しばしばナマズの鋭い歯に引っ掻かれ、手や腕から血が流れたりして大怪我をする場合もあるし、さらにナマズの歯で千切られたり、感染によって指を失ったりする可能性もあるし、溺死することもあり得る。ナマズよりさらに危険なのは、ナマズの暮らす穴に住む蛇や亀、ワニ、ジャコウネズミ、ワニガメ、ビーバーなどだ。服が岩や木の根に引っ掛かる危険もあり、ほとんどのヌードラーは半ズボンだけはいてナマズをつかむ。

今は多くの人たちがスポーツ、または趣味として楽しんでいるのだが、本来ヌードリングはミシシッピ川一帯の肉体労働者たちが稼ぎや食用のためにやっていたことなのだ。ヌードリングは一時、アメリカで最もアメリカ的なものを発見しようという熱いブームが起きた時、アメリカ人が一番アメリカ的なものの一つとして見いだしたものでもある。アメリカ人はそんなふうに、イギリスやスコットランド、アイルランドの音楽を根幹として、ジャズとブルースの影響を受けたブルーグラス音楽も再発見した。ヌードリングで最も有名になった人物はジェリー・レイダーである。彼は一九八九年アメリカの有名なトークショー「デイビッド・レターマンショー」にも出演し、遠くインドまで飛んでいって彼を厚く囲む好奇心の強いインド人にヌードリングを試演し、MTVにも出演した。しかし、MTV出演のためしばらくカリフォルニアで豪華な時間を過ごしていた彼は、その後、テレビに出演したことは幸せなことではなかったと打ち明けた。アメリカ南部の真の田舎者である彼は、華やかで平穏な生活に違和感を感じたのだ。ひょっとしたら彼はナマズを捕まえずに生きていく人生などは考えられなかったのかもしれない。ナマズを捕まえること以外には関心がない、とにかくそう言い続ける彼にカリフォルニアの小利口な人たちは、彼がずっとナマズを捕まえながらカリフォルニアで過ごせるようにナマズの住む大きな水槽または小さな川ぐらいは作ってあげると提案したのだが、彼は遠慮したのかもしれない。彼がヘビやカメ、ワニ、ジャコウネズミ、ワニガメ、ビーバーなども要求したら、人々はそれは無理だと言って、代わりにプラスチックで作った蛇と亀、ワニ、ジャコウネズミ、ワニガメ、ビーバーなどを水に入れてあげると言ったので、それに失望のあまり彼は故郷に帰ったのかもしれない。

二〇〇一年ブラッドリー・ビースリの作ったドキュメンタリー映画「オクラホマのヌードリング」が放映されてから、アメリカでヌードリング大会が開かれた。アメリカでは、バス釣り大会とマス釣り大会は前から大きな賞金のかかった大会として開かれた反面、ヌードリングはほとんど大衆の関心を得られなかったことにヌードラーは不満を持っていた。それでこのままじっとしているわけにはいかないと思って、ついにヌードリング大会を設けたのである。その後、オクラホマで最初のヌードリング大会が開催されるやいなや大衆の爆発的な関心が集まり、ＥＳＰＮをはじめとして全米で生中継されるようにもなった。現在ポールズバレーという川で開かれるオクラホマのヌードリング大会が一番有名で、アメリカ一一カ州でヌードリングは合法となっている。これまで捕れたナマズの中で一番でっかいのは、タイとイタリアの川で捕れたものだ。

ヌードリングに関するあるドキュメンタリー映画で、僕は人につかまった、ほぼ猫の頭ほどの大きさの頭を持ったナマズが地面に伏せたまま口をぱくぱくしながら息を吐き出しているのを見た。

その姿はとても不幸に見えた。その反面、人々はその不幸なナマズのまわりでとても幸せそうで、ナマズと人々の間に悲喜が克明に交差している。しばらくしてナマズは首を切られて頭だけ残ったままで息を吐き続けていたのだが、ナマズとしてはそれこそ死にそうだったが、それを見ている人たちは楽しくて死にそうだった。人々は無礼にも、死にかけている何かに対する最小限の礼儀も持ち合わせていなかった。死んでいくナマズは静かな死さえも迎えられなかった。いやその程度から見ると、静かに死を迎えていたとも思われる。僕が見たそれは、身悶えできる胴体さえなかったからだ。ナマズにできることは口をぱくぱくすることだけだった。人々が自分に犯したことはあまりにも気に入らないことだが、気に入らないという素振りさえ見せられないナマズにできたことは、息が切れるまで口をぱくぱくすることだけだった。ナマズとしてはここで自分に起きていることを見ながら舌を巻いて怒っても飽き足りなかっただろうが、ナマズにはそうする舌もなかった。

最も印象的なシーンは、その後人々がナマズの一部を猫にやって、猫がナマズの肉をとてもおいしそうに食べる姿だった。ところでナマズは英語でキャットフィッシュ（catfish）と呼ばれるが、それはナマズが猫のひげに似たひげを持っているからである。しかし双方の類似性は似た形のひげぐらいで、双方はこれだけで自分たちが似た名前で呼ばれているのを知れば、残念がるだろう。いやおそらくナマズの方の無念さがずっと深いだろう。人々が猫にナマズを食べさせるのは、猫がキャットフィッシュを食べるというアイロニーを発見したからなのかもしれない。猫にはそのアイロニーの中身がわかるはずないが、ナマズを特別なおやつと思いながら食べているように見えた。

ナマズの味を知った後、その味をなかなか忘れられない猫たちはナマズを食べたいと思うと川辺に行ってナマズの住んでいる川を眺めながら時間を過ごしているのかもしれない。人々とナマズと猫が登場するこの小さなドラマの中にはマギー*32という名前を持っていそうな、照れくさそうに笑う田舎少女もいた。後日、彼女はこの映像を見ながらナマズが死んで行った日、家族と一緒に過ごした楽しい時間を思い出して死んだナマズの追憶に耽ったかもしれない。

その後、僕はサンフランシスコの中華街にあるベトナム食堂でナマズ料理を注文して食べたが、そのナマズがミシシッピ川流域で生まれてそこで暮らしていたところを捕まったのか、あるいはベトナムや中国の川から来たのかはわからなかった。あるいは食卓に上る多くのナマズたちがそうであるように、養殖場から来た可能性も高かった。産地がどこであれ、料理されて中華街にあるベトナム食堂のテーブルに載せられたそのナマズが食べられなかったわけではない。幸いなことに料理されたナマズは頭なしの胴体だけで、しかも切身だったのでミシシッピ川流域でヌードラーに捕まえられて不幸に死んだナマズをそれほど思い出させることはなかった。もし頭があったら、食べられないほどではなかったろうが、少なくとも食べるのに苦労したと思う。

ところでアメリカ人が一番アメリカ的なものの一つとして掲げたヌードリングは敢えて特別なところもなく、しかもアメリカ的なものでもなかった。全世界の川辺に住む多くの人たちがヌードリングをしている。考えてみたら僕自身も一時ヌードラーであった。幼い頃田舎で育ち、村の近くの川で素手でナマズを捕まえたりしたものだった。その時捕まえたナマズは大きくなかったものの、捕まえる時に歯でかまれたり針で刺されたりもした。当時の記憶を辿ってみたら、何よりもナマズがぬるぬるして指の間をすり抜けた記憶が多かった。指に残るぬるぬるした感触を思い出しながらナマズの一切れを食べたが、マドレーヌのように僕をあのころに連れ戻してはくれなかった。その時期はまるで嘘のように、ほぼ前世に近いと思えるほど遠く感じられた。川辺に住む、世界の多くの子どもたちがナマズを捕まえていて、その中の誰かはしばらくして異国の食堂でナマズ料理を食べながら幼い頃にナマズを捕まえたことを思い出すこともあるだろう。

その後、僕と出会った何人かのアメリカ人にヌードリングについて話したが、彼らのうちそれについて聞いたことのある人は一人もいなかった。それについて僕は、アメリカという国があまりにも広過ぎることと関係があるかもしれないと思った。彼らは自分たちが初めて耳にしたヌードリングについて、興味深い様子だった。僕はヌードリングも興味深いものだが、一番アメリカ的なものの一つであるというヌードリングについて僕がアメリカ人に話すのも面白かった。いつかあるアメリカ人から朝鮮の将軍として誉れの高い李舜臣将軍と亀甲船について僕が知らなかったさまざまな話を聞いた時にも同じ思いだった。船とは全く関係のない仕事をする彼は、戦艦の歴史に限ってはほとんど専門家的な知識を持っていたのだった。

＊31　グレイトフル・デッド（Grateful Dead）：一九六五年にサンフランシスコで結成されたアメリカのロックバンド。ロック、フォーク、ジャズ、ブルーグラス、カントリー、ブルース、サイケデリック・ロックなどさまざまな要素を内包している。ライブの長時間にわたる即興演奏を信条として一九六〇年代のヒッピー文化、サイケデリック文化を代表するアーティストである。

＊32　マギー：キャットフィッシュを韓国ではメギと読む

サンフランシスコの変り者と気狂い

サンフランシスコにはホボやこじきも多いが、変わり者も多くてひと目で変わり者だと気づくほどの変わり者もしばしば見られるのだ。ワシントンスクエア公園に行けば、午後たまに一人で草の上に座って大きなビニール袋にいっぱい入ったチェリーをもぐもぐ食べている男を見かけるが、彼はまるでチェリーに何か深くて大きな恨みを抱いているようで、チェリーが人にできる嫌がらせには何があるのか想像しにくいが、夜中にチェリーにとても苦しめられたように、他のものには目をやりもせず、ひたすら自分の食べているチェリーばかりを目を凝らして眺めながら食べていた。彼がそんなふうにチェリーを食べている姿を見ていたら、チェリーにどれほど深い恨みを抱いていればそれほどまでにチェリーを食べられるのか不思議だった。

ところが、彼がチェリーを食べている姿には周りのすべての物をつまらない物にしてしまう何かがあり、彼はまた誰にも解けない謎の解答を探しているようでもあり、彼の食べているチェリーも普通でない、さらにチェリーではない何かに、いわばそれ自体が謎である何かに見えたりもした。

アジア系に見える老いた彼が、ワシントンスクエア公園でなぜ静かにチェリーを食べているのかはわからないが、彼が去った場所には凄まじく復讐したようにチェリーの種がいっぱいに積もっていた。しかし、その翌日になるとチェリーの種はすべて消えていた。その理由はわからないが、その公園に住んでいるリスがチェリーの種を集めてどこか秘密の場所に塔を築いてでもいるのではないかと想像してみた。そしてそれはリスたちが多少おかしくて、純粋で、特別な情熱を持って暇だから趣味でやっていることなのだ。それはたとえリスであろうとも趣味を楽しめないわけではないということを物語っていると同時に、ワシントンスクエア公園から近い、テレグラフヒルにあるコイト・タワーを見れば納得できるのだ。

コイト・タワーは、僕の唯一好きなサンフランシスコの象徴物で、塔自体が好きというよりはその塔をそこに建てた、サンフランシスコと縁の深いある変わった女性にまつわる逸話のためである。アールデコ様式のその塔は世界の多くの塔がそうであるように誰かの多少おかしくて、純粋で、特別な情熱で作られたが、その特別な情熱は塔を組み上げることによって最もすばらしく実現できるということを物語っている。その塔は、僕の考える真の塔の姿や使い道はいっさいなく、ただ空に向かって聳え立っていればいいという考えに一番合致しているのだ。

コイト・タワーを建てた人はリリー・ヒッチコック・コイトという女性だ。彼女はかなりの変わり者で、常に男の格好をしていて、かつらをかぶりやすくするために髪の毛を短く剃ったりもした。一五歳の時に消防士が火災を鎮圧するところを見てから、起こった火事を見るたびになんとしてもその火を消そうとして、消火栓には格別な感情を抱いていた。けっきょく、彼女はサンフランシスコの名誉消防士となり消防士の守護聖人になり、サンフランシスコの伝説の人にまでなった。ひょっとしたら彼女は幼い頃ホースで水を吹き出すことが一番好きで、そうやって遊ぶ時が一番幸せだったのかもしれない。

ワシントンスクエア公園で横になってコイト・タワーを眺めていたら、韓国にいるある女性が思い浮んだ。彼女は幼いころのある冬、家の近くで消防車が走るのを見て火事が起ったところが見られるということで興奮してその車を追い掛けたものの、興奮はすぐ驚きに変わった。消防車が到着したのはよりによって彼女の家だったのだ。幼い彼女の目の前で家はすっかり燃え尽き、やがて焼け落ちてしまった。衝撃を受けるべき彼女は、衝撃より恥ずかしさを感じた。彼女の親がその家から持ち出したのが家族の大切な思い出の詰まったアルバムのようなものではなく、当時とても貴重だったカラーテレビだったからだ。彼女はそのテレビで自分の家に火事の起こったニュースを見られなかったのがとても残念だったそうだ。

その後、再び彼女の家が建てられるまでの数ヵ月間、彼女は仮の住まいで幸せな時間を過ごした。ところが建て直された家はその年の夏に洪水で浸水してしまい、彼女は再び数週間にわたって仮の住まいで過ごすことになったが、その時間も幸せだったそうだ。彼女はまた家にいつ何が起こって避難する羽目になるか不安だったので、自分の大切にしていたアルバムや日記帳や人形などを全部四角い旅行用ボストンバッグに入れておき、いざとなれば家を出られる準備を済ませていたそうだ。二度の災難は世の中を全く違った目線で見るきっかけにまではならなかったが、彼女はそれによって幸せな子ども時代を送ることができた。その話をしながら彼女は、幸せは、特に幼い頃の幸せは思いもよらぬところから思いもよらぬ方式で訪れることもあると言った。

彼女はかなりの変わり者だったが、自分が変わり者になったのは幼い頃、二度も災害にあったこととは少しも関係がないと述べたことがある。親に強いられていやいやピアノを学んでいた彼女は、自分の家が焼けたあとのある晩、楽器店に火事が起こってピアノと弦楽器が燃えてしまって真っ黒な煙を吐く夢を見たが、それは自分の見た最高の夢の一つだったそうだ。彼女は自分が作曲家だったら燃える楽器のために一種のレクイエムを書いたかもしれないと言った。

サンフランシスコにはホボとこじきと変わり者のほかにもまたさまざまな人々がいて、それは他でもなく、変わり者を超えて少しいかれているか、半分いかれたか、完全にいかれつつある最中か、すでに完全にいかれた者である。この都市にはそんな者たちがとても多くて、よほどおかしな状態でないとおかしいとは言えない、おかしな人の範疇にも入れない、という話を聞くかもしれない。

家の近くの公園には、いつも午後の決まった時間に散歩する中年の白人女性がいる。彼女は未だに自分が中世に住んでいるとでも勘違いしているようで、頭からつま先までゴシックスタイルである。青白いぐらいに白い顔の彼女は、黒い服にいろいろな種類の金属の飾りをつけていた。彼女と一緒に散歩する大きな黒い犬も、首につんつんした鋲の装飾のある黒い革のネックレスをしている。彼女も似たようなネックレスをしているのを見ると、彼女と犬は互いにネックレスを取り替えたりするのかもしれない。彼女を見ていると思わずあらゆる想像が湧き上がってしまう。彼女の家にはさまざまな中世風の衣装がショーケースの中に入っていて、地下室には格子のある牢獄が作ってあり、夜になると自らその中に入って寝て、自分の犬に監視をさせて暮らしているかもしれない。何より彼女が望んでいるのは、体に血色の一つもなくなって死体のように青ざめて生きていくことなのかもしれない。彼女は少しいかれているが、これからさらに半分ほどいかれるのかもしれない。

そして僕の住んでいるところの近くの図書館でよく見かける白人の老婆は、仮装舞踏会に行くのかそこから帰ってきたのか、いつも黒くて長いワンピース姿をしていた。彼女は毎回黒いボンネットに色を変えてバラとデイジーをさしたり、髪に小さな花をさしたりしているが、過去ロマン主義詩人の作品の中で長く眠った後で寝惚けたまま、寝過ぎでボサボサになった髪の毛を指で梳《くしけず》りつつ眠気を払いながら家から出てきたばかりの女のようだった。僕は彼女を見て、花は必ず地中に根を下ろすという事実をまったく受け入れられず、彼女が自分なりの独特でかつ奇抜な方法で自分の頭に花種を蒔いて水をやり花を咲かせようとしているのではないかと想像した。頭から花を咲かせる方法を知っている奇抜な彼女は、季節によっていろいろな花種を頭に巻き付けるのかもしれない。

彼女を見ていたら、過去のヒッピー時代に賛美歌のように歌われ、サンフランシスコと関連した一〇〇〇曲を超える歌の中で最も有名な歌でもある「サンフランシスコ」が浮んできた。スコット・マッケンジーが歌ったこの歌の最初の小節は「もし君がサンフランシスコに行くなら、花をすこし髪に飾るといい」ということで（この歌はサンフランシスコに関する数多くの歌と区別するために最初の小節から「花のサンフランシスコ」というタイトルで呼ばれることもある）彼女はそのころ自由と愛と平和と調和と共同体に対する理想に浮かれた気持ちで他所から訪れたヒッピーたちの一人で、頭に花をさしたままサンフランシスコに来て——実際にその当時世界各地から数千人のヒッピーたちが頭に花をさしたまま人々に花を配って「サンフランシスコ」を歌いながらサンフランシスコへ来たが、その歌は彼らをそのようにこの都市に来させただけではなく、一九六八年プラハの春の時にソ連軍に抵抗したチェコ人たちの自由への賛歌としても歌われた――現在までここに住んでいる、本当のヒッピーなのかもしれない。彼女はもう半分以上いかれているように見えた。

サンフランシスコには完全にいかれた者たちが本当に有り余るほど多いのに、どうしてサンフランシスコを紹介する観光案内書には彼らについて一言も書いてないのか気になるくらいだった。事実ではないだろうが、彼らは過去ヒッピーたちがこの都市に大挙して押し寄せてきたように、ヒッピーたちとはまた別の波をなして、頭が変になり髪に花をさしたままこの都市に大挙して押し寄せてきたようだ。それは事実ではないはずなのに、その人の波を想像するだけで一種のおだやかな感動が湧きあがってきた。

それとも以前、この街に来た多くのヒッピーたちがいかれてしまって、この地に暮らし続けているのかもしれない。彼らの中には一人で物思いに耽って口をもぐもぐさせて静かに呟く者もいれば、自分一人の空想を大きな声で叫ぶ者もけっこういた。いかれてしまえば一人だけの世界への思い込みは当然なことであるが、どうして大きな声で叫ぶのだろう。いかれてひとりで叫ぶ者たちを見るたびに気になって、彼らを見かけるとその理由を探り出そうとしたができなかった。しかしサンフランシスコでそんな者たちを見て、その問題についてじっくり考えてみたらわかりそうな気がした。もちろん彼らの中にはこの世と人について呪いを浴びせる者もいるはずだが、そんな場合を除けばあえて声に出して言う必要のない独り言を声を出して言うのは、けっきょく他の人に聞かせるためではなく、自分に聞かせるため、自分に聞けというものであった。また声に出して言わなくてもいい言葉をわざと声に出して言うのは一人で考えたり、独り言をつぶやいたりする時とは違って、比べられないほど自分に自分の考えを強く思い込ませるためだとも言えるのだ。彼らは自分の言葉が自分の頭の中に明確に刻まれるように、話す内容が頭から抜けないように、頭の中がその考えでいっぱいになるようにそうするのだ。彼らのすべての考えはいくつかの考えに整理されていて、それらをマントラ[*33]のように呟きながら、自分に一種の呪文をかけ続けているのでもあった。

ある日、黒人の老婆がバスの中で七オンス、九オンス、十三オンス、と大声で独り言を言い続けるのを見たことがある。彼女は何かの重量を量っているようで、重量についてのある考えが彼女を支配していたのに違いない。ひょっとしたら彼女はいかれる前に何かの重量を量る仕事をしていて、いかれたあともその仕事は自分がしなければならないと思っているのかもしれない。僕は道で、門を探しなさい、と叫び続ける男を見たし、公園をうろうろしてずっとくすくす笑いながら、それはもう面白くないと言い続けている、いかれた中年の女も見た。

また歩きながら蚊の音を出し続けている、品よく年を取った白人の老婆も見たが、僕はしばらく彼女と並んで歩きながら彼女の出す蚊の音を聞いた。彼女の出す蚊の音は本当に蚊の音に似ていて、まるで一匹の大きな蚊と並んで歩いているような気がした。彼女が自分を蚊だと思い込んでいるのか、それとも蚊の音を出して人たちを威嚇したり近寄らないようにしているのか、それとも蚊の群れを呼び集めて人々を噛ませようとしているのかに関してはわからなかった。

いかれた多くの人たちは確かにはっきりとした個性を持っているようで、その個性はいかれた時だけ持てるものなのかもしれない。ところが一面では、精神というものは極端に走ろうとする欲望があり、精神の至る究極的な地点はいかれた状態だと考えられる。ひょっとするといかれた時こそその人が真にどんな人間なのかわかるのかもしれない。

多くの面でサンフランシスコは、いかれた人が住むのにいい所だと思われる。ここにはすでにいかれた人たちがありふれていて、彼らはこの都市の自然な一部を成しているようだ。いかなる施設にも収容されていない、一種の自然状態の中にいる、制御されていない状況にいる精神病患者に対する精神病理学的な研究が行われたことがあるかどうかはわからないが、そんな研究をするにはサンフランシスコが理想的な場所だと思う。

もしかしたら僕がいかれるかもしれないと思う時があるが、もちろんそれは努力して、いや努力しただけでいかれるわけではないはずだ。しかし、いつも現実から遠ざかった人生を生きながら、いったん何かに駆られると容易に抜け出せない、埒もない感情に駆られて、一人だけの考え、しかも行き過ぎた考えではないと考えているような気もしない、言葉にならない病的な考えに陥って、その考えから逃げ場を探して、いかれた人の手記みたいなこの小説を書いていて、たまには独り言を言ったりする僕がそうならないとは言い切れないだろう。

僕がある瞬間すべての判断力を失っていかれてしまうかもしれない。よく言われるように小さくて素朴なものから幸せを感じられなくなってそんなものを大切にしない、もうそれを大切にする段階を越えたわけではなくそもそもそんなことができなくて、いかなる希望や夢もない人ならそうなる可能性があるし、しかもその可能性はとても大きいだろう。

僕が公に新たな人生を歩み始めるその日は、雨の降る街を歩きながら、人々がさしている傘がコマのようにぐるぐる回って天に舞い上がり、僕も傘を握ったまま天に引き上げられる神秘的な幻影を経験した瞬間、それとも透き通った空でオーロラを見たと思った瞬間に訪れてくるかもしれない。

願わくはもし僕がいかれたとしても、暴れて騒いだり誰かに迷惑をかけたりせずに、静かに独り言を言いながら過ごしたい。僕はたまに果敢に、そしてかすかな声で独り言を言う場合があるが、いつか僕が完全にいかれる日が訪れて、口をもぐもぐさせながらかすかな声で独り言を言うようになったら、何を言うかなと気になった。その時は独り言を言っても何を言っているのかわからないかもしれないが、それはどうでもいいだろう。もしかしたら頭の中をいっぱいに埋め尽くしている意味のない活字が、シャボン玉のように口をついてこぼれ出ることもあるだろう。

スプリングやねじや昆虫の羽のようなものに対する思いに駆られて、それらについて話すのも悪くはないが、僕はそれより、流れる雲や静かに流れたり流れなかったりするが表面だけは静かに揺れる水について話したり、またそれらに対する思いから喜びに体を震わせるまではいかないけれども満面に笑みを浮べてみたい。雲や水はじっと眺めながら、それだけでなく他のことについてもじっと考え込むことのできるものであり、それらについて考え込んでいたとしてもじっと眺めながら頭を空っぽにできるものであり、何も思い出せない時に何も考えずにそれらの形が徐々に変わるのを見つめるだけでも良いものである。何よりも、途方にくれている時にそれらを見ていればその寂しさが少なくなったりなくなったりはしないが、何となくきわめて滑らかになれるものであり、互いに言葉が通じなくても互いに話し合っているようにたえず話しつづけられるものでもあるからだ。だから僕は自分がいかれてしまえば、まるで夢のようだと思うことさえできない状態になるだろうが、夢を見ているような顔で、壁と屋根と窓がすべて雲で作られた家で、すべてが雲で作られたベッドやテーブルのような家具に囲まれて、雲で作られた服を着て、雲で作られた物を食べ、雲のように行動して考え、雲ではないすべてのものも雲のようで、雲でないものについては考えられなくなって、雲のことばかり考えて過ごしたいと思った。

＊33　マントラ：サンスクリットで、本来的には「文字」「言葉」を意味する。真言と漢訳され、大乗仏教、特に密教では仏に対する讃歌や祈りを象徴的に表現した短い言葉を指す。宗教的には讃歌、祭詞、呪文などを指す。

最初に北極点に到達した猿

ある日、ヘイズ通りにある洋服屋で黒いジャケットを一枚買ったのだが、買う時にも感じたものの家に戻ってきて鏡の前で着てみたら、やはり舞台衣装のように見えた。首の長い鳥によく似合いそうな長い襟がついているその服は、ふだん着て歩くのには少し戸惑ってしまいそうで、買う時もそう感じていた。それで動物を檻の中に閉じ込めるようにその服を箪笥の中に入れておいて、たまに取り出して——そうするたびに服は自由の身となったことを喜んでいるように見えた——家でコーヒーを飲んだりパソコンで文章を書いたりソファーに座ってテレビを観たりする時に着た。そういう時は自分がコーヒーを飲んだりパソコンで文章を書いたりソファーに座ってテレビを観たりする演技をしている俳優になったような気がした。その服を着ていると何をしても演技しているようで、鏡を見ても鏡を見ている演技をしているようだし、じっとベッドに横になっていてもじっと横になっている演技をしているようだし、さらに水を一杯飲んでも水を飲む演技をしているようだった。

ある夜、その服を着て窓際でガラスに映った自分の姿を見て悲しい場面を演技する俳優のように悲しい表情をしてみたが、素質のない俳優のように見えた。それで素質はないが血のにじむような努力をして立派な俳優になろうとする俳優のように閉じた窓越しに街を眺めながら、遠く離れたところを通り過ぎていく人に向かって、両手をあげて演劇の台詞を覚えているかのように大きな声で何かを叫んでみたりもしたが、そのたった一人の観客は何の反応も見せてくれなかった。僕はいくら努力しても絶対に立派な俳優にはなれない俳優のように俳優への夢を全部捨てた人のように、両手をだらんと下げたまま窓ガラスを眺めていたのだが、まるで自分が最後の一縷の夢すら捨てた者のように見えた。

その後、ある日の夜、布目が幾筋も解けたすごく古びた黒のタートルネックセーターの上に上着を羽織って再び窓辺に静かに座っていたら、外は風が吹き荒れていて、目に見えない誰かが叩くように窓が揺れた。それでも舞台の上に役者が登場するのを待つ観客のようにじっと座っていたら、ふと画家[*34]フランシス・ベーコンに関わるエピソードが頭に浮かんだ。ある日の夜、彼は自分の家の中に侵入した泥棒を平然と迎えて自分のベッドに連れていき、一緒に寝た。その後、彼らは同性愛の関係になった。泥棒はベーコンの人生で一番大切な一人となり、ベーコンは彼をモデルにした絵を数枚描いた。その瞬間、見知らぬ誰かが僕の部屋にやってきたり侵入したりすると、誰であれ、ごく自然に下手な演技をする俳優のように彼と話し合いながら夜を送ることもできそうだったが、誰も来るわけはなかった。

窓の外に、強い風に吹かれて足元がふらつきながら歩いていく人たちが見えて、ふと体を支えられない彼らの行列に合流したくなった。強い風に吹かれて足をふらつかせて歩くのにはとても良い夜で、大変だがよろめきながら歩きたかった。それで、約四キロほど離れたゴールデンゲートブリッジを過ぎて、夜の終わるまで延々と歩こうと悲壮な覚悟をして、それにふさわしい悲壮な姿で、舞台衣装のようなジャケットの襟を立てて、両手をポケットに突っ込んで家を出たのだが、けっきょく強風に意欲がくじかれてしまい、途中で散歩をやめるしかなかった。風があまりにも強くて肩に小さな翼でもつければすっと飛べそうだった。飛ぶのに必要なのは、小さな翼と飛ぼうとする意志だが、意志はあるが翼がなくて飛べないのだ。

ヨット船着場の辺りのベンチをぎゅっと手で摑んで座っていたら、停泊しているヨットがまるで綱に縛られているのが我慢できないとばかりに、ギイギイときしみながらとてもつらそうなうめき声を上げていた。それを聞いていたら不思議なことに気分がよくなった。風に砕けそうな船を見つめていたら、まるで風が僕に伝えたようにある思いが浮かんだ。それはある猿のことだった。なぜ急に猿について思い出したのかはわからなかったが、船が揺れながら出す音が多くの猿たちがいたずらをしながら出す音のように聞こえてきたからなのかもしれない。

風があまりにも強くて他の船は海に出ようともしない夜には、サンフランシスコのマリーナにある埠頭に静かに入ってくる幽霊船があって、船にはインドネシアのジャワ出身で、猿としては若く九十九歳でアフリカで死んだ猿が乗っていた。その猿は人々の間だけでなく猿たちの間でも伝説的な猿であったが、最初に北極点に到達してそこで過ごしていた時にオーロラを見て気が変になったという、彼をめぐる噂があったからだ。その猿は気が変になったが、そのために幸せな一生を送った。彼はいつも片方の腕に一つのココナッツを抱えていて、自分が離れてきたところを忘れないためだったのか、それとも誰かと一緒にいるという気持ちでいたかったのかははっきりしなかった。

いつも孤独だった彼は若い頃もジャワの無人島の洞窟で一人で過ごすのが好きで、そのココナッツはその時から彼と一緒だったものだ。子猿の頃、彼はココナッツを抱えたまま海を漂う船を見たり、水平線越しに沈む夕日を見たり、夜空の星を見たり、彗星が落ちるのも何度か見たりした。彼は晩年になるとココナッツとともに、視力を失ったまま無人島の洞窟の中で点字の本を読みながら暮して最後を迎えるつもりだった。死んだあと、彼の遺体はココナッツが守ってくれるはずだった。彼はそのココナッツが世界の何よりも好きだった。彼は真面目な猿だったがいたずらも好きでココナッツさえあればいつまでも全く飽きずにいたずらをすることができた。しかし、明るい所でのいたずらは面白くなかったので完璧な暗闇の中でだけいたずらをしていたのだが、闇の中ではココナッツを膝の上に載せたまま口を大きく開けてじっとしていたり、両腕をあげていたり、静かに何かに不満を抱いた顔をしてから、実際に不満を抱くだけでもひどいいたずらとなった。彼は主にそのようないたずらをした。

彼が北極で何をしながら過ごしたかについてはあまり知られていなかった。確かなことは何一つなく、ただ彼をめぐる噂があるだけだ。ところで北極には甘いものがなくて、甘いもの、特に熱帯果物が食べたくなる時だけ彼は故郷を懐かしんだが、そういう時は口の中がぴりっとするほど冷たい味しかしない雪を固めて舌でなめたりした。彼は最初に北極点に到達した人間探検隊によって故郷に戻されたが、再び放浪の旅に出て世界各地を漂ってアフリカで風土病にかかって死んだ。その猿の幽霊を見た人は、たまに気が変になってまた気を取り戻し、再び気が変になってまた気を取り戻すということを繰り返すようになるという噂があった。

ところでサンフランシスコのマリーナにある船着場でジャワ出身の猿に関する話を思い出したその時、その思いは自分をその猿だと思い込んで長い間船乗りの仕事をしてきたが今は精神病院にいるある患者の考えであったり、あるいは自分が長らく航海を続けていた船乗りだと思ってはいるが船に乗って大洋に出たことは一度もない、大人になってすぐに精神病院に入れられてそこで過ごしたある男の頭の中を埋め尽くしている考えであるのかもしれないと思った。船に乗ったこともないくせに自分を北極点に到達したジャワ出身の猿だと思い込んでいる人間について考えていたら、若干気分が高まって、幽霊船のような船が風に揺れている姿をあとに、家に戻った。

再びガタガタと窓の揺れる窓際に静かに座っていたら、その話を戯曲に書けそうな気がした。その戯曲は、船に乗ったことはないが自分を北極点に到達したジャワ出身の猿だと思い、精神病院に長く収容されてから退院して、自分の話を戯曲に書こうとする、この世とのコミュニケーションを拒否する者に関する話になるだろう。相当年老いて髪の毛も歯もすべて抜け足の毛まですべて抜けて正気ではない―彼は髪と歯と毛が全部抜けてしまっては正気でいられるはずはないと思った―彼は歯がすべて抜けたライオンのようにタイプライターで文章を書いていたが、一日二十単語以上は書けなくて、彼の書く文章は単語の羅列に近いもので、その内容はどうして彼の部屋においてあるのかわからないボーリング玉や空の鳥籠やフラミンゴの人形やココナッツや模型船―彼にあらゆる考えをもたらすものなら何でもいい―について彼の思っている内容であろう。

その戯曲を書く時、彼はその舞台衣装のような服を着て、長い間、とても長く文章を書いてきた人としての、ちらっと見ても索漠として険しい、人生にうんざりすることにさえ疲れた様子を見せるだろう。僕にとってそれは慣れたことだ。なぜなら、いつもそんな格好で文章を書いたからだ。僕は自分が、船に乗ったことはないが自分を北極点に到達したジャワ出身の猿だと思いこんで、長く精神病院に収容されてから退院して、自分の話を戯曲に書く彼の作品の中に登場する人物のようになる日がもうすぐ来ると思ったりもした。その時には三角帽のように見える不思議な形の帽子をかぶって物を書いたりするかもしれない。みっともないかもしれないが、何かそんな文章を書く時はちゃんとそんな格好をして、不格好な服装かみっともない姿をするべきだと思った。その格好は見られたものではないが、その格好の主体が見られたものではないから似合うのかもしれない。

その後、僕はその戯曲を書くためには、舞台衣装のようなそのジャケットに似合いそうな完璧な品物を備える必要があると思って、まずブーツを探しにサンフランシスコの靴屋をあさったが見つからなかった。どのような形のブーツを探しているのかは漠然としていたが、僕の探しているブーツが見つかれば一目でわかるはずだと信じていた。しかし、けっきょく見つからず僕がその戯曲を書けなかったのはそれを書くのに必要な格好をしていなかったためだという言い訳を思いついた。数ヵ月後、サンフランシスコを離れる時も、ブーツが探せなくて戯曲を書けなかったのが最も残念だと思った。

舞台衣装のようなその上着を買ってから数日経ったある日の夜、僕はその服を着てコスタリカのジャングルの中でまだ発見されていない蘭を探しまわる夢を見た。その夢の中で数百年を経てどうにか形だけが残っているブーツを一足発見した。そこに辿り着いた最初のスペイン征服者たちの中の誰かのブーツのようだった。そのブーツの置いてあった所から遠くない所にはそのブーツの持ち主のもののように見えるいくつかの足の指の骨が落ちていた。周りに他の人の足の指の骨は見当たらなかったので、彼は一人でジャングルの中で道に迷って死んだようだった。僕はスペイン征服者のブーツをはいて彼の足の指の骨を拾って上着のポケットに入れたまま、さらに深いジャングルの中に入り、木の上で鳥の鳴き声を出す猿たちを見て——そんな猿たちを東南アジアのジャングルの中で見たことがあった——、その近くの他の木でオウムたちが先の猿たちと同じ声を出すのを聞いて——彼らの鳴き声は猿たちが出した声と区別がつかなかった——、さらに奥に入ったら森の真ん中に辿り着いた。そこでアズテック族[*35]が作ったような、宙に浮いている塔のある不思議な古代遺跡を発見した。その塔は未完成だったが、鼻の低いチベットの猿のように見える猿たちがはしごを上り下りしながら塔を組み上げている真っ最中だった。おかしく見えるが深いまなざしの独特な顔付きの猿たちは、チベットの僧のように変な三角帽をかぶっていた。僕は、彼らが働きアリのようにばたばたと動いて空中に塔を組み上げているのを眺めている途中で目が覚めたが、念入りに築き上げた塔がそのまま崩れ落ちたようだった。

その数日後、僕はサンフランシスコで好きな場所のひとつとなったミッションドロラスにある靴下屋で緑色の靴下を買ったが、それは僕の舞台衣装によく似合いそうだった。今持っている五足の靴下の中の二足に穴が一つずつ開いていたのでちょうど靴下が必要だった。靴下に穴があくと大体親指の方（靴下は左右の区分がないから小指の方とも言える）なのに、今度は二足ともわきの方に穴があいた。振り返ってみると不思議なことに僕の靴下はよくわきに穴があいてしまうが、それは僕の歩きかたがちょっとおかしいからなのかもしれない。

緑色の靴下はけっこういかしていると思ったが、靴下屋から出てカフェテラスのテーブルに座ってコーヒを飲みながらじっと見ていたら、案の定女性用の靴下だった。僕は靴下に向かって何となくかわい過ぎると思った、とちくりと皮肉を言って、何故男性の着たり履いたりするすべてのものは一目でわかるように女性用よりかなり、また少しでも可愛げなく作ってあるのだろうかと考えてみた。ふだん僕はそれに関してとても大きな不満を抱いていた。そもそもどこから見ても、女性が男よりもきれいにできていると思うので、なおさら不公平な気がした。僕は男の衣装をもっときれいに作れば、もっときれいな衣装を着て、もっときれいになった男たちが、もっときれいに振る舞うようにまではならなくても、少なくとももう少しおとなしくなるだろうと思った。ところが、男が女より可愛くない状態で過ごしているのは、女より可愛くない自分たちよりもっと可愛い女を愛するための、男のエゴイストな行動として理解できる。

ところで、僕の足に合いそうなその靴下を履く女はとても大きな足の持ち主なのだろう。短いストッキングのようにほぼ膝の下まで伸びるその靴下は、特別な日、例えば誕生日に、その日一日を一人で、特別なことは何もしないで過ごしたい人が一日中履きそうなものだった。その靴下はそういう人が自分に与えるちょうど良い誕生日プレゼントにもなり得るものだった。それとも、あまりひどくはないが、十分に心を落ち着かせる必要があるほど寂しい時、あるいは少なくとも正体のわかる悲しみが押し寄せてくる時、ソファーに座って靴下を履いた足をじっと眺めながら、孤独と悲しみを癒す代わりにそれにじっと沈んでいることもできるだろう。何よりもその靴下は僕の舞台衣装のようなジャケットによく似合いそうだった。これから必要なものはそれらに似合うシャツとズボンと靴と帽子だった。舞台衣装のようなジャケットと緑色の靴下と、それらに似合うシャツとズボンと靴と帽子を着用していれば、そうしているだけで荒々しい緑色の眠りに入っている無色の観念に耽っていられそうだった。それともその格好なら、世のすべてから避けていたい時に避けられるか、それとも避けていると思うことができそうだった。しかし、それらをどこで手にいれるのかは未だに漠然としていた。

それらを探すのはあとにして、僕は通り過ぎる人たちを見ていたが、たまたま赤毛の女を見かけてから、無性に通り過ぎる赤毛の人を数えたくなった。課題を引き受けた人のようにそのことで充実して、とてもくちばしがきれいな北極の鳥であるツノメドリを数えるように赤毛の人たちを数えた。僕には、斜面から石を転がすほかに、数を数える趣味があった。その二つが僕のすべての趣味だと言えるが、僕の素質の一部を生かしたようなその趣味を活用し、何か生産的なことを見つけられなかったのが残念といえば残念なことだった。

しかし世の中には数えられるものもたくさんあるが、数えにくいものも多くて、その代表的なものが雲と風だった。それでも僕はそれらの数を数え、十三個の雲が表情を歪めながら通っていき、十三個の風が驚きを隠さずに通り過ぎたと考えた。雲と風より数えにくいものもあって、その中には雨粒と煮え湯の中の泡もある。それらを数えるには気を引き締めなければならないが、それらを数え始めると、まもなく気が遠くなる。それにしても僕はお茶をいれる際に沸き立つお湯を見ながら、僕一人で「喜びの隠せない泡」と名付けた泡を一〇〇個以上数えたこともあった。

ものを数えるのは大変なことでありつつも楽しいことでもある。アメリカとフランスとトルコの田舎で羊の大きな群れに出くわした時、僕は羊の数を数えるのに大変苦労したが、その分楽しかった。羊は誰かが自分の数を数えることを気にしないので、数を数えることができるように待ってくれなかったし、じっとしていたりしないでずっと動いていて、正確な数を数えることはとてもむずかしかった。数多くの夜を眠れずに心の中で羊の数を数えた僕は、アメリカとフランスとトルコの田舎で本物の羊の数を数えた夜、その日の昼に出会った羊と僕の想像した羊——その中には青と紫の羊と透明な羊のほかにも、僕がその群れの中にこっそり入れた、オオカミの仮面をかぶった羊と、羊というにはとても無理だがその正体は言えないのでわからないものだとしか言えないものもあった——を取り混ぜて数えた後にやっと眠れた。もし僕がこれからアフリカや南米に行くことになってそこで羊の群れを見るようになれば、羊を数えるためにそこに来た人のように他のことは何もせずに羊の数を数えながら大変困った状態になったなら、アフリカや南米に来たことが実感できるかもしれない。

ものを数えるたびに僕は変な執着を見せたが、そういう時は変な執着を示すのも当然だと思うと同時に、変な執着なしでは数えにくいものもあると思った。いつかソウルのとある裏通りを歩いていたところ、ある家の中にいた小さな犬が急に猛烈に吠え出して僕をびっくりさせたので、僕はしばらく立ち尽くし、家の門を隔てて腕時計を見ながらその犬が何回吠えるのかを数えたことがあった。その犬はどういうわけか決意を固めたように、僕に向かって物凄い敵意をあらわして吠え続けた。ふだんむやみに吠える犬もいるはずだし、すべての犬がむやみに吠えたりもするだろうが、その犬はむやみに吠えるのではなかった。犬は必死に吠えているのであって、必死になって何かをむやみにしているわけではなかった。その犬が僕に好感を持って吠えているのでないことだけは、はっきりわかった。その犬は歯をすべてむき出すことで露骨に反感を示したからである。ふだん僕は、何かについて特に意見などないタイプの人間だが、世の中のあらゆる犬を相手にする方式のような些細な問題においては断固とした態度を取り、その断固とした態度はとても強硬でもあった。犬に対する僕の立場は互いに適切な距離をおいて、互いに気にさわるようなことはしないことだった。それで僕は若干の距離を置いてその犬をじっと眺めたのだったが、犬は狂犬のように猛烈に、そして息が切れそうに吠え続けたのだ。

その犬をそれほど吠えさせた原因が、僕だけだったのかははっきりしない。ところが好きで吠えるのでもないのにそれほど吠えるのは、自分でもとてもつらいはずなのに──たとえ好きで吠えているとしてもそんなに吠えるのは、とてもつらいはずだ──犬はそのつらさを我慢しながら吠えたし、僕はその犬がそれほど我慢しながら吠える理由が僕にあるのかどうかもう一度考えてみたが、やはりわからなかった。犬は口から泡を飛ばそうとしていただけでなく、実際に泡を口いっぱいに溜めていて、そんなに泡を溜めて吠え続けると気を失ってしまうのではないかと思った。吠え声は非常にうるさかったので、僕は両耳をふさいで、そんなに吠え続けたら声がかれてしまいそうだとはらはらしながらその声を聞いていたが、声がかれたりはしなかった。通り過ぎていく人たちが僕と犬を変な目で見ていったが、僕たちはそんなことぐらいかまうことなく、互いのことに没頭していた。

その犬は一分間ほとんど休まずに百回ちかく吠えたが、一分が過ぎたあとにはひどく疲れた表情になった。僕たちは代わる代わる、犬は僕の胸を、僕は犬の脇腹を百回ほど殴ったような気分だった。そのせいで僕は頭が痛くなり、犬は足から力がすべて抜けたと感じているらしい。僕は、理由もなく反感を示して自ら疲れるほど吠えるその哀れな犬を少しこらしめたいと思った。ふと、犬をこらしめる最も良い方法は少し痛いぐらいに犬の鼻を嚙んでやることだという思いが湧いて、そうしてやろうかと思ったが、門が僕たちの間を隔てていた。これでは、その犬が僕の鼻を嚙む方の可能性が高かった。犬の鼻を嚙んでやろうと思って逆に犬に鼻を嚙まれたら、それは後々まで恥をさらす事件になるだろう。その家は留守らしかった。家の主人は、犬に通り過ぎる人を見たら口に泡を立てて吠えるようにしてから外出したようだった。僕はその犬がヘトヘトになるまでさらに一分間対立しようかと思ったが、それはやめて歩き出しながら、その犬が自分でもつらいはずだから吠えるのはやめて、他に何かやることを見つけてほしいと思った。しかし他にやることが見つからなかったら、吠え続けるしかないと思った。犬はあんなに吠えるとそれですっきりするのかもしれない。その後、僕はまた、犬の鼻を少し痛いぐらい噛んでやるのが犬をこらしめるのに最も良い方法だと思ったが、いくら考えてみてもそれは間違っているようにも思えた。

しかし、サンフランシスコにも赤毛は稀で、僕は二時間ほどかかってやっと六人を数えることができた。もし七人まで数えたらその日は幸運が訪れるだろうという余計なことを考えて、七番目の赤毛を待っていたのだがけっきょく見つけられなかった。七人まで数えたかったのに、できなくて口惜しかった。六人のうち一人は男で、あとの五人の女の中で二人は髪を染めていたようだった。なんとか七人を満たそうと街をさらに歩き回って家に戻ったが、わざわざ何かを探そうとするとかえって見つからないようで、けっきょく見つけることはできなかった。それでも家に帰ってきて、これぐらいなら今日はけっこう収穫のいい日だと思った。

僕の趣味には、小説を書くことも含まれているようだった。僕が趣味として小説を書いていることは、石ころを転がしたり数を数えたりする気持ちで小説を書いているということだけでもわかる。僕は石ころを転がしたり数を数えたりする時は情熱ではなく、変な意地と根性を持って、やけになってやってきた。今まで小説を書いてきたのもそのように変な意地と根性のおかげだったが、それらは非常に醜いものでもあった。

＊34 フランシス・ベーコン（Francis Bacon、一九〇九〜一九九二）：二十世紀のアイルランドを代表する画家。抽象絵画が全盛となった第二次世界大戦後の美術界において、具象絵画にこだわり続けた人物である。二十世紀最も重要な画家の一人で、現代美術に多大な影響を与えた。

＊35 アズテック族：一四二八年頃から一五二一年まで北米のメキシコ中央部に栄えたメソアメリカ文明国家の民族。

僕が物事に意欲がなくなったせいで太平洋に流されずにすんだ果物

何の意欲もないので、まったく迎えたくない朝が多かったが、そんな日には一日を過ごすのが大変辛いだろうとすでにわかってしまう。そんな日には目覚めた瞬間から途方に暮れて、一日を過ごすことを考えるだけで疲れてしまい、また横になってしばらくしてからやっと起きることができた。

いつもそうだったが、大体一日をどう過ごすのか予想ができて、すべてはほぼ予想通りとなった。何をしたらどうなるかはもうわかっていて、ふだん誰にも会わず一人で過ごしているのだが、誰かに出会ったらどんな話を交わして、または交わさないで（人に話せないこともたくさんあるから）、何を考えて、また何を食べるのかわかっていて、大体ずれることはなかった。前日とさして変わらない一日を過ごすことが予想できると、それだけでやるせない気持ちになり、押し潰されそうな感じがした。すでに送った多くの日々とほとんど変わらない日々をこれからも続けるしかないと知りながらも、死ぬまでそうして暮らすしかないのは同じ内容の小説や映画を毎日のように観ながら生きることと同じで、それこそ本当に数奇な人生だと、少なくとも僕はそう思った。

無気力でよくない状態のそんな日には、良い方に考えることがどれだけむずかしいのか自分にはっきり見せつけるためにずっとよくないことばかり考えたのだが、そういう時に限って確実に頭がさらによく回るようで、考えが延々と続いた。いつからだったか、心から進んでやりたいと思うことがどうしても見つけられなくて、それが人生の中で最も大きな実質的な困難となり、いつもその困難を相手にしなければならなかった。おかしな表現であるかもしれないが、すべてが嫌々ながらできるようになったことばかりだったとも言える。

意欲のない状態でできると僕が確信できる幾つかのものがあって、それらを済ませれば疲れ果ててしまい、むしろ何もしない方がよほどましな場合が多かった。それで主に何もしなかったが、何もしないことこそ自分にとって何よりも得意なものなのだが、何もしないで一日を過ごしても疲れ果ててしまうのは同じで、多くの場合さらに疲労感がひどくこたえた。

けっきょく、また無意味で訳のわからない文章を書くことで一日を過ごそうという、若干、しかし遠大な希望を持って朝起きて一日を始めたりしたが、それはとても不愉快なことだった。しかも、文章が書ける日は多くなかったし、書けたとしても内容にがっかりしてすべて捨ててしまう日が多かった。

何事にも意欲のない時は食欲もないのが当然の状態だった。何事にも意欲のないのに食欲はあるのは理屈に合わないだけでなく情けないことで、とても厄介なことでもある。数日間意欲も食欲もなくて、空腹を満たす他に何かをするのは話にならないようで、また空腹を満たすことまで含めて何かをするのは話にならないような気がして、どうしようもなく何時間もじっとしていたり、時々あまりにもその状態がひどくなると、もっと何もしてはいけないような気になった。

食べることが本当に面倒くさくて空腹感と戦っていたら、空腹感には空腹感のリアリズムとも言える人生で何よりも現実的な何かがあるような気がしたが、それは空腹感の一つの利点のようだった。しかし、その他の利点はなさそうだった。できれば空腹感と戦いながら、食事も排泄もしないでじっと横になって考えごとばかりしていたかったが、空腹感はけっきょく我慢できるものではなかった。食べたい物がなくてもけっきょく腹を満たさなければならなかったが、何かを食べることにしたとしても何を食べるか決めなければならない非常にむずかしい問題が提起され、その問題を解決できず、二、三時間ぐらいは簡単に過ぎてしまう場合もあった。けっきょくしかたなく何かを食べるととても気分が悪くなったり、ほんの少ししか食べていないのに何か大きな過ちを犯したような気もした。

嚙んで呑み込まなければならないご飯やパンを食べることがとても面倒くさいと思う時は嚙まなくても呑み込みやすい麺を食べるために、主にアジア食堂に行った。ある日はそれも面倒で家にある食材で、若干でたらめで手抜きのタイ麺を作った。タイ麺を作るつもりだったのに、ベトナムライスヌードルにタイの調味料と、おそらくアメリカで生産された野菜の入った国籍不明の麺になった。それは無国籍者が国籍がないことを自分に再度認識させるために、たまには食べてやらなければならないもののようだった。

仕上げに、二日前サラダを作るつもりで水で洗いかけたホウレンソウをすこし麺の上に飾るように載せたが、それまで水に浸っていたホウレンソウは見違えるほどではないが——いや、ほとんど見違えるほどだった——シャキッと伸びていた。水の入ったボウルを埋め尽くしている残ったホウレンソウは、池を覆ったホテイアオイのようには見えなかったが、ホテイアオイを思い出させて、何か不吉に見えたし、少しグロテスクに見えた。僕はホウレンソウを眺めながら、ホウレンソウが不吉でグロテスクに見えるなんて夢にも考えたことがないと思った。根っこがなかったからよかったものの、根があったならホウレンソウはさらに肥大化したかもしれなかった（その後僕は、残ったホウレンソウがどのくらい肥大化するかを見るためにそのまま水の中に浸けておいたが、それ以上大きくならない状態に至ったのか、さらに肥大化はせずに腐り始め、けっきょく、捨てざるを得なかった）。

本来のサイズに比べてほぼ二倍近く伸びたホウレンソウは、本来の味が半分以上落ちてしまったようで、味見したらホウレンソウではない変な味がして、自分を不当に扱った人に復讐でもするかのようだった。でたらめな調理師が作った麺は確かにでたらめで、見るからに悲しく見えて、味もまた悲しくて食べ始めた瞬間から悲しくなった。誰かが見ていたら食欲がなくなるにちがいなく、気まずくなるしかないことをやる時のように気まずくなって、思いきり不満のつのった顔で、言えない事情があって麺に悪意を持った人のように、いや、すでに麺に悪意をいだいて、心を鬼にして、凄絶に箸で食べはじめたが、そうしている自分がとても貧乏たらしく思えた。そんなに貧乏たらしく食べては、食べたものがきちんと消化できないまま排泄されたり腹を壊すおそれもあって、けっきょく何度か箸を上げ下げしてからやめたが——箸を投げ出そうかと思ったがそっと置いた——、貧相は体によくないだけでなく、きちんと振る舞うことさえどうやってもできないようだった。

僕が麺を少ししか食べなかったのには、また別の理由があった。三日前から痔を病んで排便するのが怖くなったためで食べるのも怖かったからだ。三日間とても心の重くなる痔を患っていろいろと考えたが、それらもまたすべて極めて貧相な考えだった。万物には両面性があると思ったので、痔のよい点を見つけ出そうともした。それで痔を病んでしまったという事実にいくらか精神的なエネルギーを奪われて混乱が少し紛れるかもしれないような気もしたが、それは真実ではなかった。痔はさらに混乱を深めていくようだった。

けっきょく二日前、痔の薬を買ってきて肛門にさし入れたのだが、その瞬間妙に気持ちが良くなった。座薬を肛門にさし入れたのがよかったのか、それともさし入れた状態がよかったのかはよくわからなかった。確かに別のことでもあるその二つを別々に考えてみたら両方とも理由になりそうだった。しかし、座薬は体温ですぐに溶けてしまって肛門に入っている感じさえなくなり、それと同時に座薬を差し入れた時と、入っている状態の束の間の良い気分もなくなり、痔の苦痛が再び襲ってきた。いや、白状すれば、この座薬の話は虚構である。この話は薬を買ってくるのも面倒で痔の苦痛をずっと耐えつつ、前に痔を患った時に座薬を使用した時を思い出して書き込んだ話なのだ。

ところで麺を食べ残して、前に痔を患った時に考えたことを思い出したら、僕自身が貧相で惨めに思われた。しかし貧乏たらしさと惨めったらしさは似たようなものだといっても、すこし微妙な違いがあるような気がした。惨めったらしさの方がさらに情緒的なもので、より哀れっぽい感じをもたらすような気がした。しかし、さらに考えてみたら貧相に振る舞う時には哀れっぽい感じも相伴ったりするはずだった。貧相と惨めったらしさに加えて、無定見と醜態と言ってもよい何かを僕がさらけ出しているようで、そのすべての行為をやめればいいのに、どういうわけか、やれるところまでやってみようという気持ちで、他に何か振る舞えることはないのかなと思ったりした。そそっかしくて軽はずみに振る舞おうか、忌々しく振る舞おうかと思ったが、改めてそうするまでもなく、すでにそう振る舞っているようだった。どういうわけか僕は自分がそそっかしくて軽はずみに振る舞うことは気にしなかった。場合によっては、何の根拠もなく二重構造的な態度をよくとったりした。しかし、忌々しく振る舞うことはどうしてもすぐにやめるべきだと思っていたが、やめられなかった。やっとやめることにした後も、少し我慢はしたものの余震のように続けてしまった。どういうわけなのか僕はまた他の何かを振る舞おうとして、大げさに痛いふりをしようと思い、そう振る舞いたかったが、痔の苦しみも空腹感も消えないままで、厳密に言えば大げさに痛いふりもできない状況だった。まさにおかしな状況に置かれていたのだった。何かにまったく愛想をつかしたような感じで、その何かとは他ならぬ僕自身のようだった。

そこまで思い至ると夢想好きの人を夢想家というように、自分のことをあえて貧相家と呼んでも良さそうな気がした。ところが痔を患って空腹感と闘いながら貧相に振る舞っていたら、いつものように頭に浮んでくることがあった。それは僕が一人の人間としてどれだけいい加減でどれだけ物足りなければこんなに貧相に振る舞えるのだろう、ということだった。僕の貧相の源泉はそこにあると思った。そしてこんなに貧相に振る舞えるためには、よほど小心者でありよほどひねくれて心がねじれていなければ無理だと思いながら、すこし会心の笑みのようなものを浮かべたのだが——僕は節制というものについてはよくわからないのでこれらすべてのことが可能で、自意識過剰を意識して、自意識に満ちた状態でないときちんと貧相に振る舞うことはできないと思った。それは恐ろしいほど貧相で小心者のおかしくて恐ろしい世界があると思ったからだった。卑しいけれど神々しくもないその世界は僕があまりにもよく知っている世界だが、手狭な部屋のようなその中にいる時は心が重かった。

そんなふうに一人で貧相に振る舞ってはいけないわけではないが、そこまでする必要もなかった。そうしなくてもいいのに思いきり貧相に振る舞ったが、すこしもすっきりしなかった。たまにそうしたあとに感じたように、僕はまだ生きているという実感も湧いてこなかったし、貧相に振る舞いながらいろんなことを考えて過ごした多くの時間が特に大切に思えることもなかった。それに気分もよくなかった。貧相には人間的な面があって、貧相に振る舞えば人間的な面を見せてしまったようで、それが気分をほろ苦くさせると同時に誇りをも感じさせた。また貧相に振る舞いながら力が出ないような、さらに残った力も無くなっていくというような思いばかりしたため、力がすっかり抜けてしまい、何かひどい目にあった人のように思えて、その日はその程度でやめることにした（僕の内気さとせせこましさがよく表れているこのような貧相な話をするのは極めて些細で無用で荒唐無稽な考察としての物書きへの試みであるこの小説にふさわしいからだが、せせこましさを超えてほぼ窮屈に思われるこの話を書いていたら、僕がどうしてこんなざまになったのかもう一度考えるようになった)。

その翌日、僕はチャイナタウンにあるベトナム食堂に行った。それは午後三時頃だったが、ふだんその時間は暇なはずなのに混んでいて客でいっぱいだった。テーブルに座って回りを見ると二十人ほどの子どもたちと何人かの大人たちがいて、身なりと口ぶりからしてテキサスの田舎から旅行に出てきたようでもあり、孤児院みたいなところから団体で外出したようでもあった。小さな子どもたちはわいわい騒いでいたし、十代に見える子どもたちはすべてのことが気に入らないようでむすっとした顔をしていたが、それは十代ならではの表情だった。注文した麺が出てきて食べていたら、すぐ側のベビーカーに乗っていた白人の女の赤ちゃんが僕をじっと見上げていた。その赤ん坊を連れてきた人たちは、彼女に気を使っていなかった。赤ん坊の顔があまりにも不細工だったので、じっと見ていたら僕は胸が張り裂けそうな気持ちになって、そのままずっといたらとてつもなく胸が潰れそうで、ある程度を超えると自然にため息が出た。赤ん坊はとても不思議な顔をして僕をじろじろ見ていて、僕が赤ん坊を見つめても顔をそむけなかった。赤ん坊のあまりにも不細工な顔はとてつもなく僕の胸を痛くした一方で逆にそれは感動までも与えてくれた。僕はあまりにも不細工な顔によって、とてつもなく不思議な感動に陥った。

食堂で誰かが一生懸命顎を動かして、やたらに食べ物を噛んでいる姿を見ていると本当にみっともないと思って——横から見ないとそのみっともない姿はよく見れないが——、赤ん坊の視線を意識して、僕はあまり醜くならないように気を使って、なるべく静かに顎を動かして食事をした。それでも気になって、その赤ん坊は僕が醜く顎を動かしているとは思っていないはずだと考えようとした。しかし口に出さなかったとしてもそう考えることはできるので、赤ん坊は僕のことをとてもみっともないと思っているかもしれない。しかし赤ん坊はそんな考えをするよりは、僕の食べる姿から人間の驚愕すべきところを発見しているようだった。けっきょく僕が麺を食べ終わるまで、赤ん坊は僕から目を離すことなく、僕が箸を置いた後でやっとぜんぶ見たとでもいうように目をそむけた。食事する姿を丸ごと誰かに見られてしまったような気がして僕は妙な気分になり、箸を置いた途端にただ麺を食べただけなのに自分が何か恥ずかしいことをしたように思えた。

何本かの、細長くて白い何かが人の口の中に入っては消える姿が赤ん坊にはとても驚異的で、ほぼ魔術的で、もしかしたらそれはあとで、赤ん坊は覚えていないが赤ん坊の無意識層や潜在意識の中に、初めての印象的でかつ重要な記憶の一つとして永遠に残るかもしれないと思った。その間ずっと赤ん坊の母らしき女性、あるいは保護者らしき女性は食べ物を注文したり仲間たちと話したりしていて赤ん坊には全然気を使っていなかったので、赤ん坊が最初の印象的でかつ重要な記憶の一つを経験していることにまったく気づかなかった。赤ん坊はもう他のテーブルで麺を食べている人を見ていたが、しばらくして母親が麺を食べさせはじめたが、その時もその人から目を離さなかった。赤ん坊にとっては麺が不思議なのかそれを食べる人が不思議なのか、僕には全くわからなかった。

食事をしたあとですぐには家に戻りたくなかったので、しばらく食堂に座って何をしようかと悩みながら、片隅にあるテレビの映し出す映像を見ていたが、面白いビデオを放映してくれる番組で、女主人と並んでベッドにうつ伏せになった犬が布団をかぶったまま新聞を読んでいた。その犬は時事雑誌も見ていた。時事問題に関心のある犬のようだった。時事についてなら僕よりはるかに関心がある犬らしい。実は僕は時事問題には何の関心もなかった。僕は時事問題はそれに関心のある犬と他の人たちが勝手に興味を持てばいいと思って、サンフランシスコを訪れる観光客が最も多く訪れるという「ピア39」に行った。いつかその近くまで行ったが群れをなしている観光客を見て気がくじけて帰ってきたことがあった。

僕がそこに行ったのには別の理由があった。布団をかぶって顔だけ出した犬を見たらオットセイが思い浮かんだ。しかしオットセイが見たかったわけではない。僕は近くの海で夜中に泳ぐ人たちを見たことがあって、彼らはちらっと見た時にはオットセイのように見えたが、腕と足がついていて海から浜辺に上がった時には確かに人間だった。水がとても冷たく、彼らはウェットスーツを着て泳いでいたので遠くから見ると、まさしくオットセイのようだった。他の場所を見てからまた彼らに目を向けると、オットセイのように見えていた彼らが次第に人のように見えてきた。僕は本物のオットセイではなく、オットセイのように見える泳ぐ人たちを見たかったが、今回は見られなかった。代わりに本物のオットセイが何頭か見えたが、その日僕の見たかったものではなかったので一瞥しただけだった。

家に帰ろうと思って電車を待っていた時、とても太っている白人の女と本当に奇妙な格好をした、まるでツキノワグマの子みたいな若い黒人の女がベンチに座っているのを見かけた。白人の女は顔がとても赤く、黒人の女は顔の半分くらいが髪の毛で覆われていた。黒人の女が断然印象的で彼女はとても奇妙な姿であり、本当にツキノワグマの子みたいな可愛いところがあった。僕は動物を連想させる顔が好きだったけれど、残念ながら僕が思うには自分の顔はどんな動物も連想させなかった。いや、年を取れば取るほどおどけたラマに似ていくような気がした。二人は友だちのように、それもかけがえのない唯一の友だちのように見えた。ふと僕にはそんな友だちがいないことに気づいた。僕を友だちだと思っている誰かがいるかどうかはわからないけれど僕の知っている限りそんな友だちはいなかった。僕はそんな友だちはいなくてもいいと思った。しばらく彼らの隣に座って彼らの話をすこし盗み聞きしようとしたが、二人は時折りよく聞き取れない話を交わし、主に行き来する観光客たちを見ていた。二人とも少し知能の遅れがあるように見えた。保護施設に住んでいるのだけれどちょっと外出してきたようでもあった。

家に帰る電車では小人にしてもものすごく小さな小人を見かけた。ふと家で彼がどうやって食事をするのか気になった。脚の長い小児用の椅子に座って食事をするのだろうか。僕は彼が首に白いナプキンを巻いてフォークとナイフを使って大人しく一人で食事をする姿をすこし描いてみた。彼の家にある家具はみんな彼の身長に合わせて高さが低いのだろうか。それとも普通の家具があって、彼は椅子に座る時はただ座るのではなく這い上がるようにして座るのだろうか。彼を見ていたらいつか小人の家に招待されたいと思った時があったことを思い出した。僕は小人を見るとすこし気がひけて、小人の友だちが一人くらいでもいればどんなに良いだろうかと思った。

乗り換えたバスではとても年老いた、八十歳を超えて九十歳近くに見える老婆を見かけたが、彼女はジョン・グリシャムの新作を読んでいるようだった。ジョン・グリシャムにはすまない話だけれど、僕は少なくともジョン・グリシャムの本を読む人とは友だちになれないと思った。そして僕と友だちになれない老婆だからすまないことでもないけれど、あの老婆はジョン・グリシャムの本を読むために九十歳近くまで生きてきたのか、と思った。彼女の人生はちょっと変わった人生のようだった。バスから降りて家の方に歩いていたら若い黒人の男が大きなラジオカセットを肩にかついで踊りながら歩いていた。音楽に合わせて踊ったのがあまりにも昔のことのようでこれからもそんなことはありえないと思ったら、少し悲しくなって、もし死ぬ間際に力が残っていれば少し踊ってから横になって死んでも悪くないだろうと思った。まさか死ぬ間際に踊る気にはなれないだろうけれど。ひょっとしたら目を閉じたまま最後の息を引き取りながら踊る姿をすこし思い浮かべることはできるかもしれない。ある日僕は、部屋で急に理由もなく踊っていたが、死ぬ日までもう二度と踊るものかと思い、それっきり踊らなかった。

家に帰ってきてドアを閉めてベッドに横になるとその日目にしたすべてが、人が麺を食べているのをじっと見つめていた赤ん坊も、オットセイも、かけがえのない友だちのように見える白人の女と黒人の女も、小人も、ジョン・グリシャムの新作に見える本を読んでいた老婆も、踊りながら歩いていた若い男も、まるで昔読んだ絵本のように遠く感じられた。どうにかして彼らに対する印象を残そうとしたが、次第に消えていきけっきょくきれいに消えてしまった。そして何も感じられなかった。何かに心を揺り動かそうとしたけれどできなかった。まるで電源が切れたみたいに感情というもの自体が消えてしまったようだった。顔が無表情な木製仮面のようだった。

その翌朝には何かを作って食べたり、外出して麺を食べたりするのも気が進まなかったので家の近くにあるスーパーでブドウや桃やバナナや梨だけいっぱい買ってきて腹ごしらえをしたが、果物が胃酸過多をもたらして胸が焼けるのは我慢するしかなかった。自ら招いた苦痛だから甘んじるしかないと思ったけれど痛みはひどかった。それでもその夜またスーパーに行ってまるで果物を買いあさるように、まるで非常事態に備えて缶詰とバッテリーを買いだめするように、リンゴやブルーベリーやアボカドやマンゴーを買ってきて、翌日も果物で凌いだ。虫ずが走ったけれど虫ずが走る果物をそんなに食べれば虫ずが走るのも当然だと思いながら虫ずが走るのをこらえて食べた。どうもまともな食事をとらない僕自身をこらしめようとした理由もなくはなかった。僕は自分が罰を受けるべきだと思うと、できるかぎり自分を痛めつけた。

果物をテーブルの上に載せてしばらく睨み付けてから食べたが、それらを手でつまんで食べる時は自分が猿に果物をやる人であると同時にそれをもらって食べる猿のようだった。しかし、食べてからは人がくれたことのない果物を盗んで食べた猿みたいだった。それで一度はいたずらの好きな猿みたいにアボカドや桃を食べた後しかめていた表情を柔らかくほぐしてとても楽天的な人のように、冷蔵庫の中にある、すこし萎れたホウレンソウをデザートのように食べたが、ホウレンソウは果物を食べた後デザートとして食べるには最も適さないもので、けっきょく、顔がこわばってとても厭世的な人のようになった。ホウレンソウは僕を楽天的な人間から一気に厭世的な人間に変えたようで、ホウレンソウに復讐でもするようにさらに食べたら、自分が厭世主義者のヤギのように思われた。

その日の真夜中に空腹感を我慢できず、冷蔵庫から何か食べものを取り出したりもしたが、誘惑にひっかからない、断食の行をする人のように元通りにした。ところが、戸棚の中の蜂蜜の存在を思いつき、その誘惑にまけて何さじかをすくって食べた。むずかしい状況に陥ったり苦しいことがある時は蜂蜜を食べたりしたが、食べたからといって変わることはなかったけれど、蜂蜜は具合が悪くて何も食べたくない時食べるにはよいもので、食べたあとにも何か食べたという感じがしないからだ。そして蜂蜜は気が抜けた時気が抜けたような姿で食べるにもいいものだった。

その次の日はもう果物が食べられなくて、しばらく果物は口にしないと決心し、残りの果物を処理する方法を悩んだ挙句に見つけた。その日の夜は雨まじりの風が吹きつけて、僕はそのしぶいている雨の中で残りの果物を公園に持っていって木の下に一つずつ捨てたが、その数日前サンフランシスコの激しい風雨に骨が一本折れた傘をさして、雨風に体が濡れても気にならなかった。

果物を捨てることを仕事のようにしたら、どうやら楽しくなった。それをやっても変わることはないけれど、気分だけはよくなることがあって、果物を捨てることがまさにそうだった。僕は果物を捨てながら桃を一つ食べたが、しばらく果物は口にしないと覚悟を決めるためだった。だがこれ以上果物で凌げなくて、雨の中で傘をさして果物を捨てながら食べる桃はあまりにも甘くて苦いと思ったけれど実は極めて甘かった。僕は手順があまり重要ではないことをしながらも手順だけにこだわる生真面目な原則主義者のようにそれぞれの果物を別々の木の下に捨てた。そうしてサンフランシスコにあるポプラの木の下にはマンゴーが、松の下にはアボカドが、ユーカリの下には桃が、欅の下にはメロンが落ちていることになった。僕はその夜この都市に変なテロリストが現れ、木の下に果物を投擲する珍しいことが起きたと思った。

天気が悪くてかえって気分がよい日があるがその日もそうだった。そんな日にはよくない天気に心がむしろ鼓舞されるような気もした。その夜雨が降り続けて、僕はこれ以上なく気分がよい状態だった。家に帰った時には、どうしようもない事情で生まれたばかりの子どもたちを遺棄した動物のように、僕の捨てた果物に申し訳ない思いがしたが、すでに悪い天気によってよくなった気分は悪くならなかったし、その夜はとてつもなくいい気分だった。気分がとてつもなくよいのは気持悪いことでもあったが、そうならないのはまれに訪れる躁状態のためだったようだ。二十年ぐらい前、僕が小説を書き始めてから悪くなった気分は基本的にずっとよくなかったのだが、僕には小説を書くこと自体にまさに気持悪い何かがあるようだった。ところがその晩とてつもなく愉快だった気分は単に振切れない何かのように、気持ち悪いくらいしつこく粘りついているようだった。

そしてその次の日にはまだ残っている果物にもっと奇抜な最後を迎えさせたかったので、それらを処理する別の方法を考えた。夜になってマンゴーやアボカドや桃やメロンを紙袋に入れて家からけっこう歩いてわざとゴールデンゲートブリッジまで行って橋の真ん中で一つずつ投げ落として太平洋に向かって流し始めた。果物は、過去その橋を建設していた中国の移住労働者が多数死亡したので、亡くなった中国人たちが作った、亡くなった中国人たちの橋だと思えた、ゴールデンゲートブリッジの下を流れていった。僕は紙袋の中から玉ねぎを一つ発見して、どうして果物に混じってここまで来たのかわざと知らぬ顔をしてぼうっとしている玉ねぎをゴールデンゲートブリッジの下に落とした。果物を太平洋に流す秘密っぽく怪しい催しに連れ出された玉ねぎとしては残念なことかもしれないが、玉ねぎが残念がりながらも太平洋まで無事に漂っていってほしかった。僕は、玉ねぎが潮流に乗って国境を越えてカナダやメキシコまで行けることを願った。いや、それよりも、中国人が死んだ橋だと思えたゴールデンゲートブリッジから落ちた玉ねぎが太平洋を渡って中国まで行けるように祈ったが、それはむずかしそうだった。

その前に何度か車でゴールデンゲートブリッジを渡ったことはあったけれど歩いたことはなかった。遠くからその橋を歩いて渡る人たちを見て変だと思ったが、実際橋を歩いている瞬間でさえも依然としてその橋を歩いて渡るのが変に思えた。ゴールデンゲートブリッジは初めてその全景を見た瞬間からあまり気に入らなかったし、それからもあまり気に入らなかったが、霧に包まれた姿を見てからは徐々に気に入るようになり、一番気に入ったのは橋が霧に包まれて尖塔の一部だけ聳えている時だった。さて、果物や玉ねぎを落として太平洋に流そうとその橋を訪れる人はいないはずだ。人はよくわからないかもしれないけれど、ゴールデンゲートブリッジというのは果物を落として太平洋に流すのにまたとないほどよい橋だと僕は思った。

そしてゴールデンゲートブリッジはその下に多くの自殺者の溺死体が流れるところでもあった。ゴールデンゲートブリッジはアメリカだけでなく世界で最も人気のある自殺スポットで、その次は日本の富士山の裾にある青木ヶ原の樹海だった。ゴールデンゲートブリッジは僕にとって死んだ中国人の橋であり、その下に溺死体が流れる橋だと、青木ヶ原樹海は首吊りの遺体が木の枝にかかっている森だと思えた。人が青木ヶ原の樹海で主にどうやって死を迎えるかはわからないけれどその森を思い出すと首を吊ったロープにぶら下がって風に軽く揺れる遺体が思い浮かんだ。僕が想像する限り、月光が差す夜になると死体は微妙な紫色の笑みを浮かべたが、それは月光が体を気持ちよく撫でてくれる時だった。ところが木で首を吊った人々を考えるたびに疑問に思えるのは、首を吊るためには若干うんうんと力んで木に上らなければならないということだった。木によく上れない人は基本的に木で首を吊りにくいだろう。逆に言えば、木で首を吊る人は木によく上れる人だろう。とにかく、死を控えて木に上るのはすこし滑稽で、小さなはしごを使う人もいるだろう。彼らは死を控えた悲壮な瞬間になすべき非常に喜劇的な努力による気まずさを冒さなければならないかもしれない。

果物や玉ねぎを落としたら、ふとアメリカと世界全域から多くの人たちがゴールデンゲートブリッジから飛び降りる大きな期待を抱いてサンフランシスコに来たりもするのではないかと思った。

すると、この都市のシンボルであるゴールデンゲートブリッジではなく、サンフランシスコが何だか特別な所として感じられた。世界のどこにもこれほど大勢の人が飛び降り自殺という大きな夢を抱いて訪れる都市はなかった。アメリカの都市の中で最も開放的で、文化的に多様で、何よりも、すべてが自然なところで、ホボとこじきと変わり者と過去のヒッピーやいかれた者たちが自然に都市の一部となっているところが、それまではあまり特別に思えなかったサンフランシスコがすこし特別に思えた。そしてこの都市が、人々が飛び降り自殺をするために訪れる所だけではなく、過去ヒッピー時代に大勢のヒッピーが頭に花をつけて来たところであり、また他の大勢のいかれた者たちが群がってやってきた場所だと思うとずいぶん特別な場所だと感じられたが、そうだとしてもものすごく特別だとは思わなかった。しかし、この都市はものすごく特別ではないけれど過ごすにはいい所で、それこそ本当にいい所であり、もしかしたらものすごく特別な所だとも言えるだろう。しかしじっくり考え直してみたらこの都市もものすごく特別ではなかった。世界のどこにもそれほど特別なところはなかった。

飛び降り自殺に対する大きな夢を抱いてきた人たちはサンフランシスコに到着し、この都市の北西側の端にあるゴールデンゲートブリッジまでバスやタクシーに乗って来て橋の上に立ってしばらく躊躇したり、あるいは、何の迷いもなく、橋の下に飛び降りて最後の短い飛行の楽しみを享受した後、冷たい海の中に落ちたはずだが、彼らのうち自分の遺体が太平洋を浮遊するかもしれないと思って最後の瞬間気分がよくなった人がいるかどうかはわからない。橋の高さと低い水温のために自殺の成功率は九八％に達するが、とても運が悪くて生き残った人たちの中には、非常に速い潮流と戦って泳いで抜け出した人もいる。しかし、自分に奇跡が起きたと信じる生き残った人の中で、再びゴールデンゲートブリッジから飛び降りた人がいるかどうかはわからない。

ある女性エンジニアがいつか橋の下に設置した動きを感知するカメラには三カ月間に一七人の飛び降りる姿が写っていて、彼女のプロジェクトはホイットニー美術館[*36]で開催したビエンナーレにも出展されていた。その映像を見たことはないけれど、僕にとってそれはハチドリの生態を撮影したものと同様の自然ドキュメンタリーのように思われた。僕は投身する者についての詩を書いてもいいと考えたが、詩人ではないので書かなかった。だが僕が詩人なら身投げする者に関して、枝から離れて落ちる花について詩を書くように、美しい詩を書いただろうと思ったりした。

ある日ゴールデンゲートブリッジから少し離れた橋の下から橋を見上げてゴールデンゲートブリッジから投身する人たちを想像していたら、アインシュタインがスイスのベルンにある職場である特許事務所で座っていたところ、急に閃いた考えによって重力と加速度に関する理論を発展させた事実が思い浮かんだ。一九〇七年彼は「いきなりこのような考えが浮かんだ。自由落下をする人がいると想定した場合、その人は自分の体重を感じられないことになる。僕はびっくりした。この簡単な思考実験は僕に深い印象を残した」と記録している。身を投ずる人を想像することで物理学の歴史を変えることになる理論を発展させたのだ。僕がゴールデンゲートブリッジで果物や玉ねぎを落としたのがその橋から投身する人に対する想像から始まったのかは確かではないけれど、その作業を通じて何の理論も発展させなかったことは明らかで、それが残念だった。

　実際に果物を落としたらそれらの中には流されずに海の中に沈んでしまうものもありそうだった。僕は果物に何の任務も与えなかったけれど、それらは徐々に本来の自分の姿を失って、太平洋を漂うという自分の役目を果たすだろう。僕はそれらが太平洋を漂うことを想像して、それらがそうなれたのは僕が物事に意欲がなかったからだと思った。

　しかしこれは事実ではない。僕は、人々が飛び降り自殺することを防ぐために、夜一定の時刻になるとゴールデンゲートブリッジの歩行が禁じられていることを知っていた。そのため夜、人が飛び降り自殺をするゴールデンゲートブリッジで果物を落として太平洋に流すことはできなかった。しかし死ぬ覚悟のできた人はどうしても死のうとして、けっきょくはその方法を見つけるだろうにそんな決め事なんか何の意味があるのかわからなかった。もしかしたら、ゴールデンゲートブリッジの歩行制限時間があるという事実を知らずにアメリカや世界各地から来た人の中には自分が心の中で死のうと決めた時刻に望んだ場所で死ねないことに落胆して、投身自殺を見合わせたり諦めたりする人もいるかもしれない。もしかしたら、ゴールデンゲートブリッジの夜間歩行を禁止した市当局ではその点を狙ったのではないか。しかし、いろいろなことを考慮して慎重に自殺スポットと時刻を決めた人なら計画通りできないことに大きく失望して、かえって死にたくなるかもしれない。

　僕が真夜中にゴールデンゲートブリッジまで果物や玉ねぎを持っていってそれを落として太平

洋に流そうとしなかったのは、そうする意欲すらなかったためで、このすべては僕が物事に何の意欲もなくて静かにベッドに横たわって想像したものだった。けっきょく僕が物事に意欲がなくて果物は太平洋に流されなかった。それによって、本来この文章は太平洋を流れることになった果物に関するものになるはずだったが太平洋を流れることにはならなかった果物の話になってしまった。

その夜僕の望んだことは一人で物思いに耽ってじっとしていることで、それよりもっと望んだのは何も考えないことだった。僕は物事に大した意欲もなくて何もせずに無気力な状態で多くの時間を過ごしたが、僕には空腹感の写実主義と同じく実際の無気力状態の写実主義こそ人生の最も大きな実質的なむずかしさであり、その夜にはそのむずかしさが一層増していた。

何の意欲もなくて、とても憂鬱だったあの夜、まるで無気力が僕の執筆の動力の源泉でもあるように、ある瞬間文章が書けそうで、緑色の靴下をはいて舞台衣装みたいなジャケットを着たままテーブルに座って僕の構想した戯曲を書こうとしたが失敗した。たった一行も書けなくて、諦めて僕はテレビの公営放送チャンネルで尊厳死に関する番組を見た。スイスのチューリッヒにある個人病院で不治の病にかかって苦しんでいる外国人の患者が自らの命を絶つ過程を見せてくれたが、自殺であることを警察に立証するために全過程を撮影したビデオであり一本の演劇のようだった。患者はりんごジュースを飲んだ後鎮静剤の一種であるペントバルビタールナトリウムを飲んで再びりんごジュースを少し飲んで数分後眠るように静かに息を引き取った。多量のペントバルビタールナトリウムは嘔吐を誘発したりするので彼はペントバルビタールナトリウムを飲む三十分前に吐き気止めの薬を飲んでいた。

テレビを観たあと、インターネットで検索してわかったことだが、アメリカのオレゴン州で安楽死の用途としてペントバルビタールナトリウムが多く使用され、その薬を飲むのが一番平和な自殺方法だと知られていた。ペントバルビタールのナトリウムを多く含むものはネンブタールとも呼ばれており、マリリン・モンローの検死官の報告書によると、彼女の死因はネンブタールの過多服用で、彼女は四七個を飲んだ。南米のガイアナで九〇〇人を超える狂信徒が死んだ時、指導者だったジム・ジョーンズ[*37]の体から多量のペントバルビタールナトリウムが発見されたりもした。一九六〇年代にネンブタールはビートルズの名曲である『イエロー・サブマリン』という名で流通したりもしたが、イエロー・サブマリンを投与した人の中には、自分が黄色い潜水艦に乗って戻れない道を進んでいると思った人もいるだろう。

その夜、緑色の靴下をはき、舞台衣装みたいなジャケットを着たまま自殺する人の映像を目の当たりに見ていたら大きな悲しみがこみ上げてきて、その悲しみを懸命にこらえていたら悲しみが小さくなるほどかえって憂鬱さが深まった。しつこくこみ上げる憂鬱によって僕はよく眠れず、けっきょく、さまざまな色の睡眠薬や睡眠導入剤七粒を、その数日前買ってきた青い色のガラスボウルにいれて（僕は犬のえさ皿のように見えるそのボールにヨーグルトや果物などをはじめいろんな物を入れて食べ、コーヒーもそれを使って飲んだ）おつまみみたいに箸でつまんで呑みながらワインを飲んだ。しかし、睡眠薬とワインを飲んでも眠れなかった。不眠の苦痛は死んだあとにも永遠に眠れない人の苦痛に比べるなら、後者の苦痛に比べれば前者の苦痛は何でもないかもしれないが不眠の苦痛はそれを経験した人にしかわからないものだ。

どういうわけかその夜はオールカラーのとても変な夢を見たような気がした。どうせなら久しぶりに気持ち良い悪夢を見たかったが、何の根拠もなく、玉ねぎを一個生で食べれば気持ちよい悪夢が見られそうだった。僕は玉ねぎの辛味に少し涙を流しながら玉ねぎ一個を生で食べたあと、玉ねぎが登場するか登場しないかわからないけれど、僕の悪夢について考えてみた。玉ねぎが登場する悪夢の内容など知らないけれど、玉ねぎが夢の中でどのように登場してどんな悪いことをするのかなど関係なく玉ねぎが登場するだけで十分悪夢になりそうだった。玉ねぎが登場するというだけでその夢はきっと気持ちよい悪夢になるだろう。

いつか僕はイワシが登場する、とても気持ち悪い悪夢を一度だけ見たことがあって、その夢にはイワシ以外にテディ・ベアも登場した。内容をすべて覚えていないような夢の中盤あたりで体つきはそれほど大きくないが、猛々しいオスのテディ・ベアが三匹登場してひっそりとした裏通りで僕を脅かしながら路地の突き当たりまで追いつめていった。不良のテディ・ベアたちだったが、わざわざそんなことをしなくても不良に見えるのに、気持ち悪い茶色の毛で覆われた体に、どのようにして着たのかわからないタイトなチョッキの一番上のボタンを二つはずしてさらに不良っぽく見せようとしていた。彼らは自分たちが不良だという事実をはっきりさせるために音を立ててガムを噛みながら、オスらしさを誇示して、まるでそうすればオスの本性が出てもっと強くなれるとでも思ったかのようにぺっと唾を遠くへ吐いた。唾を遠くへ吐くだけで自分たちがただ者ではないということを知らせようとしていたけれど、ひと目でつまらない奴らだと思ったが、しばらく見ていると間違いなくつまらない奴らにちがいなかった。

実際の年は若いのに悪事ばかりしてきたせいで早く老けてしまったような彼らは、可愛いふりをして、すでにキラキラしなくなった目を輝かせようと、いや、キラキラとしないので輝かない目を瞬いたけれど少しも可愛らしくなかった。唾を吐く人間を見ると仰天する僕はひどく怯えていて足が麻痺したように動けなかった。それでも僕にマッチがあれば彼らの毛に火をつけて燃え上がるテディ・ベアが見られるのにと思った。その不良たちが個人的には僕と何の遺恨もないテディ・ベアの姿をして登場したのが残念だった。僕は熊狩りに行ったアメリカの大統領であるテディ・ルーズベルトによってテディ・ベアが誕生した事実を思い出して、僕の置かれている状況が皮肉に思われた。僕は彼らがタバコをくわえていればもっと似合いそうだと思ったが、それはタバコを吸うテディ・ベアなら痰が混ざった唾を吐くこともあるからである。どうも彼らは健康のためにタバコを止めたようだ。

ところで不良のテディ・ベアたちは膨らんだ上着のポケットから何かを取り出して僕に投げ始めたが、それはほかならぬイワシだった。サメが消化したあと吐き出した物をオットセイが消化してまた吐き出したもののように、イワシは半分形をなくした状態で悪臭もひどかった。その悪臭によってその不良のテディ・ベアたちが群がって通りをうろうろしながら人に臭いイワシを投げつけることで有名だという記憶が思い浮かんだ。僕もその噂は聞いたことがあった。彼らはそんなことが好きだった。不良だから不良なことが好きなのも当然で、不良なことこそ彼らの心を浮かれさせるわけだ。人に臭いイワシを投げつけるテディ・ベアという評判にふさわしく彼らは僕に臭いイワシを投げつけていた。イワシは内臓がはみ出し、内臓が僕の体のあちこちに蛭みたいにくっついた（その数日前ベッドに横たわっていた時、突然天井が巨大な牛の腹のようにふくれながらわかれて、牛の内臓が一気にどっと降って来る夢をみたのだが、内臓が登場する夢は腹の具合の良くないのと関連があるようだった）。

人にイワシを投げつける不良のテディ・ベアが登場するその悪夢で僕をもっと苦しめたのは彼らが投げつけた臭いイワシより彼らのガムを嚙む音と、音を立てながら吐く唾だった。彼らの中でも唾を一番遠くに吐くテディ・ベアがいて、彼がリーダーのようだった。彼の唾を吐く姿はとても余裕があった。僕は他はともかく唾は吐かないでくれと叫んだけれど無駄で、声が出なくて心の中でだけ叫んだからだけど。僕は助けてくれとも言えなかった。僕は不良のテディ・ベアたちに侮辱されたことのない人は、侮辱について話せないと思いながら侮辱を甘受した。僕はテディ・ベアたちが地獄に行くことを願い、地獄に行ったテディ・ベアたちが悪魔の吐いたねっとりした唾の淀みの中で、毎日のように顎の関節をくじくまでガムを嚙んで、永遠にもがきまわることを心から祈った。

けっきょく、テディ・ベアたちはイワシを全部投げ尽くして、唾を全部吐きだしたあとやっとガムを噛みながら悠々と消え去った。彼らはイワシを投げつけ、唾を吐き、ガムを噛むことに驚愕する他の誰かを探しに行こうしているようだった。その夢を見たのは韓国の道端ですれ違った男の吐いた唾が僕のズボンに付いてひどい目に遭うところだった日の夜だった（韓国には道端に唾を吐く人が本当に多くて、その事実は韓国を紹介する観光案内書にも載せるべきだ。一年間道に吐いた唾を全部集めたら船遊びのできる湖くらいは作れるわけで、中国の次に唾を吐く者が多い韓国に来るのはいいけれど、来たら何よりも唾を吐く人に気をつけろと、また彼らは見た目通りに悪質だと、また人間に対する配慮のないこの野蛮な国では唾を吐く者とクラクションを鳴らす車のせいで静かに散歩することはほとんど不可能だと、また韓国には声の大きな奴が勝つという盲信みたいなのがあって、食堂で静かに一人で食事するのもむずかしいと）。

道端に唾を吐く人たちを思いきり憎んで、彼らに対する復讐を考えながら書いた、彼らに捧げるものでもあるこの文章に登場するテディ・ベアとイワシは僕の好きなものであったが、不良となって、その不良の手に陥ってから僕には恐ろしいものになってしまった。テディ・ベアとイワシのようにあらゆるものが悪夢の素材になり得た。僕はその後イワシは何とか食べられたけれど、テディ・ベアを見ると少し恐怖を覚えた。店においてあったり、誰かが持って歩く、目のきらきらした、可愛いテディ・ベアはいつでも唾を吐く準備ができているように見えたからだ。

玉ねぎが登場する悪夢を見たかったその夜、けっきょく睡眠剤が効いて眠ったが、内容が思い出せない夢を見てすぐ目覚めて、飲みかけのワインを全部飲み干してやっとまた眠れて朝起きた。

今度もやはり内容は思い出せなかったけれど消えていく花火のように青白い、しおれて生気を失った赤い花のような夢を、そのようにしか表現できない夢を見た。夢を見た後には枯れた赤い芍薬一本を指で熱心に擦って粉々に潰したように指が痛かった。その夢は悪夢ではなくて、今回も玉ねぎは登場しなかった。夢を見ながら心を引き締めて熱心に寝言を言ったように起きた時には口の中もひりひりした。鏡を見るといつか見かけた、雨が降ると知らせるためにずっと唇をぶるぶる震わせながらプウウ、と音を出して唇が青くなった赤ん坊のように唇が青くなっていた。しかし、その日雨は降らなかった。

*36 ホイットニー美術館（Whitney Museum of American Art）：一九三一年に設立されたアメリカニューヨーク市にある芸術ギャラリー及び美術館。アメリカの近代・現代美術作品の充実で知られている。

*37 ジム・ジョーンズ（James Warren Jones、一九三一～一九七八）：アメリカ出身のキリスト教系のカルト教団、人民寺院の教祖。自ら共産主義を信奉する救世主を標榜し、サンフランシスコからガイアナの密林の奥地へ教団を移動、しかしその独裁体制や強制労働などに対する批判が高まるにつれて過激化し、最後は九〇〇名を超える信者を集団自殺殺戮に導き世界に衝撃を与えた。

メンドシーノ

韓国の詩人である李箱《イサン》について研究しながらソウルに住んでいるサンフランシスコ出身の友だちからサンフランシスコに住んでいるある夫婦を紹介してもらって親しくなった。リチャードという名のアイルランド系の白人の夫は本来オーボエを習っていたが今は弦楽器を修理する仕事をしていた。やはり音楽を専攻した日本出身の妻は日本の殿様とは何の関連もなかったけれどとてもお姫様のようなところがあった。お姫様でもないのにお姫様のようなところがある女はあんまり好きになれなかったが、彼女は可愛いところがあった。僕たちは初めて会った日の夕方にミッション地区にあるエチオピア食堂で食事をした。薄いスポンジのようなパンにカレーの入った鶏肉を手で包んで食べたが、それはお姫様のように優雅には食べにくいものだったのに彼女はどうしてもお姫様のように食べようとした。食堂の壁にはエチオピアの王に見える年配の男の肖像画が掛かっていたが、彼は謹厳な姿であったが笑いをやっと堪えているように見えた。

その数日後、リチャードの作業場に行くことになったが、三階建てであるそこには何の看板もなく無認可の作業場のようだった。スイス出身の老人が社長でアメリカ西部の音楽家の間ではとても有名なところで、わざわざ宣伝しなくても多くの人々が弦楽器を持ってきて修理を依頼した。そこには修理を必要とするケースの中に入ったチェロがいっぱい置いてあるチェロの死体安置所のような部屋があった。僕はそこが気に入ったと言うと、リチャードはもちろん楽器が好きだけれど時には世の中のすべての楽器を処刑したい気持ちに襲われる時もあると言った。

週末にミッション・ドロレスにある彼の家に招待された。リチャードは僕と同様、シェーンベル*38

クとカフカ[39]とベケット[40]が好きだった。僕たちは彼の書斎でシェーンベルクの「月に憑かれたピエロ」を聞きながらベケットについて話した。またカリフォルニアで一時期を過ごした外国人について話し、カフカとベケットがカリフォルニアに住んでいたらどうだったかについて話した。カリフォルニアの海岸にいるカフカは想像しにくいけれど、ベケットは似合いそうな気もしたが、学生時代スポーツマンで、ボート競技やラグビーに才能を見せたりもした彼は水泳が得意なのではないかと思った。しかし彼らはどこだってそうだったようにカリフォルニアでも憂鬱で絶望的で無限に倦怠を感じたかもしれない。カリフォルニアの祝福とも言えるすべてのものも彼らの憂鬱と絶望と倦怠をなくせず、彼らは何とかして憂鬱と絶望と倦怠の理由を見つけたかもしれない。彼らにとって憂鬱と絶望と倦怠は置かれている状況とは関係のない、存在そのものの属性のようなもので、それは人生の何かではなく人生そのものの不可能から生じるものであろう。精神的なものの最たるものには憂鬱と絶望と倦怠がくすぶっていて、憂鬱と絶望と倦怠の能力こそ、知力の核心だからである。

リチャードの書斎の壁にはビート[41]・ジェネレーションの代表的な作家であるアレン[42]・ギンズバーグの写真も掛かっていて、それはギンズバーグのマンションに友人が訪ねたときに撮ったものだった。アレンは友人にコーヒーを淹れた鉄製の器を渡した後、友人がそのコーヒーを飲み干すのをいらいらしながら待っていたが、友人は犬のどんぶりのように見えるその器がその家にあった唯一の器で、アレンがシリアルを食べようと器が空くのを待っていたことを後になってやっと気づいたそうだ。僕たちはその写真を見て笑い、貧しさが時折招いた笑いについて話をした。その間、リチャードの書斎の壁に掛かっている写真の中のベケットが僕たちを見下ろしていたが、その写真はベケットの写真をたくさん撮ったことで有名になったジョン・ミニハン[*43]が撮ったもので、僕がベケットの写真の中で一番好きな写真だった。その写真の中のベケットはすでに死んで棺の中で数日を送った人のような姿をしていた。

僕たちはベケットの小説についても話し合ったが、リチャードは『モロイ』[*44]の中に出てくる、自転車のベルに執着を見せる主人公が道で自転車のベルを見るたびにそれを鳴らしたがることについて話した。彼も僕と一緒で、道で自転車のベルを見ると鳴らしたい衝動に駆られるそうだ。その後僕たちは近くにあるミッション・ドロレス公園へ散歩に行ったが、リチャードから彼の自転車に乗りたいかと聞かれたので僕はそうしたいと答えた。僕は彼のミニベロに乗ってゆっくりとペダルをこぎながら進んだが、まるで幼い子馬に乗っているような気持ちだった。リチャードは、サンフランシスコは自転車泥棒が多くて皆簡単に切れない丈夫なチェーンを使ってどこかに縛っておくのだが、自転車が盗めない時には主にサドルを持っていかれると言った。ひょっとしたら自転車のサドルだけ盗んで自分の家にいっぱい陳列しておく泥棒もいるかもしれない。泥棒は自転車のサドルを見ながら心を落ち着かせたり、独特な感情を持ったりするのかもしれない。

僕は自転車で道を走りながら何回か思わずベルを鳴らしたが、音叉が共鳴するように聞こえるその音がとても快かった。僕がリチャードにベルの音がとても気に入ったと言ったら彼は似たような音を出すベルが一包み家にあるからそれを僕にプレゼントしたいと言った。公園で時間を過ごしたあと再び彼の家に着くと、彼はベルをプレゼントしてくれて、僕はすぐにベルを鳴らしてみたがとても澄み切った音がした。僕はすごく嬉しかったが、それは、そんなプレゼントこそ本当に喜びを与えるプレゼントだと思ったわけでもあったのだが、そのベルは母を亡くして孤児になったタヌキの子どもたちが昼寝する時、動物園の飼育員がおやつを食べる時間を知らせるのに使ったら最高だと思ったからだ。そうすればその音に目覚めて、もうこんな時間になったのか、お腹がすいているからそんな時間になっていてもおかしくないさ、いつも時間の過ぎるのは速いな、と考えながら、あくびをして、おやつが食べられて嬉しいといわんばかりの顔になれるのだ。その後、僕はそのベルを僕のキッチンのテーブルの上に置いて時々食事前にベルの音を鳴らしてから食事をしたりした。

その次の週末はリチャード夫婦の招待で、サンフランシスコから車で三時間ほど離れているメンドシーノの森の中にある彼らのコテージで過ごした。メンドシーノ郡は、アメリカ東部のロードアイランドにあるプロヴィンスタウンと共に芸術家たちがたくさん住んでいる所として有名な地域で、太平洋沿岸のメサ（頂上が平らで周囲に切り立った崖をもつ丘）の上に建てられた町はとても小さいけれどギャラリーや美術家の作業室が多かった。

カリフォルニアの長い海岸の中でもメンドシーノ一帯の海岸にはアワビがいっぱい生息していて、毎年何人かが荒波の中をアワビを捕りに行って死ぬのだった。どこにでも危険を冒してでも何かをする人がいて、そのうち何人かは必ず命を失うが、僕が行った時も死の脅威をものともせずアワビを採る人たちがいた。大体がアワビの大好きなアジア系の人たちで、漁師ではなく他の地方からアワビを採りに来た人たちだった。僕は彼らの内の誰かが死んだら、残された妻が子どもに何と言うのか気になった。荒波と闘ってアワビを採ろうとして死んでしまったと言う代わりに、アワビの多い海で荒波と闘ってサメを捕ろうとしたが反対にサメにやられたと言うかもしれない。そこのどこにもアワビを採りにきて死んだ人を偲ぶ墓碑はなさそうだった。僕はどこかに行った時そこで死んだ人たちを称える墓碑を見ることが好きで、そこで人々が死んだはずにもかかわらず、墓碑が見えない時には心の中で墓碑を建ててやったりもした。僕はメンドシーノ海岸にアワビを採りに来て死んだ人たちを称える墓碑とともに、人々に採られて死んだアワビを追悼する墓碑も心の中で立ててやった。

そしてメンドシーノ郡は以前ヒッピーの時代が終わったあと、多くのヒッピーたちが定着したところでもあった。リチャードの話によると、彼らのコテージから百メートルくらい離れた森の中にある家にも年老いたヒッピーが一人で暮らしていて、彼の家に面した道は少なくとも数カ月、長いところは数年間獣たちしか通らなかったと思われるくらいに雑草に覆われていた。その道は近くに住む鹿が主に利用しているようだった。僕はそのヒッピーと話をしたかったが、リチャードは彼には気をつけなければならないと言った。けっこう長い間一人で暮してきたので、人に会うと嬉しさのあまり自分をコントロールできず、一度話し始めたら終わることを知らないらしい。僕が到着した日の夜、彼の家には夜明け三時過ぎまで明かりがついていた。彼と一晩中話したかったけれどけっきょくやめたのだが、僕は口数の多い人の話を聞くのが実にむずかしいからである。僕はふだんとても口数の少ない方だがごくまれに、誰かに会って、わけのわからない気持ちになって、あれこれ言うのはいいけれど誰かにあれこれ聞かれるのは苦手だった。いや、これは事実ではない、僕は自分があれこれ言うのも好きではなかった。口数の多い人としゃべると気が抜けそうだった。あまりにも口数が多過ぎるのは大変な性格的欠陥なのだが、そのような人たちはそれがよくわかっていなかった。リチャードはなるべくそのヒッピーに出会うのを避けていて、彼に出会って仕方なく話を交わしたりすると何がなんだかさっぱりわからなくなるらしい。

世の中にはなぜそこにそれがあるのかわからない、それでもとにかくそこにあるものがあって、その年寄りのヒッピーの家に面した道の途中にある赤い扉もそういう存在だった。木にもたれている扉はちゃんとしたものを取り外してそこに置いてあったようで装飾的な価値のまったくないものではなかったけれど取るに足りないものだった。ひょっとしたらそれはそこから彼の領域が始まるということを知らせる標識なのかもしれない。問題はその扉を叩いてもかなり離れている家の中で彼がドアをノックする音を聞き取れるかどうかだった。ひょっとしたら彼は誰かがそのドアを叩くとその音が聞こえるように何らかの装置を設置しておいたのかもしれない。しかし、それはどうでもいいことでそもそも彼の家を訪れてドアを叩く人はいないはずだ。その扉は、その向こうには人に会うと何をするかわからないけれど、果てしなく喋って人を苦しめる年老いたヒッピーの家があるので、来たければ来いと知らせるためのものなのかもしれない。とにかくヒッピーは赤い色が好きらしく、彼の家の屋根も赤い色で、屋根の上には赤い旗が立てられていて、どうも彼は共産主義者の無政府主義者のようだった。

リチャードはその夜僕に暖炉に火をつける方法を教えてくれて、丸太を「人」の字型に立てるよりは「ロ」の字型にして積み上げるのがよいと言った。僕たちは暖炉の炎を眺めながら話をしたが、彼はメンドシーノには変わり者がたくさん住んでいると言った。海岸に沿って並んでいる大邸宅と別荘の内のどちらかは、一時コカインを大量に作って売って大もうけした麻薬商の邸宅だそうだ。彼は自分の家の前に専用の埠頭まで作って、主に南米から船で輸送された原料でコカインを作って売ったそうだ。今彼は刑務所にいるのか、それとも他の場所で別の不法を犯しながら生きているのかはわからない。そしてメンドシーノ郡にはアンダーソン・ヴァレーというところがあって、そこには少しおかしな週刊新聞を発行する変わり者がいた。彼は非難できるすべてを辛辣に非難することで有名だった。その新聞の読者もかなりいたが、彼らは辛辣な話が好きな人たちなのかもしれない。もしかしたらそのおかしな新聞の発行人は一帯の川と川の中の魚も、野原に咲いた花も、彼が眺めるには適さない家の傾斜した屋根と、煙がよく立ち上っている煙突も、やる気をなくす麗らかな日和がつづくのも非難するかもしれない。彼は自分ではどうしようもない、すべてに辛辣な自分の性格のせいで苦しみながらもそれに甘んじて、何かの悪口をたたくことで楽しみを感じながら生きているかもしれない。

リチャードは、オーストラリアが原産地であるユーカリを植えた後それらが急速に繁殖してカリフォルニアに山火事がたくさん発生するようになったが、それはカラカラに乾いたユーカリが自然発火するためだと言った。ユーカリは可燃性が非常に高いため、木そのものが爆発する場合もあった。オーストラリアでは暖かい日に蒸発したユーカリのオイルが茂みから昇って青い靄を作ったりもするのだ。そして鹿が住むアメリカの森には鹿の血を吸って生きるダニがいてそれに噛まれると貧血とライム病にかかることがあり、ライム病にかかるとずっと眠り続けることになると言った。ふだんどうしても寝つけない、ぐっすり寝ることさえできれば何でもする用意のある僕としてはライム病にかかって長い長い眠りに入りたくて一晩中ダニを捕まえる想像をした。しかし、彼はライム病にかかってもずっと眠れるわけでもなく、ダニに噛まれたって必ずしもライム病にかかるわけでもないし、ほとんどの病気がそうであるようにかかる人はかかるし、野生の森に行ったとしても必ずダニに噛まれるわけでもないと言った。一瞬ダニに一筋の光明を見出していた僕は希望が消えていくようだった。

窓の外から、年老いたヒッピーが住む、明かりのついた家が見えるところでリチャードは昔知り合いだったヒッピーについて話してくれた。そのヒッピーはペンシルベニア州出身で、一時何もないで暮していたのであまりにも貧乏でいつも飢えており、家からいくらか離れたところにある静かな道路で車にひかれて死んだタヌキと鹿を拾って家に持ち帰りシチューとスープを作ってそれを食べながら暮らしたそうだ。彼は大分前にそのヒッピーと連絡が途絶えて今はどう過ごしているのかわからないとも言った。そのヒッピーがまだ死んだタヌキや鹿を食べながらどこかで生きているのか、それともあの世に行ったのかはわからなかった。

その夜一人でベッドに横たわっていたら、死んだタヌキと鹿を拾って食べながら何もしないで暮らしたヒッピーのことが頭から離れなかった。そのヒッピーは僕には全く見知らぬ人物であって僕はそんな生活をしたこともないけれど、あまりにも近しく親しく思われた。それは食欲も何の意欲もないという、そのヒッピーとはまったく違う理由から飢える日の多かった僕ではあるけれど、空腹感だけはあまりにもよく理解できたからである。

彼のことはヒッピーについて僕の持っていたいくつかのイメージに合致するものであり、僕はその夜少し気の抜けた人間のように物思いに耽って、彼に関する少し突拍子もない話を作り出したが（いく分とんでもない話を作りだすつもりで）、彼の生き方には僕が追求するある種の人生の形があった。僕は一時死んだタヌキと鹿を拾って食べながら何もしないで暮らしていたヒッピーについて自分勝手に肉付けして次のような話を作り出した。（話がまた脇道に逸れるが、それはこの小説がどこに進んでもよいためであり、これはまたこの小説が言いたいことが何もないからである。僕が望むのは一つの話からさらに別の話が派生し離脱してそれらが入り乱れて、すべてがめちゃくちゃになる小説である）

何もしなかったのでものすごく貧乏になるしかなかったが、何もしようとしないヒッピーにはすべての日が何もしないのにこの上なく良い日であって、幸いなことにそんな日が続いた。しかし、彼は何もしていないのにいつも腹が空いていて、何かを一生懸命したわけでもないのに常に腹が空いているので常に機嫌が悪かった。でも、自分が飢えていることを誰かのせいにする過ちは犯したくなかったので、いつも空腹を覚醒させる自分の腹に責任を負わせながら、毎日二回、朝と夕方に道路の上に死んでいるタヌキと鹿を回収してきたが、それは別にやることのなかった彼には最も重要な日課であり、ほぼ唯一の日課だった。

時々彼はすでに死んだタヌキと鹿の上をまた車が通ったあとのひしゃげたタヌキと鹿を持ち帰ったりもした。汁のある料理が好きだったヒッピーはタヌキと鹿で主にシチューとスープを作って食べた。ところがひしゃげたタヌキと鹿は特別な味はせず、タヌキと鹿の味だけでひしゃげた何かの味がするとはいえず、どんな味なのか言うことさえできないひしゃげた味もしなかった。ヒッピーは死んだタヌキと鹿の肉を自分と一緒に住んでいた老いた犬と分けて食べ、飼い主の貧しさを一緒に味わうしかなかった犬は、飼い主と一緒に車に轢かれて死んだタヌキと鹿の肉を食って空腹感を紛らわさなければならなかった。ずっと怠惰な生活をしていて、怠惰には限りない楽しさがあることを知っていたし、その楽しさにはまってそれから抜け出そうとしない、あまりにも空腹感に慣れてしまったためにいかなる空腹感にもびくともしないヒッピーの心を動かして食べ物を探すことにしたのもその犬だった。彼は、自分は飢えても犬だけは飢えさせてはいけないと思った。犬は人間の年齢に換算するとヒッピーよりも年上で、ヒッピーは自分と犬を扶養する責任が自分にあると思った。ヒッピーはタヌキと鹿を食べるのにあまりにも飽いてしまって、一度近くの池に行って水の上に浮かんでいる、まだ生きのよいカエルをすくい上げて食べたこともあったが、犬は食べなかった。その理由を考えてみて、犬がカエルの味を知らないからだと結論を出した彼は、自分はおいしいと思ったカエルの味を犬に知らせてやろうと犬にカエルを食べさせようとしたけれど、犬はどうしても食べようとしなかった。

ヒッピーは昼になるとほとんどの時間を玄関先にある椅子に座って道路で車が急停止する瞬間の音を待ちながら過ごしたが、道路はかなり遠く離れていてその音はよく聞こえなかった。犬は飼い主が食べ物をくれるのを待ちながら、他に何かをする気力もなく、彼のそばにただじっと座っていた。もともと犬は人より耳がいいはずだが、老いて耳が遠くなりほとんど音が聞きとれなくなった犬はヒッピーより耳が悪くて、何の役にも立たなかった。彼の隣に座っている犬はたまにぴんと耳を立てたりしたが、それは音を聞いているというよりも、何か音が聞こえたのかな、あるいは何かの音を間違って聞いたのかなと思うぐらいだ。それでも彼らは玄関に座っている時には耳を傾けたが、彼らが聞いたのは車が急停車する音ではなかった。ヒッピーは別に何もすることのない長い一日を過ごしながら、自分の家の周りを覆っている雑草などを見て、自分がちっとも世話してないのにそのようによく育つことに感心するというよりは薄情に感じたし、恩知らずだとまで思った。

玄関の前で時間を過ごす時、彼はいつも何かをじっと見つめていた。彼は家を取り囲んだ雑草の向こうのさらに雑草にほとんど覆われている壊れた垣根などを見つめていて、彼は何かひとつを見始めるとなるとなかなかそれから目を離せなかった。壊れた垣根を見ている彼は半分気が抜けていて、それに相応しく彼の目はとろんとしていた。犬はヒッピーが垣根だけ見ることに、また自分には気遣ってくれないことにも疲れはて絶望していた。それで垣根の他に目をやるべき何かを知らせるために吠えると、ヒッピーはゆっくり犬に目を向けてそちらをひと目見たあと、また垣根を見たり垣根越しに森の中の木の枝にある鳥の巣を見るという新たな仕事に取り掛かった人のように見続けた。彼が垣根や鳥の巣を見ながら何を考えていたのかはわからないが、無駄な考えばかりする自分を不思議に思って、自分の人生が他の人の人生より満たされているとは思っていないけれど、誰の人生とも置き換えたくないと思っているかもしれない。

その地域には季節が変わったとしても訪れる動物はいなくて、季節が変わっても道路の上に他の動物たちが死んでいたりはしなかった。いつも道路の上に死んでいるのは鹿とタヌキしかいなかった。それでヒッピーは道路の上に死んでいる動物によっては季節の変化が感じられなくて彼なりの独特な方法で季節の変化を感じていたのだが、春と秋には二カ月に一回、夏には一カ月に一回、そして冬にはたった一回、風呂に入ることがそれだった。つまり、彼は季節によって風呂に入る回数を変えて季節が変わったことを実感したのである。彼は冬のとても寒い日には、空腹感に比べれば寒さはたいしたものではないと思ったわけではないが、家で薪をくべるのも面倒で体が驚くべき適応力を発揮し、寒さに適応した。

ヒッピーはタヌキと鹿の肉にすっかり懲りてしまうと犬を連れて近くの果樹園に行って主人の許可を得てから地面に落ちている果物を拾ってきて食べたりもした。果樹園の主人は、ヒッピーも、むだ飯を食う者も、むだ飯を食う犬も、ヒッピーたちが自分の果樹園でうろつくのも好きではなかったけれど、むだ飯を食うヒッピーがむだ飯を食う犬を連れて自分の果樹園に来て落ちたものを拾っていくぐらいのことは気にしなかった。もしかしたら、果樹園の主人は地面に落ちた、どうせ捨てるしかない果物は怠け者で貧しい者たちに決して譲れないと思わずに、いくらでも譲っていいと思ったのかもしれない。あるいは彼はヒッピーたちを果樹園に落ちた果物を拾って食べる動物ぐらいに思ったのかもしれない。

地面に落ちた大部分の果物は、部分的に傷があったり腐っていたが、ヒッピーはそれらが傷のない果物よりもおいしく思われた。彼は味について言い立てる立場ではなかったにもかかわらず、どうだこうだと言ったのだが、そうする立場ではないといって味についてあれこれ言い立ててはいけないというわけでもなかったからだ。彼はそう考えながら、枝にぶら下がっている果物は、たとえもぎ取って食べられるとしても食べるつもりはなく手をつけなかった。ヒッピーはりんごを食べるうちに中にいる虫を見つけると、こういうふうにリンゴの中にいる虫を見たのはいつだったっけ(数日ぶりだった)、と考えながら、果物の中の虫を食べたりもした。地面に落ちている果物は確かに空から落ちてきたものであり、車に跳ねられて死んだタヌキと鹿と池に浮いていたカエルもやっぱりある点では空から落ちたものだと思えて、彼は空から自然に落ちたもの以外は何も望まなかったとも考えられるのだ。

彼の家の近くには川があって、その川には喜んで人に釣られる準備のできた魚が住んでいて、彼は釣りをして魚を食べることもできたはずだが、自分を一種の農夫だと思っていて、釣り師の領域は奪わないようにした。とにかく魚は水から獲らなければならないもので、空から落ちたものとは考えられないのだ。彼は空から自然に落ちたものを近くに住む、怠け者のためやはり貧乏だったヒッピーの友だちにあげたりもしたが、近くには何もしないで暮らしているヒッピーが何人か住んでいた。彼らは果物とタヌキと鹿を食べながら自分たちが食べているものや他のものについて終わることのない話をして時間を過ごした。

一度飼い主が、死んだタヌキと鹿を発見できなくて、数日間一緒に飢えなければならなかった犬が空腹感に耐えきれず年老いた体をひきずって直接狩に出かけて、まだ生きている野ネズミを一匹捕まえてきて飼い主と一緒に食べたこともあった。動きが鈍いため、野ネズミに恐怖を与えることはできたけれど動きの素早い野ネズミを直接捕まえることはむずかしかっただろう。生き生きした野ネズミを捕まえたというよりもある理由で、たとえば野ネズミが年をとり過ぎたり怪我をしていたりして老いた犬が容易く手にいれた可能性が高かった。ひょっとしたら、蛇が捕まえた野ネズミを、まだ吠える力は残っていた犬が蛇の前で怯えながらも、丈夫ではない歯をいくつか見せて脅したので蛇としてとても悔しかったが咥えていた野ネズミを捨てて逃げたのかもしれない。いつもタヌキと鹿ばかり食べていたヒッピーは、野ネズミを食べてからは野ネズミのほうがもっとおいしく感じられて、自分の犬に何度か野ネズミを捕まえてこさせようとしたが、犬はいつも手ぶらで戻ってきて飼い主に——恐らく、その犬も同様だっただろう——野ネズミについて考えさせ空腹と戦わせた。ヒッピーは犬に野ネズミや他の小さな動物を狩猟する方法を教えようとしたけれど無駄だった。犬は年をとり過ぎて狩りはもちろん新たに何かを学ぶことができない年になっていたのだ。

主にタヌキと鹿を食べて、たまにはカエルと野ネズミを食べたりもした怠け者のヒッピーは、タヌキと鹿ではない何かを、車にはねられたキジや野生の七面鳥を食べられるようにしてくれたら、これからは仕事をしながら生きていくと神に祈ったりもした。ただ仕事は一生懸命するわけではなく、何とか食べていける程度にすると言った。いつかどういうつもりだったのか、空からマナ[*45]を与えられ選ばれた民族を助けたこともあった神様は、ある人間には非常に無頓着でその祈りを叶えてくれなかった。まったく怠け者のヒッピーである自分は飢えてもよいが、自分の老いた犬だけは飢えないように神に祈ったけれど、神様はその祈りも叶えてくれなかった。ヒッピーはあまりにも熱心に何かをするのはみっともないだけではなく、よくないかもしれないと思って祈りも適当にした。

ヒッピーはもう食べたくないだけではなく、考えたくもないタヌキと鹿を食べながら、神様の無情さを恨んで、自分の老いた犬にも神様の無情さを恨ませて——犬は空に向かって訳もなく吠えることで神様の無情さを恨んだ——一時を過ごした。彼にも以前親しく過ごした友人がいて、自分が彼らに会いたがっているのかどうかよくわからないけれど、自分が連絡すれば彼らが喜ぶだろうと思いながら誰にも連絡はしなかった。友だちが彼の気の毒な境遇を知ったら皆喜びそうで、彼としてはちっとも会いたくない彼らに彼の苦しい立場を知らせて喜ばせたくなかった。だからその後彼の消息について知っている人は誰もいなかった。

どうしても眠れず、本当に気が抜けた人のように、タヌキと鹿を食べながらひとときを貧しく生きたヒッピーについてあらぬ考えをしていたあの夜明け、睡眠薬を飲んでベッドに入ったけれどよく眠れなかった。それでさっきからずっと聞こえてくるカエルの鳴き声に耳を傾けた。声が似ていて自分がカエルではない限り、その音を区別することはむずかしそうだけれど、一緒に鳴いたり順番に鳴いたりするカエルの鳴き声を聞き分けたら全部で四匹のようだった。もちろん他のカエルの鳴き声に気がひけてまたは他の理由で鳴かないカエルもいるはずだが、鳴いているカエルは三匹ないし五匹のようだった。しかし、それは僕の推測であるだけで数十匹のカエルが完璧に和音をなして合唱している、あるいはたった二匹のカエルがいくつか違う鳴き声を出して数匹のカエルが鳴くような効果を出しているのかもしれない。

僕はそのカエルをリチャード一世、リチャード二世、リチャード三世、リチャード四世などと名付けたが、そのカエルの鳴き声を聞かせてくれた人がリチャードのように思われたからだ。カエルの鳴き声に耳を傾けていたら、ある瞬間、永眠していない歴史の中の英国の王たちが夜になるとカエルに化けて鳴いている声のように聞こえた。僕は永眠していない英国の王たちが何の話をしているのか聞き出すために耳を傾けたけれど聞き取れなかった。彼らは大昔使われた英語で話しているようだった。僕が少し酔っぱらっていたならカエルに化けた英国の死んだ王たちを探しに森の中を歩きまわったことだろう。しかしその日は酒を飲んでいない状態だった。それでも酒に酔った人のように、カエルは酒に酔ったら探して歩きまわるのにけっこうよいものだと思った。

ところでカエルが口を開けて鳴くのかどうかが気になったのだけれどわからなかった。なんとなく口を閉じて鳴いているようだった。子どもの頃鳴嚢《めいのう》を上下に揺り動かしながら鳴くカエルを見た記憶があったけれど、鳴く時に口を開けたのかどうかは覚えていなかった。大体カエルは鳴いていても人が近寄れば鳴きやんだ。そして他所に行ったり、人がいなくなるとまた鳴き出した。僕はカエルは口を閉じて鳴くはずだと思ったが、口を開けたままではのどびこを上下に動かしづらいと思ったからだ。しかし、あまり根拠のない考えだった。

カエルの鳴き声は適当な距離から聞こえてきて、睡眠薬みたいな効果があって意識が朦朧とし、その音はかすかに聞こえたりはっきり聞こえたりしたが、はっきり聞こえる時は幻聴に苦しむ人の耳の中に響く幻聴のようにはっきりと聞こえた。けっきょく池の中に徐々に沈んでいくような感じで眠りに落ちた。カエルが僕を眠りの池の中に連れていくようで、その夜僕が眠るのに決定的な役割を果たしたのはカエルのようだった。ほぼ二十年ぶりにぐっすりと眠って、朝起きた時はあまりにもスッキリしていて僕も知らずに起き上がって踊ったりまではしなかったけれど、浮んだ微笑みはほぼ二十年ぶりに浮かべた本当の微笑みだったと思う。

＊38 シェーンベルク（Arnold Schönberg、一八七四～一九五一）：オーストリアの作曲家。弟子のベルクやウェーベルンと共に第二次ウィーン楽派と呼ばれ，また十二音技法を創案して二十世紀の音楽に大きな影響を与えた。

＊39 カフカ（Franz Kafka、一八八三～一九二四）：チェコ出身のドイツ語作家。ジェイムズ・ジョイス、マルセル・プルーストと並び二十世紀の文学を代表する作家。人間存在の不安、不条理を洞察して、現代人の実存的体験を極限に至るまで表現して実存主義文学の先駆者として高く評価されている。代表作は『変身』。

＊40 ベケット（Samuel Beckett、一九〇六～一九八九）：アイルランド出身のフランスの劇作家、小説家、詩人。不条理演劇を代表する作家であり、小説家としても劇作家としても二十世紀フランスを代表する。一九六九年にはノーベル文学賞を受賞する。

＊41 ビート・ジェネレーション（Beat Generation）：一九五五年から一九六四年頃にかけて、アメリカ文学界で異彩を放ったグループ、あるいはその活動の総称。ビートニク（Beatnik）と呼ばれる事もある。生れ年でいうと、概ね一九一四年から一九二九年までに生まれた世代に相当する。最盛期にはジャック・ケルアックやアレン・ギンズバーグそしてウィリアム・バロウズを初めとする「ビート・ジェネレーション」の作家たちは多くの若者達、特にヒッピーから熱狂的な支持を受け、やがて世界中に広く知られるようになった。

＊42 アレン・ギンズバーグ（Irwin Allen Ginsberg、一九二六～一九九七）：アメリカの詩人。ジャック・ケルアックとともにビート文学の代表作家。

＊43 ジョン・ミニハン（John Minihan、一九四六～）：アイルランドの写真作家。多くの作家たちの写真を撮っており、特に格別な親交を維持していたベケットを撮った写真で有名である。

＊44 『モロイ』：サミュエル・ベケットの小説。ヌーヴォー・ロマンの先駆となった小説三部作の第一部。

＊45 マナ：旧約聖書「出エジプト記」第十六章に登場するもので、エジプトの奴隷生活から解放されたイスラエルの民がシンの荒野で飢えた時、神がモーゼの祈りに応じて天から降らせたと伝えられる食べ物をいう。

ある作為の世界

テラスで朝食をとりながら僕がカエルのことを話すと、リチャードはそれは「太平洋木カエル」というこの地域の在来種だと教えてくれた。ところがアメリカ南東部が原産地であるウシガエルがその一帯でも急速に繁殖して在来種のカエルの数が相当減ったそうだ。世界の色んな所でウシガエルがカエルの世界を平定していくようだった。僕はリチャードに韓国でもウシガエルは厄介者だと話してやった。リチャードは数年前、池にいるウシガエルを何匹か小さな石弓で撃ち殺して家の前にある岩に供え物のように置いておいてカラスに食べさせたが、その後機会があればウシガエルをカラスへの供え物にしていると言った。

カエルの鳴き声は聞こえなかった。代わりにいきなり二頭の鹿が家の庭に来てリンゴの木の下に落ちているリンゴを食べ始めた。前の晩に僕は思った、主に死んだタヌキと鹿を食べながらたまには果樹園に落ちた果物を拾って食べたりしたヒッピーを思い出して、彼の立場は今この鹿よりも悪かっただろうと考えた。リンゴを腹いっぱい食べた鹿は僕たちが食事しているのをじっと見つめていて、僕たちは葡萄をいくつか投げてやった。デザートに葡萄を食べた鹿は森の中に消えていった。

食事をしたあと、リチャードは倉庫から電気ノコギリを持ってきて家の近くにある低木を切り始めた。周りの森でたまに火事が起ったため、火が家まで広がる恐れがあり、家から一定距離にある低木は整理することになっている。もしそうしなかった場合は罰金を取られるそうだ。僕が手伝ってやろうかとたずねると彼は大丈夫だと言ったので僕は特に手伝う考えもなく、彼が働くのをただ見ていた。僕はそんなふうに、あまり手伝うつもりはなく、誰かが働くのを見るのが好きだった。

彼は小屋によく来ているせいか、切るべき低木がそんなに多くはなさそうだった。低木を切ることは彼が長くやってきたことで彼は手馴れていて、あえて僕の手助けは必要ないようだった。僕が見つめていたせいかもしれないが彼は余計に熱心に働いているようだった。僕は家の隅に立て掛けてあるはしごの中間あたりに登って座り、他人に何かをやらせてそれを監視する人のように彼の仕事ぶりを見守った。僕が口出しすることはなさそうだった。しかし彼にお願いだからそんなに頑張るなと言いたかった。

一度も電気ノコギリで木を切ったことがなくて、一度やってみたかったけれどそれもまた面倒だと思ってじっとしていた。しかし、電気ノコギリで枝を切る代わりに一抱えの立ち木を切り倒すことならやってもいいだろうと思った。巨大な木を切ると何か巨大なものを倒したと感じられる。しかし、それはあまりにも自分勝手な考えのようだった。


リチャードは近くに小さな池があって、運が良ければそこでカエルが見られるから行ってみたらどうだと勧めた。彼は僕のことを考えながら、全然役に立たないな、何をやらせてもまともにできないようだから何もやらせないほうがいい、そばにいさせるのも何だから他所に行かせよう、池に行かせてカエルでも見させよう、と思ったらしい。しかし僕は他所に行くつもりなんかないと言わんばかりにじっとしていたが、それは池に行って一体何をすればいいのだろう、と思ったからなのだ。カエルは僕の好きなもので、いつ見てもよかったけれどその時はカエルを見るのも面倒だった。しかし、すぐになんとなく池に行くウサギのようにただ池に行くのだ、と僕は考えた。でもなんとなく池に行くウサギはどこにもいなさそうで、なんとなく池に行くウサギのように池に行くことはできなさそうだった。どうしても池に行くウサギのように池に行くのはむずかしそうだった。

しばらくして低木が切られるのを見るのにも飽いてはしごから降りたが、実は電気のこぎりの音がうるさかったからだ。騒音に脳が切られるようで苦しかった。僕は彼が教えてくれた、小さな池のあるところに向かって森の道を歩いていった。カエルがいるかもしれない池になんとなく足を運んだが、その池でなんとなく来なかったウサギを見ることもできるかもしれないと思った。僕はウサギが僕を見てすぐ逃げないよう、すこし警戒しながらやりかけたことをやり終えてから去ることができるようにそっと近づいた。ウサギに出会ったら何を話してあげればいいのかはわからなかったけれど、ウサギに出会う心の準備ができているようで、ウサギに出会うことには心の準備さえあれば十分だと思った。ふとウサギと関連したある事実が思い浮かんだ。前歯が生え続けて硬い木のようなものを一生前歯でかじりながら生きていかなければならないという、そうしないと死ぬおそれもあるということで、それがウサギの宿命のようで、もしウサギに遭遇することになればその事実が思い浮かぶだろうと思った。そんなことをウサギに話してあげるのはウサギをからかうようだけど、ウサギに出会ったらその話をしてあげようと思った。しかし、ウサギに出会ったとしてもお互いに何も言わずに見つめあうばかりで、それが人とウサギが相手に対する、すこし陳腐だけれどまともな方法だと思った。

僕はウサギに対する思いに導かれるようにさらに奥の方に入ったけれど、近くにあると言われた池は見当たらなかった。道を間違えたようだった。僕は間違えたと思われる道をもうすこし進んでみた。一時池だったように見えるけれど今は水はなく、雑草で覆われた浅いくぼみが一つ見えた。しかし、くぼみを見ただけではそれが池だったのかよくわからなかった。大雨が降るとそれはしばらく池の形をして数日後には池の形を失ってしまうかもしれない。ひょっとしたら一年中池の形をするのは数日だけなのかもしれない。そのような池はそれを池だというのもそうではないというのもむずかしかった。

しばらくしてあまり遠くまで来たとも思えないのに、ずいぶん遠くまで来たと、あまりにも遠くまで来てしまったと、それでこれ以上行くのはまずいと思いながらしばしこんもりした森の中にじっと立っていた。リチャードの話によればそこの森はフクロウとモグラと鹿を含め、小さい熊まで住んでいるところだったけれど、その中で姿を現したものは一匹もいなかった。僕は本物の熊の代わりに、熊の皮をまとって熊を装った人間が現れかねないと思ったけれどそういう人間も現れなかった。でも僕の前には現れなかったが、メンドシーノの広い森の深いところでは文明生活を拒否して熊のように生きていく人間もいそうだった。誰もいないところで誰もいないうちに誰も知らないように何かをやりたかったけれど、特に思いつかなかった。

僕はいろいろな動物の中でも熊が見たくて、熊に遭遇するのを待ったが、近くにいたとしても嗅覚の鋭敏な熊が僕を捕って食べるつもりでもないかぎり僕のほうに来るはずがない。熊を待つことは無駄なようだけれど、無駄とわかっていることをわざとしてみたかった。ところが、さっきから木の枝にとまっていた一羽の鳥がうるさく鳴き始めて、ここで熊を待つのは無駄だと言っているようだった。すこし待ってみたけれど何事も起こらなかった。鳥は鳴き続けて、待っていても駄目だから、しかも待った甲斐がなくなるまで待ってみろと言っているようだった。鳥は僕をからかっているようだった。鳥が僕をからかっているに違いないと思い、からかいたければからかってみろと呟いた。もう少し待ったが、やはり何も起こらなかった。けっきょく待っている甲斐もなさそうで、待ちくたびれた人のようにそこを離れようかと思ったけれどそうしなかった。何なのかはわからないけれど、森の中の何かが僕を引き留めているようだった。

その時、茂みの中に野イチゴみたいな赤い実がたくさんぶら下がっている木が見えて、低木をかき分けて近くまで行った。近づきながらひょっとしたら熊が野イチゴを食べにくるかもしれないと思った。そうなるとすでにイチゴを食べていた僕が譲らなければならないのか。順番というのがあるわけで、僕が先に来たから熊は自分の順番を待たなければならないのか。それとも、それは僕の思い込みであって、熊の意思は僕と異なっていて、自分の領域を犯した僕を追い出そうとするのだろうか。でなければ、熊さえよければ僕たちは肩を並べて野イチゴを食べることになるかもしれない。熊と並んで野イチゴを採って食べるようなことはめったに起こらないことだけれど想像するだけで楽しくて、ぜひそんなことが起こるように願った。そんなことはいつまでも忘れられないだろうし、夢にでも願うことだった。それは、実際に起きて僕が誰かに話すことになっても相手が信じてくれず僕が嘘つきだと思われるのがオチだろうけれど、僕はそのことをまた他の誰かに言うだろう。

もしかしたら、熊と僕は夢中になっておいしい野イチゴを食べていて隣に誰かがいるのも忘れて食べ終ったあと、口元と手が赤くなったお互いを見つめ合うかもしれない。僕は野イチゴのせいで、僕たちが顔を赤らめたり爪を立てるようなことは起こらないでほしかった。いや、そんなことが起きてもそれは仕方ないだろう。しかし、野イチゴのために、実際に力ずくで争ったりすることは起こらないでほしかった。でも、野イチゴを独り占めしようとする熊が僕に襲い掛かってきて僕が逃げなければならないようなことが起こるのはいいと思った。

いつかソウルにある森の中の木の下にじっと立っていたが、赤い実を一つ咥えたカササギが一羽飛んできて僕の頭の上の枝にとまった。どういうつもりだったのか僕が急に大声を出して驚かせるとカササギが口に咥えていた実を落として飛んで行った記憶が蘇った。地面に落ちた実を拾ってみたら桜桃だった。カササギから奪うつもりはなかったけれど、結果的に奪うことになった桜桃をどうしようかと迷ったが、食べはしなかった。桜桃を手の平に載せてカササギなり他の鳥が飛んできて持って行くのを待っていたけれど来なくて、けっきょく僕は桜桃を地面に投げつけて、元々カササギのものだったこの桜桃は、それを食べる誰かのえさになる可能性もあると思いながら、そこを立ち去った。

近づいてみたら野イチゴのように見えたのは野イチゴではなく、固い赤い実だった。実を一つ採ってそっと噛んでみたが、特に味はしなかった。いや、変な味がして、食べないほうが良さそうだった。それで僕は食べなかったけれど熊は食べたりするかもしれない。しかし、それを食べたらどうなるのか気になって数個だけ食べてみようかと思った。目が赤くなって変なまねをしそうで、そうなってもいいと思ったが我慢した。野イチゴに対する思いで浮かれたけれど、それを食べられなくてとても残念に思っていたら、近くの木の枝に蜂の巣が一つぶら下がっているのが目に入った。蜂の巣は小さくて、蜂が出入りしていた。数を数えられる機会さえあれば数を数える僕の趣味を思い出して、むずかしい数学の問題に取りかかっている人のように集中して、集中力を発揮しながら蜂の数を数え始めた。しかしこつこつと集中力を発揮しにくくて、三十四まで数えてからは否応なしにやる人のようにざっと数えたが、とにかく五五四まで数えた。蜂の巣の中から出てこない蜂の数は含めなかった。正確な蜂の数がわからないことにいらいらしてきて、数を数えるのはどうもよくない趣味のようだった。

ふと蜂の巣に触って蜂に刺されて逃げる奇妙な場面を演出したいという衝動に駆られたが、その理由はわからなかった。その瞬間は頭が蜂の巣をつついたような雑然とした状態でもなくて、むしろ落ち着いていた。おかしいほど心が均衡を保っているようで、どちらか一方に心が偏ってしまうことはなさそうだったが、僕にはそれもあてにならないことだというのがよくわかっていた。どんな瞬間にも心の均衡は一気に崩れる可能性があって、心はどんな感情にも限りなく偏るものだった。

いつか森の中で蜂の巣に触ったわけでもないのに蜂が攻撃してきて危機一髪のところを免れた記憶が思い浮かんだのだけれど、それとは関係なく、蜂の巣に触るのはどうも良いことではなさそうだった。僕は蜂を刺激しないように注意しながらまたさっきの場所に戻りながら、一時僕が深い森の中でミツバチを飼って生きることについて考えたことがあったことを思い出した。どうしてそう思ったのかは思い出せなかったが、その時は蜂と生活しながら彼らの魅力的な姿態とダンスに夢中になって毎日を生きていけそうだった。考えてみたら、養蜂をしながら生きていくのが、僕が最後にかなりいい加減に抱いた望みであり、その後は望みなんか持たないようになった。それで僕がまったくいい加減に抱いた、養蜂をしながら生きることが僕の最後の望みだと思った。

先の場所に戻ったら、木の枝にとまっている鳥と同じ種類の鳥が一羽飛んできて同じ枝にとまり、二羽はかなりうるさく鳴きたてた。名も知らぬ鳥で、僕としては鳥という普通名詞としか言えない鳥であって、だから普通の鳥だと思った。普通の鳥は互いに必要な話をしていたはずで、僕に関して話しているようだった。鳥が僕を見つめているようだったからだ。いつか僕はある動物園で檻の中にいた猿たちが、その前を通りかかった僕を見て身振りと吠え声を出すのを見て僕に関して話し合っているような気がしたことがあった。残念なことに彼らは僕に関して悪口を言っているようで、少し興奮して早口で話し合っているようだった。ひょっとしたら猿たちも誰か何かについて中傷する楽しみを知っていて、主に同僚に対して悪口を言うけれど、時には自分たちを閉じ込めて見物して指を差す人間や他の何かについても悪口を言うかもしれない。悪口はある程度の知能のあるすべての動物が時間をつぶすためにすることかもしれない。

しかし、木の枝に止まっていた鳥は自分たちに関して話しているようで、しばらくしてから他所に飛んでいった。鳥たちが飛び立った瞬間揺れ始めた木の枝が静まるのを見ながら僕はまた名前のわからない、やはり普通の鳥としか言えない他の鳥が飛んでくるのを待ったけれど、何も飛んでこなかった。これから何をすればいいのか考えたが、特に何も浮んでこなかった。電気のこぎりの音がしきりに聞こえてきた。ふと熊に出会ったら拳が痛いくらい思いっきり鼻を殴ってやろう、と思ったが、その瞬間アラスカで灰色熊に出くわした誰かが熊の鼻を力いっぱい殴って熊を追い払ったという話を思い出したからだ。それが事実なら、熊の弱点は鼻で、それはすべての哺乳類だけではなく、鼻のあるすべての動物が同じで、ワニと戦うことがあったら鼻を殴るべきだと思った。しかし、哺乳類とは違ってワニの弱点は鼻ではないかもしれない。さらにワニと争うなんてことは一生にただの一度も起こらないだろうし、ワニの鼻を思いっきり殴ることなんてなさそうだった。まったく姿を見せない、その気配もない熊の鼻を力いっぱい殴るつもりで熊を待つのは無駄でとんでもないことであり、熊に過ちを犯すような気がして僕の拳に鼻を殴られて逃げ出す熊について考えるのはやめようと思った。

しかし、それが頭から離れなくて、とても気を悪くした熊が逃げながらもずっと後ろを振り向きながら僕に対する怒りを押さえきれない姿を想像してしばらくほくそ笑んだ。ひょっとしたら人間に鼻を殴られた熊は、いつ食べても飽きない、それを食べると気分が良くなる、自分の好物である野イチゴを夢中で食べることでどうにか怒りを沈めることになるかもしれない。しかし、野イチゴを食べることだけでは怒りを押さえきれない可能性もあった。ふとどこかで聞いた、美食家である熊はイワシとワインと蜂蜜がとても好きだということが思い浮かんで、鼻を殴られて心の傷まで負った熊が運よくも、心の傷を慰めるには最高の蜂蜜を見つけ、夢中になってそれを食べることで怒りを沈め、心の傷を癒して心の傷まで負わせるつもりはなかった僕を許してほしかった。

さてウサギに対する思いに導かれてきて、熊に対するいろんなことを考えて、実際に熊が現れる可能性はほとんどない森で熊の鼻を拳で殴る想像をしただけではもの足りず、続けて取り留めもなく熊に対するまた他のことを思い出した。動物園を脱出したある熊の話だった。大きな熊が山に逃げて、生け捕りにしようとする人間たちが撃った麻酔の銃に撃たれたにもかかわらず倒れなかった。肌につき刺さった麻酔注射器をはたき落として逃げたのだ。けっきょく、熊はのちに実弾に打たれて死んだが、それを思い出したら少し悲しくなった。そんなことを考えていたら現れる気配すらない熊を待っていた甲斐もあった気がして、その森に住む熊を、とにかく僕の方から少し不当に相手にしたと思った。今は本物の熊に会わなくてもかまわず、もう待つことはなかった。その間木の枝に飛んできてとまっていた、ついさっき他所に飛んで行ったのと同じ鳥が一羽再びうるさく鳴き始めたが、先に見た鳥なのかどうかはわからなかった。その鳥は、もっと熊を待ってみろと言っているようだった。僕は鳥に向かって、もうこれ以上待たないからそんなことを言っても無駄だと言った。しかし、鳥は鳴き続け、いかれた人たちの捨て台詞のように繰り返して何の意味もない声を出した。鳥を含む多くの動物が出しているほとんどの声は無意味なのかもしれない。

電気のこぎりの音はさらに聞こえ続けた。リチャードは側で見ている人もいないのに本当に一生懸命働いているようだった。僕はじっと立ち尽くしていて、そのようにじっと立ち尽くしているのにはなにか理由があるべきだと思って、その理由を探そうとしたけれど理由なんかあるわけなかった。ほとんどいつも僕は大した理由もなく何かをしたりしなかったりしながら、何をどうすればいいのかわからない状態に置かれて、その状態は僕になごみを与えてくれたりもするのだと思ってきたけれど、今回は少し困っていた。ふと誰かが森の中で困っている場面が思い浮かんだが、彼は僕の書いた小説に登場する人物だった。その場面を心の中で思い出しながら、今僕と同じ状態に置かれた小説の人物の心理にもっと近づいてみようとしたけれどその人物が感じたはずの困惑が再び感じられた。その人物が困った状況からどのように抜け出したのかはよく覚えていなかった。彼の心配は収まらず、さらに厄介な状態に陥ったようだった。

現実性はほとんどない、どうやら虚構の人生を送りながら作り出した虚構の中のその人物がまるで僕であるように僕と重なり合った。僕はもう少し困り果てた状態に置かれて、僕の小説の多くの人物も主に困り果てた状態に置かれていると思った。僕の小説の中の人物皆がある情緒的障害を持っていて、事実上他の人物と関係を持てず、自分だけの困り果てた状態に置かれていたが、現実の僕も同じだった。現実の中で僕が実際に関係を持つのは同種である人よりは鳥や熊のような動物と水や雲のようなもので、僕の必要に応じてそれらと親しくなったり、困った関係を持ったりしたが、それらも僕の頭のなかにしばらく登場してから消える関係に過ぎなかった。僕自身が世の中の誰ともすでに何の問題にもならない状態に至っていて、それで関係が問題となる、人物が葛藤をもたらす小説が書けないのだと思った。僕は実際の暮らしの中でも関係が問題になる関係を持たないのは一種の障害であるように思われたけれど、それは仕方ないと思った。

無言の森をじっと見ていたら僕が森の中にいる時最も大きく感じた感情は不吉さと隠密さであった。森はしばしば僕に不吉な感じを与えたが、その不吉の正体が何であるかはわからなかった。森の中に姿を消したまま最後まで正体を現さない何か、あるいはそれを隠している森そのもののせいなのかもしれない。倒れて枯れてからずいぶん時間が経ったような一本の木が見えたけれど、それは確かに不吉には見えなかった。僕は死よりもはるかに不吉なものを思い出そうとしたけれど、今回は何も不吉に思われず、死もそうだった。それで今度は隠密さについて考えたが、森には不吉さのほかにも、ともすれば同化されてしまう隠密さがあって、森にいると森の隠密さの一部になったような錯覚に陥ることもあるからだ。その隠密さは無言のまま立っている木や木の皮や、木の間に一部が見える青空や茂み、鳥や昆虫が出す音の間と、その他の森が隠しているものの中にあるようだった。僕は森で僕が一番大きく感じた感情は不吉さと隠密さであるという事実をもう一度確かめてみたけれど不吉さと隠密さの正体も、それらを感じる正確な理由も依然として知ることができなかった。だからこれからも森の中にいるとずっとその理由について考えることになるだろう。しかも不吉さと隠密さについて考えたおかげで困り果てた状態からは多少抜け出したようだった。

僕はしばらくあれこれ考えていて、それらについて取り留めのないことを考えた。そうしたら徐々に何も考えられなくなった。しばらくぼおっとしていて、そんな状態には当然そうすべきであるように、まるですべての考えを洗い流したように何も考えられなくなり、言いたい言葉もみつからなさそうだった。それで言葉を失ったようでいて、そんな状態に陥るのを僕がどれほど好きなのかしばらく考えたあと、再び何も考えずにいた。そんな状態のまましばらくいたが、少しずつある心地悪い考えに至った。そのすべてが非常に作為的に思われた。その瞬間にもどんな形であれこの経験を文章にしようとしていることがわかっていて、その瞬間の経験を書きおろしやすく操作しているような気がした。実際、メンドシーノの森の中で何事も起きなかったけれど、さまざまな思いに耽ったその経験が文章になった場合どのような形になるのかを考えて、漠然とした下図を描いた。

いつからかそんなふうに、ある瞬間を純粋に経験するよりその瞬間を文章で表現するためにはどう取り扱うべきかを意識しながら意識と感情まで操作して過ごすことが多かった。それは過ちだと思ったし、僕自身が偽善的に思えた。高が知れた見せかけをしているような気もした。しかし、それらがただ悪く感じられたわけではなかった。むしろ落ち着いた。その落ち着きは僕がある作為の世界の真ん中にいるからこそ与えられたもののようだった。僕は長い間あまりにも作為的な生活を営んできて、もう作為的なのが僕には自然だった。僕が作為的な人生を生きてきたのは人生の何事も事実として感じられなかったし、そのために人生に真剣な態度をとれなかったし、人生のある事実ではなくその事実に対する考えだけに関わることができたので、これが僕の人生の最も大きな実質的な絶頂であった。

完璧な作為の世界がその森の向こうで僕を待っているようで、ただ作為を通じて触れることができる、漠然として困惑して混乱した、不自然で暗くて見通せない世界だけれど、それから脱することは思いもよらない世界の、深まる何かがあるようで、作為として完成するしかない人生が、僕の前に控えているようだった。意味と無意味が、実在と非実在が、偶然と必然の差がなくなり境界が曖昧なその作為の世界ではすべてが脈絡もなくて、何かが起っても起らなくてもそれだけだった。その世界は変な無為の虚構の世界でもあった。しかし、考え直してみたら完璧な作為の世界がその森の向こうで僕を待っているようではなかったが、それはすでに僕がその世界の中であまりにも長く過ごしてきたためのようだった。

コテージに戻り小さな池は見つからなかったとリチャードに話したら、彼はもしかしたらその池の水が干からびた可能性もあり得ると答えた。そう言ってからそこからもう少し歩けばもっと大きな、水のある池があるから時間があったら行ってみろと言った。そこなら間違いなくカエルを見かけるはずだと付け加えた。彼は冗談を言うように笑ったので、はるばる遠くまで足を伸ばし森の中で完全に道に迷ったあとでやっと嘘のように池が現れて水面にゆったりと浮かんでいるカエルを見ることができそうだった。彼はどうやら僕をからかっているようだった。そのうち僕たちは互いに容認できる範囲でからかい合える間柄になったと思う。そう思ったら僕たちが少し親しい間柄になったように思われた。

その日の午後僕たちはワインと食べものを持ってメンドシーノのメサのある所へピクニックに出かけ、海岸の絶壁の上の草原に場所を取った。カリフォルニア海岸の中で最も印象的な場所の一つであるその広々とした平らな草地は、雑草や低木や華やかな色彩の野生の花で覆われていた。そこ一帯にも霧がしきりに立ち込めたがその日は天気が良くて、青い空の下に太平洋が遠くまで見えた。眼下の岩に波が穏やかに砕けていたし、風はとても気持ちよく感じられた。すべてが完璧な一日のようだった。ワインを飲んでからリチャード夫妻は近くを散歩し、僕は草原の上に横になっていた。この上望むことは何もないようだったけれど、少し時間が過ぎたら妙に漠々としてきて居心地悪くなったが、それは目の前に広がる、完璧に感じられるような、印象的で荘厳な自然の風景のためだった。

五年前、何の変哲もない団体観光旅行でヨセミテ[*46]に行った時にも、僕が一番強く感じた感情は漠々として不機嫌な気持ちだった。そこに来た人がみんなヨセミテの景色を見てあまりにも感嘆していて、僕はそれにも気分がよくなかったけれど、彼らがあまりにも感嘆するヨセミテそのものについても気分を害した。しかし僕がとりとめなく不機嫌になったのはそのためではなかった。

人を圧倒するヨセミテの壮大な風景には、その風景に圧倒されたあまり、それにふさわしい言葉を見つけられない何かがあった。言葉を失わせる風景の前でせいぜいできるのは語る言葉がないということを痛感することだけだった。これ以上手をつけるところなどないような、それ自体で完璧な構図を持っている風景は完璧な円とか球体のように、それを見つめている人の精神が介入したり作為的な考えが作動できる余地を与えず、それが僕を漠々として不機嫌にさせた。精神が介入して、作為的な考えが作動できるようにするには完璧な構図を備えているように見える風景に何か弱点があることが露呈して、思考の介入を容認し、その風景に異質的な要素が加わることが起らなければならなかったのだけれど、そんなことは起らなかった。僕は完璧に音がブロックされているガラスの壁に隔てられてヨセミテのすべての風景と完璧に分離されているような気がした。ある人には霊感を与えるかもしれない雄大な景色が送ってくる感動を処理する装置のようなものが僕にはなかった。それによってその無言の風景はとても退屈に思えて、その退屈さはひどいものだった。

けっきょく僕は何も感じられない、言い換えれば、漠々として不機嫌な気持ちを痛感する程度にしか感じられなくて、他には何も感じられないヨセミテの風景を見ながら、それがどれほど心を引きつけないのかを痛感し、斜面にいくつか石を転がせば漠々として不機嫌な気持ちを払ってしまえそうだったけれど適当な場所が見つからなくて、漠々として不機嫌になってそこを離れざるを得なかった。最後に見たそこはただの巨大な渓谷に過ぎなかった。

しかし、ヨセミテに行く途中にある、低い丘が点々とあって黄色い草だけが伸びている、人を圧倒しない風景の広い野原は、そこを最初通った時、とても気に入ったのだが帰る時また見るとさらに気に入った。バスに乗った人のほとんどは眠っていたし、ほかの人たちも野原にはあまり興味がなさそうだった。一瞬車窓から野原が広がっている低い丘の上に一頭の馬が立っているのを見て、僕が馬に対して持っていたあるイメージとオーバーラップしてきて、ふと英国の詩人テッド・ヒューズ[*47]の書いた短編小説の一場面が思い浮かんだ。それは野原にある小さな丘の上に空を背景に黒馬が立っている場面で、僕の見た馬は空を背景にしていなかったのでヒューズの小説の中の馬のように印象的な姿ではなかった。彼の小説の中に登場する馬は少しおかしくて、雨の降っているある日、十二年ぶりに野原と丘と森のある所を訪れた男を攻撃しようとするのである。男は逃げて隠れたりもしたけれど馬は一定の距離を置いて姿を消したり現れたりしながらずっと彼をひそかに見送ったり追いかけたりした。彼は雨が降ってぬかるみになった道を逃げながら馬に向けてガチョウの卵くらいの大きい石を投げて命中させたりもする。悪意を抱いているのか、いたずらをしているのか、それとも頭がおかしくなってそうしているのかはわからないけれどその変な馬に追われる男が登場するその話は、僕が馬に対して持つもう一つのイメージであり、そのイメージを思い浮かべながらカリフォルニアの丘の上にいる馬を見たのだが、二つがうまく繋がらなかった。僕の見ている馬は茶色で、静かに頭を下げたまま草を食んでいて、天気はとても長閑で、日が暮れようとするところ、赤みを帯びた太陽の光が黄色い野原の上に柔らかに差していた。テッド・ヒューズが書いたその作品は彼の短編小説の中で唯一面白く読んだもので、変な馬に攻撃されて追われる変な話が僕には面白かった。

僕が馬に対して持っているもう一つのイメージは、いつか車でドイツの田舎を走っていた時に生まれた。陰鬱な空の下、黒みがかったエゾマツがまばらに植えられたとても広い野原にある丘の上に、雨の中で独り静かに立っていた、変に赤い色を帯びた茶色の馬を見た。馬はまるでその広い野原の風景を最終的に完成する、これ以上手をつけるところのない完成された美術作品のように、その風景の核心のようにじっと立っていた。白黒写真の風景のように、馬は雨が降って立ち込める霞の中で灰色の空を背景にして丘の上に不動の姿勢ですっくと立っていた。僕はその印象的な姿を見ながら馬が意識的にそのような場面を演出しているような印象を受けた。

僕は車を止めて近づき、かなり長い間その馬を見た。首を垂れている馬の口と腹と尾を伝って雨が流れ落ちていたけれど、全く気にならないようで、催眠状態のように全く動かなかった。僕はまるで誰かが僕を狙って投げた石に胸を直撃されたように、突然ではなく、徐々に胸がひやりとしてきた。ところが、あの時は冬で冬雨が激しく降っていたのか、それとも春で春雨がしっとりと降っていたのだろうか。この場面を構成する大事な要素として冬雨と春雨は全く違う感じを与えてくれた。冬雨が降り、冬であったとしよう。そうすることによってその場面がもっと印象的に残るように。けっきょく今回も僕はひやりとした胸が、徐々に落ち着いてからそこを離れることができた。そこを離れながら、僕はその冬の風景を完成させているようなその馬を僕の頭の中にいつまでもそこにそのまま立っていさせたが、そうすることによってその馬を僕の作為的な世界の中に完璧に入れることができた。

メンドシーノの海岸の絶壁の上で僕は作為的な考えが介入できる何かが起こるのを待っていたけれど、けっきょく何ごとも起こらなかった。急にどこかに現れた野生馬の群れが草原を横切って走るようなことが起きるべきだったけれど、そんなことは起きなかった。そのすべての風景が僕と完璧に分離されているようで、僕はほとんど何も感じられなかった。ある瞬間ペリカンのようにとても翼が大きくて長距離旅行には有利だけれど、近いところに行く時は厄介な翼のせいで離陸に苦労するガネットが何羽か飛び回る姿が見えたが、それらは僕の描く作為の世界に入場させるには相応しくない存在で、僕はそれらを放っておいた。物であれ風景であれそれらが僕の中でまた別の記憶や想像に移されて別の次元で思いも寄らない形で現われ、心の中に入った瞬間はじめて僕はそれらに同化することができた。

＊46　ヨセミテ（Yosemite National Park）：アメリカカリフォルニア州中央部のマリポサ郡及びトゥオルミ郡にある自然保護を目的とした国立公園である。一九八四年、ユネスコの世界遺産に登録された。

＊47　テッド・ヒューズ（Edward James Hughes、一九三〇～一九九八）：イギリスの詩人、児童文学作家。一九八四年から死亡するまでイギリスの桂冠詩人であった。

啓示ではない啓示

その夜にも年老いたヒッピーの家に遅くまで明かりがついているのが見えた。彼の家のドアの所まで行ってみたが、今度は窓ガラスのカーテン越しに彼が影絵芝居に登場する人物のようにリビングルームで静かに動いているのが見えた。彼がその時間に何をしながら静かに動いているのかはわからなかった。なんとなく彼の家の中も雑草に覆われている家の外とたいして変わりなく、彼は夜遅く散歩するために雑草がはびこっている外にわざわざ出ることもなく、雑草のはびこっている家の中を散歩しているようだった。彼の家の中にはツタが生い茂っていて、家の内側の壁を這った蔓が天井を覆っていて、開いている箪笥の中まで這っていて、壁にかかった、ほこりだらけの鏡を這っていくようだった。雑草のようにはびこっている長いひげの彼は雑草に生い茂った家の中を散歩して鏡の前を通る時はそれにかすかに映る自分の姿を見ながら、まるで散歩中誰かに会ったかのように挨拶をして、長い間一人暮らしをしてきた人だけが口にする他の人は理解できない話をずっとした後、再び他の場所に足を運んでいるかもしれない。リチャードの話によると彼が延々と話すたいていの話はほとんど聞き取れないそうだ。

僕は彼が何を食べて生きているのか気になった。もしかしたら彼は菜食主義者で家の中と近くに生えている雑草を食べながら暮らしているかもしれない。雑草はあちこちに生えていたので食べものには困らないはずだった。ひょっとしたら彼は牛のように雑草を食べながら一日十六時間を反芻しながら過ごしているかもしれない。彼の家に夜明けまで明かりがついているのも間違いなく雑草を食べて反芻するためだと思った。ところで牛が一日十六時間くらい機械的に口を動かして反芻して過ごせるのは、幸いなことに一種の仮睡眠状態だからだと思った。いくら牛だとしてもそんなに多くの時間を正気で反芻しながら過ごすのはたまらないはずだろう。一種の仮睡眠状態でよかったものの、そうでなければ世の中のすべての牛は反芻のせいで狂ってしまったかもしれない。

人に出会うと果てしなく話をしたりするけれど、主に夜に活動するヒッピーはやっぱり一人でいる時にはほとんどの時間を仮睡眠状態で雑草を食べ反芻し、正気に返るとはっと気が付いたようにとても変なことを考えながら独り言を言って過ごしているかもしれない。僕は赤い色が好きなヒッピーが赤色の下着を着たまま何となく赤がかった話をまくしたてるのを想像した。

その夜は眠りにつくのにカエルは役に立たなかったのだがそれは、他所に移ったのかカエルの鳴き声が全く聞こえなかったからである。僕は年老いたヒッピーがその晩自分の家にカエルを招待したせいだと思った。本来人の招待には応じないことを原則にしているカエルがその原則を破って自分とあまり変わりなく生きているヒッピーの招待に応じて、ヒッピーの居間で人とカエルが一緒に遊べる何かをしているのだ。そんな遊びには何があるのか考えてみたが、最も簡単なのは互いの立場を変えて遊ぶゲームがありそうだ。でもそんな遊びに何があるのかはわからなかった。僕は後ろ足で立ち、前足を腰においてすこし偏屈そうな姿のカエルと、卑屈に伏せているヒッピーを想像した。彼らがそのような姿勢で何をするかはわからなかったけれど彼らだけができる何かをしているのだろう。

ある瞬間、年老いたヒッピーの家の明かりが消えた。夜遅くまでヒッピーと一緒に遊んだカエルはくたびれて自分の家に帰るのも忘れてヒッピーの横で寝てしまったようで、カエルもヒッピーも少し暴れん坊のように横たわってひどくいびきをかきながら寝ていそうだった。彼らの内どちらかは、森の中の戦闘から落伍した、武器も持っていない兵士が登場する夢を見て、何の内容も、筋もないその夢を見た後にはリチャードという名前の兵士がカエルを連想させるようなまだら模様の軍服を着ていたことや、たまに軍楽隊のようにシンバルと金管楽器などを演奏しながら森の中を突き抜けていったことを記憶するかもしれない。

ヒッピーとカエルが懇々と眠っている間に僕はまた外に出て、明るく静かな月光の下でタバコを吸った後、なんとなく森の中をしばらく徘徊してから戻ってきた。昔ソウルで、真裏に野山のある家に住んでいた時真夜中に森の中を徘徊したりしたことがあった。そこはその数年前、希代の連続殺人鬼が多くの人を殺し、その死体を埋めたところでもあった。月光が全く照らず真っ暗な夜にもそのように散歩したりしたが、月の明かりがない夜は山道を歩くことができなさそうだけれど地面にはきわめてかすかな光みたいなものがあった。まるで昼間のうちに降り注いだ陽光が染み入っていたのが再びかすかに流れ出てくるようなもので、そのおかげで苦もなく道を歩けた。夜中に被害者の遺体が埋まっている森の中を徘徊することはちっとも怖くなかったけれど、むしろ僕自身が怖くなる瞬間があったが、それは自分が精神異常者のように思えたときで、何をやらかすかわからない時だった。

寂漠とした月光の下ではごく自然にとても変なことをやらかすこともできそうだった。そういうわけではないけれど、僕はその夜月光の下の森の中で、ラベンダーを収穫する人のように蔓の長い、名前のわからないとても香しい紫色の花を折って集めたが、僕自身が確実にいかれた人のように思えた。折った花を部屋に持ち帰って花瓶に生けたあと、ベッドのすぐそばにあるテーブルの上に置いた。灯りを消して、窓から差し込む明るい月光の中で半分気の抜けた人のようにその花を眺めていたら奇妙なことを考えるのにいい夜だと思った。しかしわざとそんなことを考えたくはなくて、自然に浮んでくるのを待ったが、その瞬間は自然に思い浮かんできた奇妙なことだけ受け入れられそうだったからだ。しかし、なにも自然に思い浮かんでこなかったので助けを求めるように花をじっと眺めた。花は主に目で楽しめるものだが、他の使い道もありそうで、僕はそれを探すように指で花を注意深く撫でつけた。今まで生きてきて花の感触をそれほど細やかに感じたのは初めてでまるでベルベットみたいだった。同時にその涼しい感触が死体の皮膚を思い出させて気持よかった。しばらくしたら花が役に立ったのか、花を燃やしてその灰に額をこすったり灰を食べたりすると眠りやすくなりそうな根拠のないことを考えたりした。花を燃やすと花の幽霊ではなく他の幽霊が花の幽霊の姿で現れて僕と花を、メンドシーノの森で死んだ存在の幽霊のいる所に連れて行ってくれそうな、やはり根拠のない事を考え込んだ。なんとなくメンドシーノの森の幽霊はお茶目なところがあって僕らはおかしくて愉快な何かを一緒にしながら夜を送ることもできそうだった。しかし、それは話にならない思いであり、けっきょく僕は自分がわざわざしなくても、根拠のないまたは未熟なことをうまく思い浮かべるので、どれだけ自分の考えと言葉を信用しないのか、またまともに受け入れないのかを考えた。その日はふだんに比べて根拠のない思いをそんなにたくさんしたわけではないと思いながら眠り、朝にはある占い師から占ってもらう、とても生々しくて変な夢を見たあと目が覚めた。

占い師は背が十歳の子どもくらいの小さな小人の女で、白いチョゴリ[*48]に赤いチマ[*49]をはいていた。僕たちは古びて、足を伸ばすことすらできない狭苦しい部屋に座っていて、彼女が伸ばした足がずっと僕のひざに触れたままだった。僕たちの間には小さなアルミホイルの包装紙に包まれたハーシーチョコレートのたっぷり入ったビニール袋が置いてあった。彼女は自分の名前を言い、自分が有名な占い師だと言ったけれど、僕はその名前を聞いたことはなかった。彼女は神憑りに必要なもののようにチョコレートを一つずつ包み紙をむいて食べ始めたが、僕にはまったく勧めたりしなかった。僕の前で自分だけチョコレートを一つずつ食べる彼女の態度はまるで僕はそれを食べてはいけない、あるいは食べない方がいいから僕にはくれず自分だけ食べようとしているように見えた。だったらいくらでも食べろと思いながらチョコレートが入り続ける彼女の口を見つめたが一口でハーシーチョコレートを入れるのには少し小さな口だった。彼女はチョコレートを口の中に押し込んでいるようだった。

しばらくチョコレートを食べることに夢中になっていた占い師は頭をあげて僕の人相にざっと目を通して、面白そうに笑いながら、ただならぬ性格のため天寿を全うし得ない運命だと言った。それはもう知っていると言ったら彼女は怒ったりはしなかったけれど不満そうな顔をした。彼女は僕が何者なのかを当てるのにとても苦労した。最初、彼女に髪の毛の長い僕に美術に携わる人なのかと聞かれてそうではないと答えたら、それでは俳優なのかと聞かれてそうでもないと答えた。それでは音楽に携わっている人なのかと聞かれてそうでもないと答えると、船に乗る人なのかと聞かれてそうでもないと答えたら、顔が赤くなってそれでは左官屋なのかと聞かれてそれでもないと答えた。それではこじきなのかと聞かれてそれでもないと答えると、それでは前科者なのかと聞かれてそうだと言おうかとすこし迷ったけれどそうではないと答えた。僕が何者なのか当てられないことに非常に腹が立った彼女の顔はよく熟したスイカのように赤くなってそれでは一体何をして生活しているのかと聞いた。素直に言わなくてもいいわけだけれど僕が小説を書いているると答えたら、その小さな膝を手で打ちながら、まるで反射作用による動きのように、足で僕の膝を痛いほど蹴飛ばして、急に女の子の声を出した。僕が小説を書く人間であるのをわからなかったのは盛りを過ぎた小説家だからだと、任侠小説を書かなければならないと、任侠小説を書けばこれまで良くなかった僕の運も良くなると言った。

またそれは僕が前世に混乱の極みにあった中国戦国時代のある国の武士で、地位の高いある女の命を助けたためだと言った。彼女は前世に命を助けた女に現世で会えないけれどうまくいけば次の世では会えるかもしれないと言った。それは占い師がよくいう決まり文句に思えて、ちっとも納得できなかったけれど僕がうなずいたら彼女はもう一度足で僕のひざを軽く蹴ってから急に藁、と叫んだ。最初は彼女が何を言っているのか聞き取れなかったけれど僕は彼女の言葉どおり、藁をもつかむ思いで生きろという意味として受け入れた。僕が彼女の言いたいことを理解したと思ったかのように彼女はもう一度足で僕のひざを強く蹴った。僕はびっくりして思わず声を上げた。今は僕も子どもの声に変わっていて、自分で聞いてもおかしかった。彼女は占いながら足で人を蹴る変な占い師のようだった。

話す時開いている占い師の口の中から見える歯はチョコレートのせいで真っ黒で、その真っ黒で不吉に見える、否定的な力が感じられるその歯のせいで僕は全然身動きもできなかった。彼女はまた僕に人を疎んで任侠小説を書きなさいと言った。そうしてこれから自分を発情期のロバだと思って生きろと言って、僕はそれはいつも心が割れ返るような状態で生きろという意味に理解した。彼女は毎日水辺に行きなさいと言って、僕はそれをあまりにもやり過ぎだと思えるまで何かをしろという意味として受け止めた（正確にこんな話をしたわけではないもののこんなふうに言い換えることもできる、とにかく話にならないことを話したが、これは話にならぬどんな話にも変えることができた）。僕たちが互いに理解できないことを話していたらお互いをもっと理解できなさそうだった。それでも僕のわけのわからない思いは次第に理解できそうだった。

僕たちの話にならない話はずっと続いたが、その間彼女は眠そうに目がとろんとなっていた。とろんとなった彼女の目はトカゲの目のようで、僕はいつのまにかトカゲと話しているようだった。僕は足がひどくしびれてきて、しびれる足を伸ばして彼女の足の上に載せていたけれど彼女は気にしなかった。彼女の言いたいことがほとんどわかったと思い、僕が、これからとんでもないことばかりして生きていくと言うと、彼女はごまかすなと言った。彼女はあくびをして、チョコレートを食べると、しかもたくさん食べると眠くなると言って、もう昼寝の時間になったと言いながらそのまま横になったのだが、部屋が狭過ぎて彼女の頭と足が両方の壁に触れていた。彼女は横たわったまま目を大きく開けて僕を見上げていて、僕が話のついでに、占い師になる前にはどんな仕事をしていたのかと聞くと、僕の言うことが理解できんと言わんばかりにじろじろ眺めつづけた。僕はしばらくしてからやっとその理由がわかった。彼女はもう眠っていて、しばらくしていびきをかき始めたけれど目はそのまま開いていて、その目は自分の暗い過去を蘇らせる時のある動物の目のようだった。

彼女の部屋にある、彼女の祀る神々の絵と造形物を見ると皆目を剝いていた。しかし、その神々はどういうわけか熱心に空とぼけていて、彼女の中に入ってはいないようだった。むしろ彼らの一部のそのまた一部が僕の中に入って僕の体をくすぐっているようにちょっとくすぐったかった。僕は少しくすぐったい状態で、これから変な痩せ我慢を張ってとことんどん底まで落ちる人生を生きなければならないような気がした。その間僕たちの間に置いてあったハーシーチョコレートは彼女が全部食べきって空のビニール包装紙だけ残っていたが、それらが僕たちが交わした言葉の殻のようで、僕はその中の一つを取ってポケットに入れて占い師の家を出た。蒸し暑い夏の真昼に道を歩きながらポケットの中に入ったビニール包装紙を指でなでつけた。すると、占い師が言いたかったことが理解できたような気がして、それは一生混乱を振りまいたりせず生きていけということのようだった。メンドシーノで、夢によって未来に対するある啓示を得たようだったけれど、未来はすでに大分前からわかっていたことで、僕はいつまでも混乱から逃げ出すことはできないはずだった。

＊48　チョゴリ：韓国民族衣装の上着を指す。
＊49　チマ：韓国民族衣装の長いスカートを指す。

溺死体

僕の暮らすマンションにはプールがあって、「ロ」の字型のマンションの内側にあるプールはそんなに大きくはなかったけれど周りに木が植えられていて、天気が良い時は日光浴もできた。水泳は僕の唯一の得意なスポーツで、二十代の頃にはどういうつもりだったのか北漢江[*50]を泳いで往復したこともあった。かなり幅の広いその川を、とても苦労して往復した理由がその後ずっと考えたけれどわからなかったが、川の中間まで泳いだ所で打つ手もなく水の勢いに押し流されながら、こうして溺死するのだ、と思ったりもした。その瞬間は溺死する人の心情がわかるような気もした。近くに橋がなくて死線を越えて川を渡ったが力が抜けてさらに急場に置かれた僕はまた死線を越えて地上に戻らなければならず、その日僕は自ら招いた二回の死線を越えた。一日に二回生まれ変わったというほどではなかったが、それは僕が生きながらにしてしでかした一番くだらないことだった。その時僕は当時付き合っていた彼女と一緒で、僕たちに何事かあって僕が川を泳ぎ渡ったのか、僕が川を泳いで渡ってきたことについて彼女が何と言ったのかは覚えていないが、川岸に立っている彼女を見ながら何度も手を振って、彼女も僕に向かって何度も手を振ってくれた記憶はあった。いや、記憶しているように話すこともできる。必死に泳いだせいもあってすでに疲れ果てた僕は彼女に向かって手を振ってやろうと余計に苦労していたはずだった。彼女は手を振りながらあんなに無茶なことをやる男とは一緒にやっていけないと思ったかもしれないが、僕たちの関係はその数日後に終ってしまった。

プールの水は冷たくて数えるほどしか入っていられなかった。平日の昼のプールはほとんど人がいなくて僕は主にプールの端の長椅子に横になって本を読んだり、穏やかな水面に月光が差している夜に寝巻きを着たまま湖で泳いでいるような空想に耽ったりした。またそれ自体興味深い事実、例えば、キルギスタンにはすべてを暗唱するのに六カ月もかかる叙事詩「マナス」[*51]があるということ、ナパーム弾に石鹸が入っているということ、過去の植民地時代にイギリス人がビルマ産マホガニーで船を作り始め、ビルマ人をどんなに搾取したのか、ビルマ人が自分たちのマホガニーのためにどれほど大きな犠牲を払ったのか、そしてシェークスピアの『テンペスト』に[*52]バミューダトライアングルに関する話が出てくること（僕はこの間テレビを見てその事実を知ったが、完全に酔っていて、無造作にテレビのチャンネルをまわしているうちに別々のチャンネルで放映している、シェークスピアに関する話とバミューダトライアングルに関する話がごちゃまぜになったのかもしれない。それが事実なのか確認するためにこれから『テンペスト』を読む可能性も読まない可能性もあった）、そしてマリファナの種類はほぼ猫の品種と同じくらいにさまざまで、その中シバシャンティ、ヒンドゥークシュ、アフガニスタン、エドローゼンタールスーパーバード、シバシャンティII、センシスカンク、スカンク、スーパースカンク、シバスカンク、スカンククシュ、マリズコリ、アーリースカンク、ルデラルリーススカンク、アーリーガールなどがあるということ（なぜスカンクという名前のマリファナが多いのだろう）などについて考えたりもした。

しかし、たいてい何もしないで時間を過ごした。プールに行くのは何もしないでじっとしているのに良い場所であるからで、これに似た所と言えばベッドと公園である。たまには今僕の書いている小説のアイデアを得たりもした。ふだんほとんど何もしていないのに一定の時間が経つといつのまにか一篇の小説を書き終えたのを見てつい自らも不思議に思うことについても考えた。疲れきった時に何の役にも立たない小説を、疲れ果てても書き続けているのも不思議だと言えば不思議なことだった。実は言いたいことは何もないのに文章をたくさん書いて、またこんな長たらしい小説を書いていると思ったら僕自身がお手上げのおしゃべり好きみたいだった。

それからある日、水の上に浮かんでいる木の葉と水面に映った雲を見ていたら思わず溺死体について考え始めていた。死体の中でも溺死体は僕にいつも独特な感情を、他の死体からは感じられない、何とも言えない特別な感情をもたらした。いつか川で溺死体をすくいあげて船に載せていくのを一度は遠くから、もう一度は間近で見たことがあって、その時僕は夏の夜明けに韓国の有名な海水浴場の浜辺にいた。人は多くなかったが、夜が明け染めるころ、何かが砂浜近くの水面に浮んできて、しばらくしてそれが溺死体だというのが明らかになった。人が集まってきて、誰かが水に入って遺体を砂浜の上にすくいあげたが、すでに死んでからかなりの時間が経ったようで体がぶくぶく膨れ上がっていた。すぐ救急車が到着して死体は病院に運ばれた。当時、僕は女と一緒だったが、僕たちがなぜその時間にそこにいたのか、またその日何をしたのかは覚えていなかった。その日一日中僕たちが溺死体や、他の遺体について話したかどうかは覚えていないけれど、その日僕たちが見かけた溺死体のことがずっと僕たちの頭の中から離れなかったはずだ。

僕は人だけではなく豚と牛と犬の溺死体と、カエルと蛇とアリの溺死体も見たが、僕が直接見た溺死体以外にも僕が見たと思っている他の溺死体も無数にあった。それらを見た場所も川や海や湖や池や水たまりなどさまざまだった。僕が見た、あるいは、見たと思っている溺死体の中には木の葉の溺死体、泥水に落ちた雲の溺死体、虹色の魚の溺死体、靴の溺死体、服の溺死体、マネキンの溺死体、提灯の溺死体、本棚の溺死体、茶色の溺死体、青色の溺死体、馬鹿みたいな溺死体、可愛らしい溺死体、流し目を送る溺死体、お茶目な溺死体、ただならぬ気配の溺死体、志はありそうな溺死体、意地っ張りに見える溺死体もあったが、水に浮かんでいたり流されているすべてが僕には溺死体に見えたりもした。僕は溺死体を見たり想像するのが好きで、ある日水辺で溺死体のことで頭の中がいっぱいになって溺死体と一緒に時間を過ごしたりもした。

溺死体と関連して一番気に入ったのはそれがとても静かだということだった。いかなる溺死体もうるさくなかった。うるさい溺死体は興味深いかもしれないけれど僕が好きになることはないだろう。溺死体がもっとも美しかったのは月夜に穏やかな川に流されている時だった。そんな時、溺死体を見るのはとても楽しいことで、それらが物思いに耽って徘徊する楽しさにはまっているように見えたからだ。月夜にとても楽しく静かな川に流した溺死体の中には僕が文章を書いた紙の溺死体もあった。僕はカバやサイの溺死体は見たことがなく、アフリカに行くとしたらそれらを見るためだろう。

暑い夏の日プールに入って水泳をしているうちに水の中で仰向けになり溺死体のようにじっと浮かんだまま溺死体について考えるようになったが、今回も溺死体は僕をがっかりさせず、溺死体について考えるのは楽しいことを確かめさせてくれた。僕はいくつかの溺死体をさらに思い出したが、その中にはマジック・マッシュルームとサイケデリックなキノコ雲の溺死体もあった。溺死体に対して考えながら僕は何体かの溺死体を救い出したり、何かを水の中に落として溺死体にさせたこともあった。そうしたら頭の中で溺死体のように考えが漂うようで、それは思考の溺死体のようだった。

溺死体のことを考えながら時間を潰したその夜、僕はある溺死体とともに夜を過ごす夢を見た。それは世のすべての溺死体の中でも最も有名で最高の溺死体であるオフィーリアの溺死体だった。水から出た彼女は水をぼたぼた垂らしながらだんだん水に変わり形を失っていった。彼女はひっそり微笑を浮かべていたが、それは水に流されて死んだ人だけが浮かべられる微笑みのようだった。僕たちが夜を一緒に過ごして起きた時彼女の姿形は完全に消えていた。僕は一緒に夜を過ごすのにはオフィーリアの溺死体ほどいいものはないと思ったし、いつかオフィーリアの溺死体に関するとても奇異な小説も書けるだろうと思った。

＊50　北漢江：韓国と北朝鮮の軍事境界線をまたがって流れる河川で、南漢江と合流し漢江となる。

＊51　マナス（Manas）：キルギスに伝わる叙事詩である。また、その主人公たる勇士の名でもある。口承された数十万行に及ぶ叙事詩で、ホメロスの『イリアス』や『オデュッセイア』、古代インドの『マハーバーラタ』などよりもはるかに長い。『ギネス世界記録』では世界で最も長い詩と認定され、その長さは五十万行を超えると紹介されている。

＊52　バミューダトライアングル（Bermuda Triangle）：フロリダ半島の先端と、大西洋にあるプエルトリコ、バミューダ諸島を結んだ三角形の海域。昔から船や飛行機、もしくは、その乗務員のみが消えてしまうという伝説があることで有名である。この伝説に基づいて、多くのフィクション小説、映画、漫画などが制作されている。

時間の浪費

午前中コーヒーを飲みながら「マリナ・タイムズ」というローカル新聞を読んでいた時、目を引く記事があった。要約するとアメリカの戦没将兵追悼記念日を控えてサンフランシスコの北西に、昔の軍事基地があったプレシディオという地域の国立墓地にあるペットの墓地を新装するという内容だった。一九五〇年代初に造成されたそのペットの墓地にはプレシディオに駐屯した軍人の友人だった犬や猫、鳥、ウサギ、ハムスター、ネズミ、ハツカネズミ、蛇、トカゲ、魚が埋まっていた。墓石の中には「米軍のペット、彼はその生涯を全うした」という墓碑銘も、軍人である飼い主と一緒にフロリダからミシガンに、またドイツとセントルイスに移動して、カリフォルニアで生涯を終えた「真の軍隊猫」サマンサに捧げる詩が書かれた墓碑銘もあった。この墓地の起源は正確にはわからないが、そのミサイル基地を守っていたドイツ産シェパードを埋めたことに由来するのではないかと関係者は言っていた。この墓地は一九六三年に新たな埋葬は禁止され、一九七〇年代には完全に放置されており、墓地の近くにはまだ馬小屋が残っていたが、馬が葬られている証左はなかった。

墓地は僕の住んでいるところから遠くないところにあり、その後一度行ってみたかったけれどけっきょく行けなかった。いつでも行けそうでずっと先延ばしにしたせいだった。でも僕はサンフランシスコを訪れる観光客はあまり行かないけれど、その墓地から近くて、ゴールデンゲートブリッジの辺りにある昔の軍事基地だったところにあるバンカーには何度か行った。太平洋戦争に備えて作ったものだけれど実戦で使用されたことのない、屋根が斜めになった平らなコンクリートの建物は、じっと横になって雲を見たり座って太平洋を眺めたりするのにはこれ以上ない平和なところだった。僕はそこに横たわって飛虫を見つめながらそこから発射されなかったミサイルについて、また、世界各地を流れた猫サマンサと、ゴールデンゲートブリッジ建設工事現場で死んだ中国人と、ゴールデンゲートブリッジで飛び降り自殺した人と、故人になった他の人について考えた。

ペット墓地に関する記事を読んだ後いつになく意欲が湧いてきたわけではないけれど、少し気合いを入れて図書館に行った。一人で家にいると限りなく落ちこんでしまうことがわかっていたし、そこには再び見たい写真があったからだ。ヘルムート・ニュートン[*53]の厚い写真集を探してその中にあるサルバドール・ダリの写真を見た。喜劇的に口ひげを生やしたダリが女性用に見えるシルクガウンを羽織ってベッドに横たわっている写真だった。彼は重病にかかったように鼻には呼吸を補助する管をさしていて、ガウンの上にスペインの国王が下賜したような記章を巻いていた。その記章は彼が自慢げに話したスペインの独裁者であるフランコが下賜したイザベル女王十字勲章なのかもしれない。ある美術展示会で頭に潜水装備をかぶったまま講演して窒息しそうになった時に撮った写真もそうだったが、どう見ても図々しく見えるダリの写真を見たら気持ちがよくなりすこし元気を取り戻した。ダリは一生おどけたまねをして最期の瞬間にも間違いなくふざけた思いに耽っているだろう。その写真集には映画監督であるファスビンダー[*54]の写真もあったがその写真を見る前までは彼が非常に気弱な顔をしているのではないかと思っていた。しかし、酒屋でビールを飲んでいる写真の中の彼は、モンゴルの草原で羊の乳をしぼってきた人のように田舎者に見えた。

僕は彼の映画はあまり好きではなかったけれどその写真は気に入った。僕は写真集の中の他の写真も見たが、ほとんど裸体写真だった。

図書館を出てカストロに行って、電車を降りて歩いていたら裸で歩いている年取ったヌーディストのゲイカップルが目に入った。ヌーディストが街を闊歩しているのはサンフランシスコでもよく見られる光景ではないので運がよければ見られるものであって（ある人は運が悪いとか鳥肌が立つと思うかもしれないが）、実際に彼らを見ると運がいいと思った。以前サンフランシスコの別の街で二十人を超えるヌーディストが自転車に乗って通り過ぎるのを見かけたことがあって、彼らは街にいた人たちから歓呼を浴びていた。一カ月ほど前に開かれた、性的マイノリティの祝祭だけれど一般市民も多く参加するサンフランシスコ・プライド・フェスティバルでは、ヌーディストの裸を思う存分見たりもした。主に年老いたゲイであるヌーディストは裸で街を闊歩し、いくらでも裸を見せてやるぞというふうに、彼らを見て熱狂する若い女性の前で写真を撮りやすくポーズを取ったりした。名分は、性的マイノリティのためのフェスティバルであったけれど実はドンチャン騒ぎをするためのその祭りはつまらない祭りの決定版のようで、惜しくもその群れの中に魅力的な体の若者カップルは見られなかった。

ニュートンの写真集の中で裸体を思う存分見たばかりだったので、ヌーディストのゲイカップルがより自然に見えた。人々は彼らを見て見ないふりをしながら彼らのペニスを見ていたけれど、見ないふりをしながら見ているのがわかった。道端であれどこであれ他人のペニスを堂々と見るのは体裁が悪いので、そのように見るのは当然だった。僕も彼らのペニスを見ないふりをして見た。しかし、彼らが歩いているからペニスがぶらぶらしてよく見えなかった。ペニスよりもっと小さくて、もっと目立たないふぐりが先に目に入ってきたが、それがペニスよりもっとぶらぶらしていたからなのかもしれない。

その瞬間、彼らのペニスは僕がペニスに対して持っていた独特な感情を呼び起こして、さらに些細なことを考えるようになった。また些細なことを考えることについて反省でもしようかとしたけれど反省はせずに考えつづけた。時には小さな怪物のようで、時には醜い物のようで、時には魔物のようだが、時には霊物のようではない、ある意味でおかしくていやらしくて奇怪なペニスは人間の身体器官の中でほぼ唯一自分独りで、または飼い主の指示に従って形を完全に変えられるもので、人間という種族を繫ぐのに決定的な役割を果たしたもののそれに対する本格的な文学的考察が行われたことはなさそうだった。口にしてはならない存在みたいに扱って、ふだん陰湿なところで過ごしているペニスはせいぜい露骨なポルノでばかり多数の人に自分の全貌を誇示するのをとても悔しがっているかもしれない。僕は再び人間のペニスのようなものは世の中にないと、それほど独特な感情を引き起こすものは他の動物のペニスしかないと思った。僕に独特な感情を引き起こすカマキリもペニスとは比べ物にならなかった。それでふざけて、ペニスがカマキリを追い抜いてもっと独特な感情を引き起こすものだと思うのも当然だと考えられるのだ。しかし、僕が特別な感情を持つ溺死体はペニスと変わらず独特な感情を引き起こすみたいで、どちらがよりそうなのか優劣を決めるのはむずかしそうだった。

本当のことを言えば溺死体も、ペニスも、カマキリもそれほど独特な感じを引き起こしはしなかった。それらみんなが時には何かを感じさせたけれど時には何も感じさせなかった。それらは僕に独特な感じを引き起こすものであるかのように言えるものだけで、他のあらゆるものについても同じく言えるのだ。ペニスに対する考えをやめて、またふざけて、いつかやつれた体をさらけ出して人の眉をしかめさせながら裸で街を闊歩してみようかとちょっと思ったけれど、眉をひそめる人はいないと思って断念した。他の都市なら違うだろうけれど、サンフランシスコでは居住者も観光客もヌーディストを平気で受け入れて、それがこの都市の力だといえば力であった。とにかくここでは僕の望む時ならいつでも裸で道を闊歩できると思うとそれ自体で気持ちが良くなった。またサンフランシスコは僕の望む時ならいつでも裸で道を闊歩できるところなのでこの都市がいい所に思えた。僕はヌーディストではないけれど、裸で生まれた人間はいつでもどこでも自ら望めば全裸になることを認めるべしというのが僕の立場だといえば立場であった。

時間は十分で、今日できることを明日に延ばしてばかりで過ごしたために行けなかったところがあり、その日の午後そこに行くことにした。ダウンタウンを通り過ぎて、乗り降りの客のほとんどがメキシコ系で英語よりスペイン語がたくさん聞こえてきてあっという間に国境を超えたような錯覚に陥る、メキシコの粗末な小都市のようなミッション地域を通ってもう少し先に進めば丘の上にバーナルハイツがあった。カストロにゲイのコミュニティーがあるとすればここにはレズビアンのコミュニティーがあった。昔はカストロにもレズビアンがたくさん住んでいたけれどどういうわけなのかレズビアンとゲイは互いに仲が悪くて、仲の悪いまま過ごしたほうが互いにいいと思う傾向があるようだった。彼らは互いにいくらか離れて住むのが仲が悪くならない方法だと思っているかもしれない。彼らの仲が良くないのは相手の行きつけの食堂や酒場には行かないことからもわかる。もしかしたら相手が自分の真似をすると思い込んで気分を悪くしているのかもしれない。それともレズビアンはゲイが過度に女性的だと、ゲイはレズビアンが過度に男性的だと思っているか、あるいはデリカシーが欠けていて互いに苦手だと思っているのかもしれない。

バーナルハイツの四つくらいの区域にわたって小さな店があるコートランドストリートはとても落ち着いており、なんとなく女性的で不思議なことにレズビアンが住むのにとても理想的なところだと思えた。気に入らないゲイと平素から会いたがらないレズビアンは自分たちが住むのに理想的な場所を捜しているうちにここを見つけて、ここに住むことにしたのかもしれない。彼らがわかっていてそうしたのかはわからないけれど、風水について何も知らない僕にもそこは陰気が強いところに感じられた。もしかしたらそれはレズビアンがそこに住むようになってからそうなったかもしれない。コートランドストリートに隔てられて両側の上方には二つの丘があって、ホーリーパークという小さな公園とはげ山の丘の内で僕はホーリーパークに行った。下方には建物の壁をさまざまな色で塗った家があって、メキシコの小さな村のような印象を与えた。とても静かで、真昼の日差しはくっきりと陰を作っていた。散歩する人が何人か通り過ぎたけれど明るい日差しの中で人より彼らの影がより鮮明に存在するようで、影がもっと生き生きする時間のようだった。それで僕は芝生に横になり、今は影がさらに生き生きして動き回る時間だと思いながら目をつぶった。すると僕の影がしばらく僕から離れて周りを歩き回るようで、それが十分に動き回る時間を与えたあと目を開けた。

しばらくじっとして流れる雲をしつこく眺めて、時間を持て余すあまり、ただ時間潰しのためにすることをしながら僕が一日を過ごす方法について、その方法のしつこさについて考えた。昨夜はトウモロコシを二つ茹でてその内の一つの粒を一つずつ取って食べながらかなり長い時間を過ごした。僕はトウモロコシを食べながら他のトウモロコシを検査するように細かく見たが、縦に十八列で、一列に粒が四十個くらいで、トウモロコシ一つの粒は全部で七二〇個くらいだった。茹でていない他の四つのトウモロコシも調べてみたが十五列から十八列の間で、一列にある粒は三十五個から四十二個の間だった。もう一つのトウモロコシも粒を一つずつ取って食べ、半分くらい食べた時これはちょっとやり過ぎだと思って食べるのをやめた。あまりにも執拗なのはよくなさそうで、執拗なことに飽きてきたからだ。僕は自らも飽きるくらいどれほど何かをしたり考えたりしたのかについて考え、けっきょく僕にとって人生は持て余した時間をどのように無駄遣いするのかの問題に帰結するのだと思った。ところでトウモロコシの粒を数えるのは時間潰しの良い方法ではなさそうで、それでは時間が余計に流れないようだったけれど、時間が流れない時はそうでもしなければならなかった。

その後コートランドストリートのお土産屋で、木でできたトカゲを買って来て枕もとの壁に頭を上に向けて貼っておいた。夜寝ている内に何かが頭の上で動くような気がして目が覚めてしまい、見てみたらトカゲは下に移動して僕の頭の真上に、頭を下に向けていた。そのくらいの移動速度なら、明日の朝にはベッドと壁の間に姿を隠すこともありそうだ、と思いながら、夢を見るように、トカゲに向かって、好きなら天井にくっついていても、何でも好きにしてもいいよ、と呟きながらまた眠りについた。その夜はキーボードがピアノの鍵盤でできた、とても大きくて奇妙なコンピューターで文章を書く夢を見た。コンピューターにはタイプライターのレバーとピアノのペダルのようなものもついていて、鍵盤を押して文字を入力するたびに音がした。しかし、音と文字は一致せず、続けて間違った文字が入力され、正しい文章を書けなかった。けっきょく、変な単語と文章になり、言葉と文章は全く理解できないものだった。翌日の午前に起きてみたらトカゲはベッドの下に落ちていて、僕はそれをそのままそこに置いておいた。しばらくベッドに横たわってその下にある木のトカゲについて考えた。それを買ったのはメンドシーノで見た夢で会った女の占い師の目がトカゲの目のようだったからなのかもしれない。僕は自分がどれほど非現実的な世界に住んでいるのかを考えていて、僕が吹っ切れずに生きていく混乱について考えた。

その午前はまた一日をどう浪費すればいいのかを考えてゴールデン・ゲート・パークに行った。ホボが多く訪れるところでもあるそこにはホームレスも多くて、彼らは猪のようにその公園で群れをなして過ごしていた。彼らはホームレスらしく通り過ぎる人たちにやたらに憎まれ口をたたいたりした。何度か悪口を聞きながら彼らのそばを通り過ぎながら、彼らの相手をするのに最も良い方法は無視してただ通り過ぎるだけだということがわかるようになった。今回もただ黙って通り過ぎるうちにふと、猪が出現することで知られるソウルのある山の立て札に書かれていた文句が思い浮かんだ。猪に出くわした時、石を投げるような攻撃的な行動をするとか、背中を見せるような、柔弱に見えたり卑屈に見える行動などもしてはいけないという警告だったけれど、それ以外にどうしろというのかはわからなかった。猪の目をまっすぐに睨みつけることもできるはずだけれど、それでは大きくその機嫌を損ねる恐れもあるだろう。だからといって突然の遭遇に瞬間的に戸惑っているくせに急変して恥ずかしがる姿を見せたり、幽玄または慇懃な表情で眺めるのも無駄だろう。

けっきょく、山で猪に出くわした時何が起こるかはその瞬間の猪の気持次第だろう。猪の気持次第で人を素直に逃してくれて何も起らない場合もあるし、互いにいつまでも芳しくない記憶に残ることが起る場合もあるわけだ。ゴールデン・ゲート・パークにも、山で猪に出くわした時どうすればいいのかを教えてくれる立て札のように、ホームレスのそばを通り過ぎる時、どうすればいいのかに対する、しかしどうすればいいのかよくわからないあいまいな立て札を立てておいてもいいだろうと思った。そこには彼らの悪口が聞こえないふりをしながら、遠い山を眺めるような感じで通り過ぎてくださいという文句を書き入れることもできるだろう。そう考えていたらゴールデン・ゲート・パークにあるホームレスが野生の猪のように思えた。

僕は公園の中にあるストウ湖に行った。そこはサンフランシスコで僕の一番好きな場所の一つだった。その湖の水は緑色の絵の具を溶かしたよう、潮流の影響でそう見えるのだろう。魔法の水みたいで、その水を一口飲むと不思議で神秘的な姿をした水中生物になれそうだった。初めてそこに行った時にも緑色の水に妙に心が引かれて、僕が特に緑色に心が引かれる時期だったのかもしれなかった。緑色の靴下を買ったのもストウ湖の緑色の水を見たからなのかもしれない。僕はその湖畔に座って独特な庭園を設計したジェームズ・ヴァン・スウェデン[*55]、ガナ・ワルスカ[*56]、ロバート・ブール・マルクス[*57]などについて、また妙な庭園を設計することについて考えた。さらに生まれかわったら庭園を設計するかもしれないと思ったけれど、どうしても生まれ変わりたくはなかった。

その後広い芝生のあるところに行って、こじきが芝生で子ども用に見える小さな布団を被って横になってぐっすり昼寝しているのを見た。両足が布団から突き出ていてそれが笑いを誘った。布団が小さくてどうしても足が突き出てしまっているのだった。彼は子どものように子ども用の枕をしていた。布団には群れをなして飛んでいくガチョウの絵が描かれていて、彼はガチョウにしがみついて空を飛ぶ夢でも見ているように布団から突き出ている手を震わせながら寝言を言っていた。ガチョウにもっと高い空に連れていってほしいと無理強いしているようだった。彼のそばを通るとき、彼からひどい臭いがした。その臭いを嗅いでいると、絶対に体を洗っていなかったり、なるべく洗っていなかったり、よく洗わないこじきとホームレスとホボの中には犬みたいに互いの体臭を嗅いで気に入った相手を見つける者もいそうな気がした。彼は下着だけつけて寝ていて、服と靴を横に置いていたが、靴には穴が空いていた。彼が靴を脱いで寝ている間、穴に潜り込むのが好きなナメクジみたいな虫がその中に潜って休憩を取ることもありそうだった。

そのこじきをしばらく眺めていたら、こじきは何の努力もしなくてもなれるもので、何もしなければこじきになることもあるけれど、誰でも簡単にこじきになれるわけでもないし、こじきになろうと努力した末に夢を実現してこじきになったこじきはほとんどいないし――世の中にはいろんな人がいて、そうしてこじきになったこじきもいるだろうし、その中には幼い頃から何もしたくなくて、よく考えてみたら何もせずに生きるのにこじきとして生きることに勝る方法はなさそうで、こじきになろうと決めてこじきになった人もいるだろう――こじきになったほとんどの人はこじきにならないように努力した末にこじきになったし、完全にこじきになるまでの過程が簡単ではなかったはずだし、それでこじきになるまでにある努力と見なされる何かが、つまり簡単ではない努力がなされたとも言えるし、彼らなりにやることはすべてやり尽くしたはてにこじきになったかもしれないなどと思ったりして、ああ、いったい今僕は何を考えているのだろう、と思いながら考えた。僕はある程度は根拠のない、ある程度は根拠のあると思われる、一種の理論みたいなものを定めるのがどれほど好きなのかを考えていて、こじきになるまでの過程に関する僕の理論を定めたという事実をしばらく喜ぶことにした。

寝ている間だけは世界の誰よりも幸せそうに見えるこじきのそばを離れ、もう少し行ってから芝生に横たわった。日差しが気持ちよく額に差し込むのを感じながら、気持ちいい感じは額を通じて伝わったりもするものだなと思った。額から伝わったよい気分は背中に沿って下りていき、尻を通り抜けて地中へと伝わっていくようだった。しばらく、そうして地中に少しずつ抜けているようだった。ところがじっと横になっていたら今度はモグラについて考えるようになった。こじきとホームレス以外にもその公園にいろいろな動物が住んでいて、その中でもそこの主人だと言えそうな動物がいて、それはいうまでもなくモグラだったのだ。その公園にはモグラが掘った穴がとても多くてそれらは超小型噴火口のように見えた。しかし僕はその公園でモグラを見かけられなかった。モグラが姿を現わすのは人のほとんどいない、それらを狙う猛禽が静かに息を殺して木の枝にとまっている夜であった。けれども僕にはそこにモグラがとても多くいるのがわかった。ここよりモグラの多く住む公園もあるけれど僕には世界でモグラが最も多く住む公園はゴールデン・ゲート・パークだと、この公園はモグラの公園のようだと思った。

モグラが穴の中に入っているはずの公園に横になっていたらふと一九〇六年サンフランシスコの大震災で都市がものすごく破壊された時この都市のモグラはどんな運命を迎えたのだろうと疑問を感じた。サンフランシスコ大震災と関連したいかなる記録にもモグラの受けた被害に関する記録はなかった。穴が崩れて生き埋めになったモグラもいるはずだけれど、モグラの穴はそれ自体で耐震設計になっていて、土を掘ることだけは敵うものなどいない、生まれつきの土木技術者であるモグラは危機状況で特有の誇りとか高い団結力で崩れた穴をすぐ復旧したかもしれない。彼らは犠牲になった同僚をちゃんと埋葬して死んだ者にふさわしい葬式を挙げただろう。それとも賢いモグラは地震が起こることを予知して上手く避難した可能性もあった。しかしモグラにも悩みがあるはずで、彼らの最大の悩みは何だろうと気になったがわからなかった。僕はさらにモグラについて考えて、地の中に穴を掘って住むモグラやウサギについて考えるのはおおむね楽しいことだと思った。しかしすぐにモグラについてあれこれ考えているのも飽きてきた。いつもごく些細で無用で荒唐無稽な考察をすることに、そしてその何かに対する考えが取り留めようもなく続くことに呆れて、誰かと喧嘩した人のように気分が悪くなり飛び起きてまっすぐ家に向かったが、目につかない数多くのモグラと激しく喧嘩でもしたようだった。

ところで家の近くの道でタヌキを一匹見かけた。サンフランシスコで野良猫を見たことはないけれどタヌキは何度か見たことがあった。その数日前に近くでタヌキを見た時には興味深く見つめたが、今度はただ通り過ぎただけだった。数日前に見たタヌキは横断歩道の前で足を止めしばらく信号を見ていたが、ちょうど信号が青い色に変わると横断歩道を渡り、道に沿ってずっと海辺の方に向かっていった。道を渡る姿も、海辺の方に向かっていく姿もすごく悲壮に見えた。性格は激しいと言われるけれど可愛いタヌキがなぜそんなに悲壮に、海辺のほうに行くのか聞いてみたかったけれど邪魔したくはなかった。僕はタヌキとのあいさつの仕方を知らなかったため、ただ手を挙げて振りながら別れを告げた。夕方、どうもタヌキは海辺に沈む夕日を見に行くのだろうと思った。この日はタヌキも、モグラも、そのほかのどれも僕とは全く無関係な存在のようだった。

そのように、急に心が冷めてしまって、どんなものたちとも一緒にいるなんて到底思いも寄らない日があった。

翌日の午後は完全に真夏日で、僕の部屋のベッドに横になっていたがどこからともなくピアノを弾く音が聞こえてきた。その前にも何度かその音を聞いたことがあって、隣の部屋か上階の部屋から聞こえてくるようだった。耳に慣れていたものの作曲家は思い出せない曲を演奏した後、演奏者は現代的でありながら叙情的な印象主義傾向の曲を演奏したけれどその作曲家が誰なのかはわからなかった。ドビュッシーの曲のような感じだったが、もしかしたら、演奏者が作曲したものかもしれない。演奏だけでは演奏者の性別がはっきりわからなかったけれど女性のような気がして、女の長くて白い指が鍵盤の上を蝶のように軽く飛び回っているところを想像した。最初の曲は十分以上続いて、二つ目の曲はほとんど二十分近く続いた。何カ所も間違いを繰り返したりしたけれどそれはまったく問題にならなかった。

演奏を聴きながら音楽に身を任せて音楽にのめり込んだ。いや、少なくともそう感じていた。いつからか音楽にほとんど興味が感じられなくなって、音楽から遠ざかったけれど、むしろ遠ざけようとしたのが変に思われるほど急に音楽がとても近しく感じられた。音楽に慰めを求めるように音楽を聴いたことがあったけれど、慰めなんか見いだせなくて、ほとんどすべての音楽があまりにも退屈だった。とても居心地の悪い感じの現代音楽だけは我慢できた。ふだん自分の意志とは関係なく、心を慰めてくれない音楽にさらされるとほとんどいつも肉体的な痛みが感じられた。それが何であるかはさっぱりわからなかったけれど音楽の中にも、世の中のすべてがそうであるように、人を飽き飽きさせる要素があった。

とてもだるくて、ピアノ音楽の間にカモメの鳴き声が聞こえて、強烈な日差しが差している窓の外からサイプレスと、その間に見えるゴールデンゲートブリッジの尖塔の一部と、道の向かい側、屋根に円錐形の塔があって中世ヨーロッパの修道院を連想させる赤煉瓦の建物の屋根にある風向計が見えた。すべてがはるかに感じられたし、けだるい悲しみが押し寄せてきた。リリカルな音楽の旋律は長い間僕が無視してきた悲しみを目覚めさせたようだった。悲しみは靄のように薄く感じられ、それを避けたかったけれど開けておいた窓から吹いてきた風に、白いペンキが塗られていて病室を連想させる部屋の壁に掛けておいた、欧州の田舎の風景のように平原の上に一軒の小屋が描かれている装飾の布が軽くてなめらかに揺れているのをじっと見ていたら、けだるくて薄い悲しみはもっと鮮明で濃いものとなり、瞬間的に、その悲しみはそれに一旦陥ると簡単に抜け出せないものであると悟った。

ある悲しみはきわめて繊細にまた敏感に経験するよう求められ、他の感情、例えば喜びや憂鬱はその程度の繊細さや敏感さは要求されないようだった。そのような悲しみは繊細さと敏感さが足りない場合腐った感じもして、感じた瞬間ものすごい集中力を要求したがまさにその瞬間にもそうだった。しかし集中することもむずかしくて、繊細さと敏感さもまともに引き出すことができなかった。正確な比喩を通じてその悲しみを完全に僕のものにできそうで、ふと石灰質の悲しみという表現を思い出したけれどそれは適切ではなさそうだった。今回も適切な比喩を見つけられなくて悲しみは僕のものになれないようだった。それよりも、悲しみは悲しみそのものとして感じるべきなのに僕はそれを思考の処理を通じて感じようとしたため、その過程でひどく変質されてしまったようだ。そのうち悲しみはもう湧きあがってこなくなり、小さくなり、さらに何でもないものとなったようだ。いつからだろう、いつもそんなふうに、感情に介入した思考が感情を傷付けたが、それは僕の情緒的な欠陥のようだった。

ベッドにじっと横たわっていると、感じ取るつもりだった悲しみが酷くくちゃくちゃになった紙くずのように、あるいは蛇のぬけ殻のように醜い姿で僕のそばに置かれているようだった。家を出て海岸に沿って散歩したが、韓国国籍のコンテナ船舶がサンフランシスコ湾を通り過ぎてゆくのが見えた。距離が近かったので船はとても巨大に見えた。僕は誰かと並んで歩くようにしばらくその船と並んで歩いたが、巨大な船と並んで歩く感じは誰かと並んで歩く感じとは全く違った。それでも巨大な誰かと並んで歩いているようだった。船は歩く速度より少し速く、ゆっくり進んでいたし、しばらくしたら船が僕を追い抜いていき始めた。ただ走れば船と並んでいけそうだった。でも僕は走らなかったので、少しずつ遅れて、けっきょく船は僕との間隔を広げ少しずつ遠ざかっていった。

遠ざかりつつある韓国国籍の貨物船を見ていたら韓国の嫌なところに対する記憶で憤りが込み

上げてきた。憤りでも込み上げさせて一人で静かに押さえつけていなければ耐えられない一日があり、一日中何回も、時おり不意に憤りが込み上げてくる日もあった。憤りが込み上げてくるのを見届けるのに個人的に一番好きな時間は夕方で――鬱憤が僕の中に最もうまく位置づけられるのが夕方だった――、その日も静かに憤りが込み上げてくる夕方を、どうせなら海を見ながら迎えたかったけれどまだ夕方になるまでは、さらに待たなければならなかったので、少し後回しにした。しかし、後回しにして待つまでもなく、静かではない憤りが込み上げてきたが、非常によくない鬱憤であった。言い知れぬ感情を持とうと苦労するまでもなく鬱憤はすでに言い知れぬ感情となって僕に訪れてきたようだった。しかしそれは、一人で静かに抑えがたい鬱憤であり、そんな鬱憤は吐き出したりぶつけたりしなければならなかったが、それもむずかしくて、けっきょく静かに押さえつけるしかなかった。まるでそうするのが鬱憤を押さえつけるのに役に立つと思って、僕の感じる鬱憤の大きさと形を見計らってみたけれど目に見えない鬱憤の大まかな大きさはわからなくて、形はゆがんだ菱形のようだった。いや、ゆがんだ菱形だと思ったがそれは扇形にもっと近いようだった。

鬱憤を感じながら、韓国の嫌なところを考えていたらほろ苦くて雑駁な気分になって気が重くなってきた。ごく少数の作家の作品を除けば韓国には驚くほど面白いものはないけれど別に驚くことでもなかった。面白いのがないのは人が面白いことをしないからなわけで、面白いことをしてはならないという風潮のようなものがあった。面白いことをしようとするごく少数の人はいたけれど力不足だった。その国のほぼすべてが常識的または常識以下で、常識を越えるいいことはほとんどないのに、それに対して問題意識を持っている人もほとんどいなかった。その国で変わっていることがあればそれは多くのものがさらに悪化していることで、すでに良くない状況は今後もっと悪くなるだけだった。常識的で常套的なものには一種の悪がある。それらは生きることを陳腐なだけではなく浅薄なものにしてしまうし、浅薄なものへの堕落こそ堕落の中で最も酷い堕落であるからだ。

午後に込み上げてきた鬱憤は夜になっても簡単には治まらず——真の鬱憤なら簡単に治まらないはずで、だからこそ真の鬱憤だと言えるのだ——、悲哀まで混ぜて感じようとしたけれどそれはとても手ごわいことで、鬱憤だけに集中した。けっきょく、酒を飲んで眠り、運河のすぐ隣にある建物の部屋で背もたれが天井に触れるほどの高い椅子に座って知らない人と会議をする夢を見た。窓の外をとても大きな貨物船が霧の中をゆっくり通り過ぎていき、ミケランジェロ・アントニオーニ監督の映画に出てくる、大きな船舶が運河を通り過ぎて行くシーンを思い出させた。しかし、部屋の中にも霧が立ち込めて霧に覆われた遠い山の頂上のように人の顔が見え隠れして、音もまた、遠くの山にぶつかって返るやまびこのように響いた。誰が誰に言っているのかわからないような言葉がかけられて、その中である言葉は霧を抜けて誰かの耳に伝わったが、言葉は言葉の持つ何かを失って、もう言葉ではないものとなった。目覚めた僕は僕の数多くの夢について考えたけれどそれから何の啓示も、意味も見つけられなかった。僕はそれ自体で何の意味も脈絡もない夢を見るのが好きで、その夢が何の意味も脈絡もない僕の人生を反映してくれるように思われたからだ。

翌日の午前に起きてベッドで横になっていたら体からなんとなく金属の臭いがするようで、黄疸にかかったのではないかという疑いを抱いた。僕はなんだか体の調子が変だと思う時は、黄疸を疑う癖があった。風呂場で鏡を見たけれど顔が黄色くむくんでいるようには見えなかった。残念ながら黄疸ではないようだ。しかし、唾を飲んだら錆びた水を飲み込んでいるみたいに感じられ、胃に砂が詰まっているようだった。僕は体の症状からわかるいくつかの病気と異常について考えたけれど、どんな異常があるのかわかるわけがなかった。首がジインとおかしくて、よく見たら顎の下に大きくて赤黒い腫れ物が一つこれ見よがしにできて、さらによく見たらちょうど花を咲かせようとするある木の蕾みたいで、うまくいけば腫れ物が花のように咲くような気がした。すこし柔らかいそれがこぶなのか腫れ物なのかはわからなかったけれど、一晩でできたことからみて腫れ物に近いだろう。こぶならもう少し時間を置いて、時間をかけてゆっくり、苦労してできるはずだった。

周りまで赤くなって、首辺りの地形図を変えたようなその腫れ物は前日の鬱憤が実ったような気もした。確認した瞬間から痛み出した腫れ物は悪性のできもので、余計なもののようだった。でも何の理由もなくできた腫れ物のようではなかった。体に余計にできたものならそれは腫れ物ではないし、腫れ物だとも言えないのだ。体の立場からみて余計にできる腫れ物はないはずだ。その大きさから見てもただならぬ形から見ても捻り潰すことも、そっとしておくこともできないと思って一応経過を見守ることにした。ふだんものすごく良くないことを考える僕は無駄で悪いことを考えた報いで生じる体の異常があると思った。患者の体に生じた異常を診察する主治医みたいに腫れ物をもう一度触ってみたら間違いなく無駄で悪くて、おかしくて荒唐無稽なことを考えたせいでできたようだった。この程度の腫れ物なら見るに耐えられる腫れ物だと思った。腫れ物が額にできたら角が生えるのだと思ったかもしれないと思いながらちょっと角[*59]が生える、という言葉の二重的意味について考えた。

窓のブラインドを上げた時、霧があまりにも立ち込めていて少し嬉しかった。サンフランシスコは霧の都市と知られていたけれどそんなに濃い霧が立ち込めたのを見たことはめったになかったのだ。巨大な霧のかたまりはとてもゆっくり動いていた。コーヒーを飲みながらふと、運動神経に大きな障害がある人のようにすべての動作をとてもゆっくり行ったが、それはとてもゆっくり動いている霧のせいでもあったけれど、腫れ物のできた顎の下がずきずきしたからでもあった。コーヒーをひと口含み、喉の奥に流すのにあきあきするほど長い時間がかかるようだった。そして一本のたばこに火をつけとてもゆっくり吸いながらまたもう一日をどのようにむだに過ごすかを考えたが、その考えだけでやるせない気持ちが押し寄せてきた。毎日があまりにも長くて、一日を過ごすのが茫茫たる大海を渡るようで、恐怖と暗澹と惨憺を感じながら毎日を迎えるようで、まるで毎日最期を迎えるかのようだった。

＊53　ヘルムート・ニュートン（Helmut Newton、一九二〇～二〇〇四）：ドイツの写真作家。禁断の壁を飛び越える刺激的でエロチックな作品で世界を驚かせた。芸術なのか猥褻なのか見分けにくい写真で変態作家という非難とファッション写真の歴史を変えた偉大な作家という賞賛を同時に受けた。

＊54　ライナー・ヴェルナー・ファスビンダー（Rainer Werner Fassbinder、一九四五～一九八二）：ドイツの映画監督、脚本家、俳優。ニュー・ジャーマン・シネマの担い手の一人。十三年の間に四一本の映画を製作した。

＊55　ジェームズ・ヴァン・スウェデン（James Van Sweden、一九三五～二〇〇三）：オランダ系のアメリカの造形建築家として「アメリカの新たなガーデンの父」と呼ばれる。

＊56　ガナ・ワルスカ（Ganna Walska、一八八七～一九八四）：アメリカのオペラ歌手、園芸家である。歌手としては才能の多大な欠如を指摘されたが、園芸家としては高名だった。一生を広大な庭園「ロータスランド」の維持に捧げた。

＊57　ロバート・ブール・マルクス（Roberto Burle Marx、一九〇九～一九九四）：ドイツ系ブラジルの造園家、環境デザイナー。画家・芸術家として、さらに生態学者やナチュラリストとして公園や庭園デザイン分野で活躍し世界的に有名となる。

＊58　ミケランジェロ・アントニオーニ（Michelangelo Antonioni、一九一二～二〇〇七）：イタリアの映画監督。一九六〇年代に製作された作品『夜』『赤い砂漠』『欲望』は、三大映画祭カンヌ、ヴェネツィア、ベルリンすべてで「最高賞受賞」という偉業を達成している。一九八三年にはそれまでの功績が讃えられヴェネツィア国際映画祭で栄誉金獅子賞が与えられた。

＊59　角が生える：韓国語で腹が立つという意味の俗語。

復讐に対する考え

その日の午後にはヘイトアッシュベリーに行ったが、顎の下に腫れ物ができた状態では外出を控えるのが人間としての道理だけれどそのまま家にいたってそれがなくなるはずはないと思ったからだ。家にいればむしろ鬱憤がさらに大きくなりそうだし、そうなれば腫れ物ももっと大きくなりそうだった。腫れ物がどれほど大きくなるのか見てみたい気持ちもあったけれどそれを見るために腫れ物が大きくなるのを望むわけにはいかなかった。洋服屋でズボンを一本買ったが、赤色系の色とりどりのチェック柄だった。何かについて甚だしい、または甚だしくないある偏見を持っている僕は、もともとチェック柄は好きではなかったし、特に、チェック柄のシャツは着てはならない服だと思ったが、そのチェック柄のズボンは舞台衣装のような僕のジャケットに似合いそうだった。そのズボンに着替えて街に出たら生涯所属していたサーカス団が解体されて他の生きる道を探しているピエロみたいで、これからどう生きるべきなのかわからないだけではなく、今すぐどの道を行けばいいのかもわからぬ失業したピエロみたいにとぼとぼ道を歩いた。そうしたら自分が、生涯をピエロとして生きてきたため、これからもピエロとして生きていくしかないけれどもう人前でピエロとして働きたくはなく、一人でたまにピエロの真似をしながらピエロの微笑みを浮かべたりもするピエロのように思えた。

一時ヒッピーたちの本拠地であったその街にはヒッピーの後裔のように見える、なるべく何もせずに生きようと決意したような若者たちがあちこちから集まってきていて、何もしないで生きるためにはどうすべきなのかについて互いに語り合っているようだった。何もしないで生きるのは何かをしながら生きていく以上にむずかしそうで、彼らの悩みも大きいかもしれない。

一人のこじきがある建物にもたれて横になっているのが見えた。彼を見ていたら何かを思い出して、また、こまごました思いが続いた。サンフランシスコ市当局は道に座ったり横になったりする人に対する規制を立法化しようとしており、それをめぐって、議論が起こっていた。賛成する方は、主にこじきやホームレスが自分の店の前に座ったり横になったりして商売の邪魔をするのが不満だった店のオーナーで、社会的弱者を保護しなければならないと思う人は反対していた。僕は反対する立場で、その問題は決して単純なものではなかった。その法と関連してややこしいさまざまな問題が提起される恐れもあった。たとえば、横になるのは許されないけれど座るのは許可する場合、座ることの基準は尻を地面から離すことなのか。そして座るのはどこまで許容するのか。尻を地面から離したまましゃがみ込むことは許可するけれどどっかりと腰をおろすのは禁止するのか。建物の壁に背をもたせて半分ぐらい横になった時には座っているのと見なされるのか、それとも横になっていると見るべきなのか。横になるのを条件付きで許可する場合、時間の制限はどうなるのか。ちょっと横になるのはかまわないけれど眠りについてはならないのか。横になった場合にはどのような姿勢、例えば手枕をして横向きになるのはかまわないけれど横たわったりうつ伏せになるのはだめなのか。

上に述べたことのほかにも、座ったり横になることに関連して法を制定する場合考慮しなければならない具体的な事項はとても多いはずだった。それでけっきょくこの問題に関しては善良なほとんどの人の気分を悪くする姿勢で座ったり横になったりするのは違法だと決めることもできる。だが、この場合、利害当事者の間に争いを惹起する恐れもあった。規定が曖昧な場合、人はその曖昧な規定の穴を利用して、場合によっては座っているとも横になっているとも考えられる姿勢で、言い換えれば完全に座っているとも、横になっているとも言えない、とても曖昧な姿勢でいる場合もあるはずだった。僕は僕とは別に関係のないことについて考え続けるのが少しつらくなってきて、考えるのはやめようと思った。

しばらく何も考えずに歩いて、けっきょく、アルタ・プラザパークの近くまで行った。前にも来たことがある、ビクトリア風の家のあるところまで歩いていったところで、屋根板を含め、木の板をつなぎあわせて張り合わせた壁まで黒一色に塗られた、別に根拠はないけれど、スカンディナビア国家またはウラル山脈の西側のロシアのある村にありそうな家のすぐ隣の路地で、道端に捨てられた二人掛けの緑色のソファーを発見した。少しボロいけれど気に入ったので、僕のマンションに持っていけばよさそうだった。僕のマンションには元から赤いソファーがあったけれど気に入らなかったので、緑色のソファーを入れたら、それを片隅に除けて、そのソファーには絶対に座らないで、それを見るたびに嫌みを言おうと思った。緑のソファーをどう運んだらいいか悩みながら漠然と大通りの方に向かう途中、後ろを振り向いたらその間にある女の子が来てそのソファーに座っていた。

それで再びソファーのあるところに行って僕がそれを持って行こうと思うのだけどと言うと、彼女は自分がそれを見つけたから自分のものだと言い張った。僕が先に見つけたと言っても仕方がなかった。七歳くらいの金髪の少女はとても綺麗で顔にそばかすが多くてそれが彼女をさらに引き立たせた。彼女はきれいな顔に似合わないやぼったい身なりでもなかった。ブラウスも、スカートも、靴もみんな可愛かった。しかし、強引で頑固で横着で、性格が普通じゃなかった。僕たちは残念ながら捨てられたソファーをめぐって少しごたごたした。彼女は腹を立てていて、僕は怒っている彼女も、その理由も理解できなかったけれど、きれいだけどいやな少女だな、と思った。

僕は彼女が怒っていながらもとても困っているのに気付いたが、それは自然なことだと思った。大体人は腹が立って怒ったりもするが、ある状況に置かれた時自分がどうしたらいいのかわからなくて怒ったりもして、その瞬間彼らの怒りは自分が困っているのを表してもいるのだった。僕は自分が逆上するとどのくらい荒れてしまうのかを見せてやろうとしたが我慢した。ごたごたしている自分が心の拗くれた子どものようで、その子は捻くれた子どもらしく心を正しく持とうとしないようだった。性格は普通じゃないけれど見かけは明るい少女の前で余計に険しい表情を見せるのもおかしかったので僕は少しだけ険しい表情を見せたのだが、自分が本当に馬鹿みたいに思えた。

ところが少女の顔はそれ自体で光を発するようにきれいで、彼女の碧眼は吸い込まれるほど魅力的で、僕はその魅力に負けてしまいそうだった。僕は花のような物であれ鳥であれ人であっても、きれいなものと美しいものの前ではいつもぐにゃぐにゃになるべきだと思っていたので、それが習慣となって、どうしようもなく弱気になり、まるで弱気になったかのようなふりをしたが、そんな時弱気にならないようにいくら心を鬼にしてもしかたがなかった。僕が彼女と同年代なら彼女がどんなに猛然と行動してもその荒っぽい気性を堪えながらどうしようもなく恋に落ちたかもしれない。彼女は目を大きく開いて僕を見上げていたが、彼女の碧眼は僕に譲歩しろ、諦めろと言っているようで、僕が譲歩するか諦めるとしたら、それは吸い込まれそうに魅力的なその碧眼のせいだと思った。彼女は怒った姿も可愛くて、怒っている獰猛な幼い人魚のように思われた。

彼女が真剣なのかそれとも僕をからかうだけなのか、年より幼く見える顔を見てもわからなかった。ひょっとしたらピエロのように見える僕のチェック柄のズボンを見て僕をからかおうと決め込んでいたのかもしれない。道でまだ使えそうなソファーを見かけたら親に知らせなさいと言われるほど貧しい家の娘には全然見えなかったので、なぜ彼女がソファーに執着するのか不思議だった。ソファーの緑色の何かがその少女の心を引いたかもしれない。脅かすかまたは少なくとも強腰に出てみようかと思ったけれどやめた。長生きしたせいでこんな珍しい経験もするもんだ、と思ったが、それは思い違いだった。それは珍しいことでもないし、僕がそんなに長生きしたわけでもなかった。僕には大したことでもないのに、長生きしたせいでこんな珍しい経験もするもんだ、と思う癖があった。そういう時僕は珍しい経験をするためにも長生きするべきだ、と思ったりした。しかし、いくら長生きしても大したことはないはずで、どんなことも大したことではないからだ。

どう考えても無駄のようで、けっきょく僕が諦めるしかなかった。諦めながらもきれいさっぱりと諦めたりはしなかった。そうすべき状況で、その気になれば僕はかなり浅ましくなれる人間だと思いながらなお少し浅ましく振る舞った。もう道に捨てられたソファーなんかどうでもいいと思った。しかし、それだけでは少し物足りなくて、ソファーがあったほうがましだと思ったけれどすぐしかたがないと諦めた。それでも十分納得できなくて、自ら心を折って、いっそソファーなどない方がましだと思った。ずっとごたごたしていたら、彼女の親や誰かが来て少女と揉めている異邦人である僕を追及するはずで、そうなれば僕が断然不利になるだろう。捨てられた古いソファーをめぐって七歳くらいの女の子と争うのも嫌で、そもそも、僕は誰ともどういうことであれ争うのは嫌だった。しかし僕を決定的に諦めさせたのはその瞬間彼女が珍しい品種の可愛いキツネのようで、キツネと戦うのは話にならないと思ったからだ。さらにピエロのように見えるチェック柄のズボンをはいて、顎の下にその間少し大きくなった腫れ物もあるくせに誰かと喧嘩するなんてあり得ないと思った。そんな格好ではそのキツネのような可愛い金髪の女の子はもちろん、誰と喧嘩しても勝ち目はなさそうで、けっきょく敗北を認めざるをえなかった。僕の考えを読み取ったかのように小さな女の子が僕の腫れ物を食い入るように見ていて、彼女の冷たい目線に僕の不安定な腫れ物が今にも爆発しそうで、そんな腫れ物があっては彼女と戦うことはもとより顔もあげられないようだった。僕は敗北を認めた。いつからか誰と喧嘩しても負ける方となった。いや、喜んで負ける方を選んで、誰にも勝てなかった。

ソファーに座っている少女にソファーとともに元気でねと言ったけれど彼女は聞き取れなかった

ようだった。彼女をあとにして歩きながら僕は、天罰を受けて当然の少女だと、天罰は少女に少しやり過ぎだから、天罰とまではいかないけれどとにかく罰を受けて当然の少女だと思った。もう一度振り返ってみたら何よりも彼女の長い金髪が目に入り、これから機会があれば他の金髪に復讐しなければならないと思った。復讐は誰かにやられてやられた通りに仕返しすることで、正確にやられた通り仕返すのはむずかしくて、自分がやられた通りに、あるいはそれ以上またはそれ以下にその当人ではない誰かに仕返しする、一種の復讐の変な転移がより一般的に思えたからだ。少女もいかなる理由かで誰かに、または何かにやられて気を悪くしたあまり僕に復讐した可能性もあった。ところで僕が金髪に対する復讐を考えたのは、その時が初めてではなかった。五年前アイオワ大学の国際創作プログラムに参加するためアイオワシティーにいた時、ハロウィンで魔女に扮したニュージーランド出身の大学院に通っている金髪の女の子に出会って好きになり、彼女の彼氏から彼女を奪おうとしたが、けっきょく失敗した時にも復讐を考えた。

ソファーをめぐって対立した少女の二十年後の姿をしたような彼女は当時僕が見るにはとても釣り合わない、彼女と同年の男子学生と付き合っていた。付き合ったばかりで二人の関係はずいぶん熱かったが、僕は二人の関係を壊そうとはしなかったけれどどうにか壊れてほしかった。彼女が僕の心を知っていたのかどうかはわからなかったが、それは僕がとても曖昧な態度を取ったせいで、彼女は僕が自分に気があるか否かについてとても紛らわしかったかもしれない。いや、実は非常に曖昧な態度を見せたいと思っただけで、僕は自分の感情を完璧に隠していて、その後一緒にあることをするようになって三日に一度会うことになったが、そのたびに彼女を騙しているような気がした。僕の感情をあまりにも完璧に隠したので自分がとても狡猾に思われた。彼女の方からこれといった反応を見せてくれないのは当然のことだった。けっきょく彼女に何もしなかったくせに何も得られなかったことに傷付いて、漠然と金髪の女に対する復讐を考えたが、まだ復讐をしたことはなかった。これからも実際に復讐をすることはなさそうで、僕が好んでやる、そしてできると思うのは実際に行う復讐ではなく頭のなかで行う復讐だったからだ。

復讐について考えていたら、復讐は人間が行うさまざまな行為または思考の中でも特別なものに思えた。それはやられたとおりにあるいはそれ以上もの仕返しをしたいという、公正さに対する意志のようなものが作用する、被害とそれに対する償いの支払い、傷とその傷に仕返しすること、復讐を考えて行う過程で見せる極端な威厳と低劣さなどを含んだ複雑でややこしい問題だと思われたからだ。復讐は並々でない熱情を伴うとともに冷静さを要求するが熱情的な状態で冷静さを維持するのは容易ではなく、そこに復讐の困難があるのかもしれない。もちろん他の理由でもそうしたりするけれど人が、復讐を決心して復讐に対する思いに夜を明かし、飯も食わず、きちんと洗ったりもせず、心の中から呪いを浴びせたりすることを考えると面白かった。僕は復讐についてもっと真剣に考えるためには、席に座ることが当たり前のことのようにカフェに行ってコーヒーとサンドイッチを頼んで外のテーブルに座って復讐について考え続けた。

僕は『ワセリンブッダ』という僕の小説で復讐に関する、少しとっぴな理論を展開したことがあったがそれに共感を示したり反論してきた人はまだいなかった。それは草を食べている羊の背中に止まり、嘴と足の爪を利用して羊の胴に深く入り込んで腎臓を取り出して食べることによって、羊を苦痛の中で徐々に殺す残酷な食性を持っているニュージーランドの高原地帯に住んでいるケアというオウムと、長い間自分たちを虐殺してきた人間に、悲壮な決意で静かなげっぷをしてメタンを放出することにより復讐をする羊に関するものだ。ケアは欧州の移住民が連れてきてその領域を侵犯した羊に復讐をし、羊は人間に復讐をし、人間は大した理由もなくすべてに復讐をしている。その理論には誤りがあって、ここでその理論を補完することもできそうだ。人間は人間ではない存在にやられなくてもそれらに復讐のできる唯一の動物で、復讐するのに特別な能力を持っており、もちろん想像の中だけれども、存在しているか否かわからない異星人にも復讐をしていて、しかもさきに復讐をしていた。そこにも人間の特別な点があると言えるだろう。

サンドイッチを注文する時には何よりもマヨネーズが入っているのか確認しなければならなかったのに少し油断して、サンドイッチの中にマヨネーズがたっぷり入っていることがわかった。その味も嫌だったけれどいつからか僕はマヨネーズについて多少格別の反感を抱くようになっていて、もうそれは狂った反感のように大きくなっていた。僕は食品に入っているマヨネーズを見るたびにマヨネーズの悪い点を探そうとして、ひどい風邪にかかっている老いたセイウチの痰唾のようなマヨネーズだとか、間違って発酵させたラクダの乳のようなマヨネーズだというふうにマヨネーズの悪い点をみつけ出したので、僕がマヨネーズを口にすることができなかったのは当然だった。すこし大げさに言えば、マヨネーズは、それに対する反感から逃げ出すことができたら僕はまったく別人になれそうだと思わせるくらいのものだった。

僕はフォークで白くて、ねっとりして、脂っこくて、芳しい悪臭が漂うマヨネーズを取り除き、取り除くのに苦労をしながら、マヨネーズという単語はマヨという名前を持ったそばかすだらけの金髪少女の寒さに赤くなった鼻を思い出させ、改めてマヨネーズに対する復讐を考えながらサンドイッチを食べ始めたが、マヨネーズに復讐をするのはそう簡単ではなさそうだった。いや、鼻持ちならない芳しい悪臭を放つ、世の中のすべてのマヨネーズに復讐をする方法はなさそうだった。それでマヨネーズ以外の何かに復讐をしながらマヨネーズに復讐するのだと考えることしかできなかった。それでもマヨネーズに対する復讐を考えながら、復讐について考え続けていたら、その間僕がたゆまずやってきた復讐があってそれは小説に対する復讐だとも言える。僕は小説を書くことで小説に復讐をしていた。

小説に復讐する以外にも、僕は小説を通じて何かに復讐しているような気もしたのだが、それが何であるかははっきりしなかった。サンドイッチに残っているマヨネーズの味はまずくて、けっきょくマスタードをたっぷり塗ってマヨネーズの味を中和させたのに微かにマヨネーズの味がした。かすかにマヨネーズの味を感じながらサンドイッチを食べていたら僕が小説を書くのは無と無意味、そして存在の無根拠について復讐をするような気がした。それは僕が昔からやってきたことなのにそう思ったことはなかったし、そのような表現も考えられなかった。無と無意味、そして存在の無根拠に対する復讐だという表現は悪くなさそうで、それらに対する凄絶な復讐を決意したが、あまりにも凄絶なのはそれがなんであれあまり好きではなかったので生ぬるい復讐に変えた。しかし、それらに対する復讐は生ぬるくできそうにもないので、また凄絶な復讐に変えた。僕はマヨネーズと金髪の女に対する復讐を夢みるのは無駄で、僕にできるのは小説に対する復讐と、無と無意味、そして存在の無根拠に対する復讐だけだと思って、凄絶な復讐を覚悟しながら、その復讐を果たすためにはもっと奇異な考えをしよう、そしてさらに奇妙に生きるしかないと考えながらサンドイッチを残さずに食べた。

それで復讐に対する思いが纏まったようにカフェを離れて道を歩いていたが、何かが頭に落ちた。指で触ってみたら鳥の糞であった。嘘のようで、しばらく嘘のような鳥の糞だと思った。でも僕の頭の上に糞を落とした鳥が嘘ではないと言っているように飛んでいくのが見えた。鳥は近くの木の枝にとまって、自分が張本人だと言わんばかりに鳴いた。無と無意味、そして存在の無根拠に対する復讐を新たに覚悟している僕に誰かがすでに復讐をしているようだった。それで一種の復讐の変な転移に対する僕の理論が立証されたようだった。いや、実際に僕の頭に鳥の糞が落ちるようなことは起らなかったけれど、僕はそれを想像しながら復讐に対する僕の理論を考えていたのでその考えが裏付けられたのかもしれない。

ハワイの野生の雄鶏

そもそもハワイに行くつもりはまったくなかった。バークレー大学の作家滞在プログラムが終わってから旅行の機会が与えられ、理論的には僕の好きなところならどこにでも行くことができた。アラスカから南アメリカの最南端であるプンタ・アレナス[*60]までアメリカ大陸全体のどこにでも決められる旅行先を悩みあぐんだが特に行きたいところはなかった。コスタリカに行って熱帯雨林でオウムのとても奇妙な鳴き声を聞きたい、とすこし思ったことはあった。そう思ったのはいつかコスタリカのジャングルの中で蘭を漁っているうちにオウムが猿と同じ鳴き声を出すのを聞く夢を見たことがあったからだし、この前ヘイズ通りに行ってそこにある小さな公園で飼い主と一緒にベンチに座っている、なんだか元々故郷がコスタリカであるような、華やかな色のオウムをみようと働き掛けられたかもしれない。

飼い主の許しを得て僕はオウムの頭を撫でてあげたけれど、オウムは何のお礼も言わなかった。頭を撫でてあげることでは物足りないようだな、と思って誠意を尽くして首を触ってやっても黙っていて、このオウムは何も言えない奴だな、それとも言えない事情があって何も言わないのか、それとも少し抜けたところがあるのか、と思っていたが、僕の心を読んだかのように何かよくわからない言葉を言ったわけでもなかった。飼い主はドイツ系のユダヤ人らしくオウムの名前はカスパールで、ドイツ語といくつかの英語の単語を含めてヘブライ語も少し話せると言った。僕は嘴にも指先を触れてみたけれど、やっぱり何も言わず、鳴きもしなかった。日が暮れるまでにはすこし待たなければならない午後で、日が暮れたらその鳥が何とか一言でも言うような気がした。鳥は誰かに脅かされたわけでもないのに少し怯えた表情をしていて、ふだんもいつもそんなに怯えているのかどうかはわからなかった。たまに首を左右に機械的に振っていたけれどその理由はわからなかった。しかし一瞬もう首を振らずに何かをじっと見つめたが、それはその公園にある巨大な立像であった。なぜそんなものがそこにあるのか不思議だと思わせる世の中の多くの銅像のようにそこにふさわしくない銅像があった。鉄でできた髪の長い、とても大きな女の立像だった。その立像自身もなぜそこにいるのかわからなくて、そうなったのを宿命と受け入れて、宿命のように立っているように見えた。

僕はその銅像についても、オウムについてもわからないことがとても多いと思った。飼い主がその鳥に声を出してみろといくらやらせてもけっきょくオウムの口からは何の声も出なかった。口を閉ざしてしまったようだった。何らかの理由で鳥は僕とは話したくないようだった。僕はがっかりしたが、飼い主は三カ国語を駆使できる自分の鳥が何も言わないことで僕よりもっとがっかりしたようだった。鳥が一言も言わない限り、永遠に日が暮れないようだった。僕はオウムが他には何もしなくてもいいからヘブライ語で一言喋って欲しかったけれどその鳥はそうしなかった。鳥は日が暮れて夜になっても何も喋りそうになかった。いや、真夜中になればドイツ語でこんにちはに当たるグーテン・タークと挨拶しそうだった。なんだかそのオウムは時間の観念がなさそうだった。

その数日後、そのオウムに会いに行ったわけではなかったがまたその公園に行った時、その鳥に会えなくてとても残念だったけれどその心残りはコスタリカの熱帯雨林でオウムのとても珍しい鳴き声を聞けば解消されそうだった。僕はコスタリカに行くことになると美容室に行ってコスタリカの異国的で華麗な色を自慢するオウムのように髪を染めていくこともありだなと思った。コスタリカの異国的なオウムは僕の頭を見て首を傾げるかもしれない。しかし、ただオウムの首をひねさせるために虫がうじゃうじゃしているコスタリカのジャングルを突き抜けて歩きまわるのは面倒臭くなってきて、そこに行くのはきっぱりやめた。

ハワイはある点で最後の旅行先だと思った。僕がハワイに行くことに決めたのはどこかで読んだ、ブローティガンが書いたのか、あるいは話したことの影響だったかもしれない。彼は仕事で、おそらく講演だったようだが、ハワイに行って仕事を終えた後、すごく退屈なその島でまともにすることも、したいこともない状態でふと生きている鶏を一羽求めてその鶏を胸に抱いて写真を撮りたくなった。それで実際にホノルル市内で苦労して鶏を求めて胸に抱いて写真を撮ったあとハワイでやるべきことはすべてやりこなしたようにハワイを発つことができたという話だった。彼はそうすることによってあまりにも退屈だったハワイに復讐をしたのかもしれない。ところが、その鶏が雄鶏だったのか雌鳥だったのかについて彼が言及したかどうかは覚えていないけれど雌鳥のようで、それは彼が女好きだったからそんな気がしただけで、間違っているかもしれない。彼が女好きだということも非常に根拠のない話だけれど、彼が何冊かの自分の本の表紙に一緒に過ごした女と撮った写真を載せたことから推し測ったのだ。僕の記憶が正しければブローティガンはハワイから帰って間もなく、けっきょくうつ病によるアルコール中毒を克服できず自殺した。

僕はハワイに行く前ブローティガンの『ホークライン家の怪物』[*61]という、作家自身がゴシック・ウエスタンというジャンル小説と称した小説を改めて読み返したが、その小説の中にも前の部分にハワイのことが少し書いてあった。しかし、ミスホークラインの家の下にある氷の洞窟に住む怪物を殺す内容のこのおかしな小説でハワイのことは、ハワイに住む誰かを殺害しにサンフランシスコから来た二人の殺し屋が、パイナップルが植えられた野原で自分たちが殺そうとした男が子どもに乗馬を教えているのを見て心が動揺し、殺害を諦めて気持ち悪いハワイを離れたとちらっと言及しただけで、ブローティガンはこの小説の中でもハワイに対する嘲笑を表していた。

この小説は文学的に完成度の高い小説ではないが、それは別として十分可笑しいだけだったとしても悪くないものになれるのを見せつけた小説であった。他の二編の小説が一緒に載せられたこの小説集の表紙には田舎の家の前、草が伸び過ぎたところに置かれているポストに寄りかかっているブローティガンの写真が載っていた。彼は心がひねくれて意地悪な印象の、不細工なペルシアン猫のようで、ポストにのせた方の指はネズミを攻撃している猫の爪のように、不自然に見えるほど曲がっていた。眉をしかめていて非常に偏屈に見えるブローティガンの顔は可愛く見えるくらいで、彼は意識的に性格の荒いペルシアン猫を真似しているような気もした。

ブローティガンがハワイで鶏と一緒に写真を撮った話と、ハワイが背景に少し出るだけの彼の可笑しい小説のために僕がハワイに行ったとはいえないけれど、それでなければ、ハワイに行かなかったかもしれない。もしかしたら僕がハワイに行ったのは依然として旅行先が決定できない状態でサンフランシスコ市内にある由緒深いホテルで会った誰かにそのホテルでアメリカ大統領であるウォレン・ハーディング[*62]とハワイ王国の最後の王が急死したという話を聞いたことの影響もあるだろう。このホテルは一九〇六年四月一八日早朝に起きたサンフランシスコ大震災では崩れなかったけれど、地震による火災でその日の午後全焼した後復旧された。地震が起こった時そこに泊まっていたエンリコ・カルーソー[*63]は二度とこの都市には来ないと言ったが、その後彼がサンフランシスコをまた訪れたのかどうかはわからなかった。

僕はそのホテルでコーヒーを飲みながらそこで死んだハワイ王国の最後の王について思い、ふとハワイに行きたくなり、ハワイに行くことにした。僕はハワイに行けばハワイ王国の最後の王の銅像が見られると漠然と思って、ビッグアイルランドやマウイではなくオアフ島に行った。ハワイ王国の最後の王の銅像を見にハワイに行くのは少し邪心を抱いて行くようだけれど、それほどの邪心を抱いていくのは大丈夫だと、そしてその程度の邪心は苦もなく満たせるだろうと思った。実はハワイに行ってハワイ王国の最後の王の銅像を見るのは邪心とも言えないことだけれど、それでも僕はそんな邪心でも抱いてハワイに行くべきで、その程度ならハワイに行く理由になると思った。

ハワイは予想したとおり典型的な休養地でありとても退屈なところで、ハワイではハワイならではの退屈さにすっかりうつつを抜かすこともできそうだった。ブローティガンの鶏の話を面白がるだけでハワイに何の楽しみもないことがわかっていながらハワイに行ったはずなのに、僕はブローティガンがそこでどれだけ退屈だったのかあまりにもよく理解できた。ハワイはけっきょく常套的なものがそうではないものよりも勝利を収めているこの時代の悲劇をよく見せてくれる悲しき熱帯の島だった。

ハワイに到着した日からハワイに来たことをとても後悔した。一週間ハワイに滞在しながら僕が目的を持ってやった唯一のことは、市内にある帽子専門店を訪ねて、店にある多くの帽子を被ってみたことだけだった。一〇〇個以上の帽子を被ってみただけで買わなかったが、それはジャワ出身で最初に北極点に到達してオーロラに気が変になった猿によく似合いそうな帽子を見つけられなかったからだ。いや、僕は少なくともそう思った。引きこもって一人でやんちゃな考えを楽しむ猿によく似合いそうな帽子を見つけることは不可能だった。僕の見つけた帽子は帽子掛けに引っ掛けても素敵で、引っ掛けておいただけでも素敵でなければいけないのだ。しかしそれらの帽子を被った僕は不自然で、おかしくて抜けたやつのようだった。僕が望んだものはおかしいけれど自然に見せかける帽子で、僕はいくらか抜けたやつに見えるのは問題にならないと思っていた。それは世界の多くの帽子がそれを被った人を抜けたやつに見せかけたりするけれど、ともかく帽子としての資格が足りないものもあると思ったからだった。舞台衣装のような僕のジャケットに似合う帽子をサンフランシスコで探すのに失敗した僕はハワイでも探してみたがやはり失敗した。けれど数日の間に一生出会うかもしれない帽子にすべて出会ったようで、若干の成就感が得られた。帽子の店を歩きまわりながら自然にホノルル市内の観光をしたけれど興味を引くものはなかった。

すべてがしてもいいし、しなくてもよさそうで、何かをすることとしないことに何の変りもなさそうだった。すべては何もしなくてもよさそうだった。いつもそう思っていたが、何かをすることとしないことが何の変りもない時には何もしないほうが確実によさそうだ。僕自身があまりにも仄かな世界の中であまりにも薄い存在としてとどまり、何の存在感もなかった。何もしたくなかったし、心血を注いで何もしたくなかった。いや、心血なんか注ぎたくなかった。すべての意志が残忍で過酷に感じられて、意志こそ残忍で過酷そうだった。

僕はすべてのことをどうすればいいのかわからない状態でワイキキ海岸にあるホテルの部屋でほとんどの時間を過ごした。睡眠を十分に取れなくてぼうっとした状態になり、窓の外に、昔に火山爆発で作られた屛風のように広がる山々を何の感情もなくしばらく眺めたり、僕が本当に望むのはどこにも行かないで何もしないことだと考えたり、ホノルルという地名が、食べると意識が朦朧となる熱帯地方に棲息するある木の根を指す言葉に聞こえると思ったり、酒に酔って、アルコール中毒を意味するアルコールイズム（alcoholism）がアルコール主義に翻訳されることがあり得ると考えて、それが一つのある主義に思われたりしたが——酒を飲みながら送った数多い夜を思い出すと、アルコールイズムは何をしようとするのかわからぬことをしようという主義のようだった——、まるで頭ではなく、体の他の機関で考えるようなその考えは、僕がじっと眺めている指の間をすり抜けていくように感じられたりもした。

ハワイに来たせいで行けなくなったり見られなくなったりしたコスタリカのジャングルに棲むオウムについても考えたけれど、それらを見られなかったことに悔いはなかったが、別のオウムについて思い出したからだった。コロンビアの麻薬組織の一員として見張りをしていたところ、警察が来たら逃げろと言うように訓練を受けたその鳥は麻薬組織員たちと一緒に逮捕されたが、その後どうなったのかはわからなかった。ひょっとしたら刑務所に収監されたかもしれないし、警察の手先に生まれ変わって警察の羽交いの下で、オウムとしても少しはましな人生を生きているかもしれない。僕がハワイの代わりにコスタリカのジャングルに行ったなら、そこで見られるオウムについて文章を書くことになったかもしれないけれど、そんな文章を書けなかったこともまたどうでもいいと思えた。

忘れたいことをいくつか思い出したりもしたが、それらはいつも忘れたいけれど忘れられなくていつも思い出してしまうことだった。しかし、それらは別に大したことではなかったし、忘れなくてもかまわないものだった。いつかソウルで夜道を歩いていた時酒に酔ってよろめきながら歩いていく知り合いを見たのに知らん振りをしたことを思い出したら、それが気になった。彼は泥酔状態で、ちゃんと歩けないようで、倒れそうだったけれど倒れなかった。倒れそうで倒れないのはなんか神秘的な能力を持っているように思えた。僕はよろめきながら歩いていく彼の姿を見て、人は酔い過ぎると千鳥足で歩くようになるのだが、それが玄妙な理のように思えた。一年ぐらい前最後に彼に会った時、彼は長い間酒を飲み過ぎて癌にかかって臓器を一つ摘出しており今にも死にそうだった。確実に死にかけている人を見たら僕が先に死にそうで、誰かが死んで行くのを見ると他人事だとは思えず、死んでいく人を見ると他人ではない気がしたが、その晩、彼は全く他人のようだった。ふだんはつじつまの合わない話をするのが下手だったが、酒に酔うとつじつまの合わない話をするのが上手だった彼は臓器を一つ取り出してもちゃんと生きているようで、臓器一つくらいは取り出しても平気で生きられることを見せつけているようだった。僕はすぐにも倒れそうな彼を見ながらも助けに行こうともしないで、倒れろ、倒れろ、と心から呪文を唱えたのがずっと気になっていた。しかし、またその記憶を思い出したらもう気にならなかった。

いつかヨーロッパのある都市の食堂で、一行と食事をしている韓国から来た知り合いを見て、そのまま通り過ぎた記憶が思い浮かんだ。僕がその食堂に入って互いに大変喜んで話を交わすこともできたはずだが、その瞬間は不思議なことにあまり喜んで話を交わしたくなかった。しかしそのことを再び思い出したら今度はまったく気にならなかった。それは五年前の夏アイオワシティーに二カ月間泊まった時、あまりにも退屈でトルネードが発生するのを希ったけれど発生しなかったのに、僕がそこを発った次の日にトルネードが発生して被害を受けたことについて気にかかったことと同じようなものだった。気にかかることを考えれば考えるほど徐々に気にならなくなり、けっきょく気にかかることは何もなくなったが、気にかかることが何もないという事実も気にならなくなった。

ハワイを発つ三日前にはあまり気が進まなかったけれどオアフ島一周観光をしたが、ハワイに来て何もしないのはハワイに若干申し訳ないと思ったからだ。バスに乗ったテキサスとアラバマとその他のところから来た四十人くらいのアメリカ人団体観光客一行は大変うるさくて、僕は団体観光を選択したことをすぐ後悔した。小利口に見える、ハワイ出身のガイド兼バスの運転手は自分の仕事をあまりにも楽しんで、八時間近くのツアーの間、昼休みを除いてほぼ一分も止まらず我々を子ども扱いしながら喋り続けたが、そのためなのかみんな彼が気に入ったようだった。子どもたちもいるのに彼は子どもが聞くに恥ずかしい性的な冗談を言った。大人は子どものように喜び、子どもたちも子どもらしく喜んだ。僕だけが一人ぼっちのようだった。

僕の隣の席には五十代くらいの、首が太くて短い、いわゆるレッドネックが座っていたが、僕たちは互いに一言も交わさなかった。彼は水着姿のグラマーガールが水に濡れて海から上がる写真が表紙に掲載されたスポーツ雑誌を、理解しにくい哲学書を読むようにしばらく集中して熱心に読みながら半裸の女の姿を想像するように静かに目を閉じていたけれど、いつのまにか眠りに落ちていびきをかきはじめた。半裸の女が登場する夢を見ているかもしれない彼の鼻をひねってやりたかったけれど、そうするととばっちりを食う恐れもあったので我慢した。そんなことをしたら鼻血を流したり、鼻が折れたりするようなことが起きそうだった。いびきをかいて寝ている彼の顔は醜いほど血色がよくて、むしろ、醜く見えてしかも血色が良過ぎるのはなんとなくあまり良くないように思えた。僕は一人でぶすっとしていて、恐竜が住んでいそうな、実際に恐竜が登場する有名な映画を撮影したところでもある渓谷を見たけれどなんの感興も湧かなかった。渓谷もぶすっとしているようで、そこに恐竜が住んでいたとしたらそんな彼らもぶすっとしているようだった。

その後、標高がかなり高い、鬱蒼とした森の中の展望台に行ったが、そこから見下ろす風景は悪くはなかったけれどやはり別に何の感興も与えられなかった。そこでも印象的な風景があまり感興を与えないのを実感した。思わず口元が綻んで感嘆して喜び、そしてその喜びを写真に残すために余念のない人たちがあまりにも多かったからなんとなく気が抜けた。感嘆する人たちの思わず綻びた口元が簡単に閉じないのを見て、ふとどうして感嘆すると口が開くのかについて疑問を持ったけれど、謎のようで、その理由はわからなかった。感動したり、驚いたりしたらあっけなく口が開いてしまうのもおかしいし、一度開いた口を簡単に閉じないのもおかしかったが、開いた口を手で覆うのだけは理解できた。それは簡単に閉じない口を手で覆うしかないからだった。人が気まずくなったり恥ずかしい瞬間にするしぐさ、例えば、なぜ顔や頭を掻く行為をするようになったのかについても考えたが、その理由もわからなかった。それを考えながら頭を掻いてみたけれど同じだった。

しばらく人があまりいない森の中に足を運んだが、一瞬近くにいる野生の鶏を見た。嘘のようで、それは申し分のない喜びをもたらした。鶏はすぐ側の木の枝に止まっていて鳥類特有の動作できょろきょろ頭を左右に回しながら周りをざっと見ていた。そこには観光客が三、四人しかいなかったが、彼らは不思議そうに鶏を見ていた。雄鶏で、もう成長が止ったのかどうかはわからないけれど成長が止った雄鶏にしては体が小さく見えた。本来野生の雄鶏は家畜として育てる雄鶏ほど大きく育たないのかもしれない。その雄鶏は人を恐れず、むしろ少し見下した態度で見たが、彼が高い位置にいたのでさらにそう思われた。僕は人を見下すようなその鶏の態度が気に入らないどころかとても気に入った。鶏はそこに限っては自分が王様であると威張っているようだった。

鶏は鳴かずに、人がそこの王である自分に十分敬意を表してくれないことが気にさわったのか咳払いをするような音を出した。しかし、相変わらず人間たちがしかるべき敬意を表さないで彼を指差して笑うと諦めたかのように、今度はまるで自分が鳥だという事実を証明するように木の枝の間を飛び回り始めた。僕は王としては少し軽々しく見えるその雄鶏を見て、そのぐらいでいいから、もう鳴いてみたらと思った。僕は鳥を見るとそれらが出す音が聞きたくなる。しかし雄鶏は最後まで鳴いたりしなかった。その鬱蒼とした森に雄鶏独りで生きる可能性は少なく、雌鶏と、もしかしたら他の雄鶏もいるだろうけれどそれらは姿を現さなかった。なんとなく他の雌鶏はその雄鶏が鶏としてのメンツを失い、鶏同士ではなく人間たちと付き合おうとすることに腹が立ち、ふだんも気に入らないその雄鶏を追い払おうと図っているようだった。それともその雄鶏は鶏たちの間にありうる何か政治的な問題によって本来生きてきた森を離れて、一種の政治的な亡命をしてその森に来たのかもしれない。政治的亡命をしているかもしれない雄鶏だと思いながらその鶏を見たけれど、特別には見えなかったし、ある体制に批判的な雄鶏にも見えなかった。それでも鬱然たる原始林の真ん中での鶏は独特な感じを与えた。

鶏は前から僕に独特な感じをもたらしたものの一つであった。子どもの頃催眠術について知った後、集中的に催眠術をかけてみようと苦労した対象が鶏だったことと関連しているかもしれない。

誰かを人為的に仮睡眠状態に落とし入れる催眠術はとても不思議な現象だと思って、僕は家の庭にいる鶏の中のじっと座っている鶏に近づいて催眠術をかけようとした。ものすごく集中してそれらの目をまっすぐ見たり、何かを糸にぶら下げて振ったり、ある音節を繰り返したりしたが、そういう時催眠術に掛かったのは鶏ではなく僕のほうだった。鶏の中には眠るものもあったけれど僕の催眠術に掛けられて眠ったのか、それとも眠くなってそうなったのかはわからなかった。一度はそうして僕が眠ったりもしたが、僕を起こしたのは鶏の鳴き声だった。とにかく幼い頃僕はふだんから魅了されたように鶏を見るのが好きで、鶏はそうするのにいいものだった。

僕は雄鶏を見ながら、幼い頃僕が木の上に上って、止まり木に止まっている鶏のように枝の上で多くの時間を過ごした時を思い出して、その時いったい何を考えたのかを思い出そうとしたけれどあまり覚えていなかった。鶏はすぐに飛んで木の間に姿を消した。鶏がすぐに消えたのを惜しんで、名残を惜しみながら、鶏についてしばらく考えていたら最も代表的な英語のなぞなぞの一つである、鶏はなぜ道路を渡ったのでしょうかという質問が浮んだ。その質問に対する正解は一つだけでなく、無数の答えがありうる。それは、達磨はなぜ東へ行ったのかという質問とあまり変らないのだ。その主人公が必ず鶏であるべきではなく、タヌキやカエルやラクダや恐竜のような、足があって道を渡ることができるすべてのものや、足がなくて渡ることができないすべてのものに代替できた。鶏はどこから来たのかまたは道を渡った鶏はどこに行ったのかという質問もありえるし、カモが道を渡らなかった理由は、鶏ではなかったからだという答えにすることもできた。禅問答のように、鶏が道を渡った理由はという質問に対する答えは人が作ったいろいろなバージョンがあったけれど、次のような、歴史的な人物を登場させて答えたものもあった。

仏陀：この質問をするのは自分の中にある鶏の本性を否定することだ。
ヘミングウェイ：雨の中で死ぬために。
ダーウィン：木から下りた鶏がその次の段階として道を渡ったのは論理的である。
エレアのゼノン[*64]：決して道の向こうに至らないのを証明するために。
ワーズワース[*65]：雲のように一人で放浪するために。

僕がハワイに来た理由はという質問をすることもまた鶏はなぜ道路を渡ったのでしょうかという質問をするのと同じで、それに対する答えもまた無数にあるか一つもないわけだ。ブローティガンが鶏と一緒に写真を撮ろうとした時も、鶏はなぜ道路を渡ったのだろうかという質問の中に登場する鶏を思い出したのかもしれない。僕はハワイの森の中で木の枝の間を飛び回る野生の雄鶏を見ただけで、僕がハワイでやるべきすべてのことをやり遂げたような気がした。僕はハワイで三枚の写真を撮ったが、それらはすべて雄鶏の写真だった。一枚は木の枝に止まっている正面の写真で、もう一枚は横顔で、最後の一枚は木の枝の間を飛んでいく姿だった。その後その写真をプリントしてみたらそれらは僕がハワイに行ったことを証明する唯一の痕跡のようだった。

ホノルルに帰る途中に二車線道路のそばにある農家で七歳くらいに見える少女が庭に置かれている滑り台で遊んでいるのが見えた。ちょうど車が停まっていて、僕は少女をしばらく見守ることができた。そばに大きな黒い犬が立って彼女がすべり台で遊んでいるのをじっと見ていた。彼らは僕が乗ったバスをしばらく眺めたが、すぐに自分たちがやりかけたことに戻った。少女は素足で、髪の毛がくしゃくしゃになっていた。彼女はまたすべり台で遊び、犬はじっと彼女を見守った。二人はその時間ならいつもそうやって時間を過ごしているようだった。彼らの後ろの家は少し古びていて、そこには穏やかに彩色されたようなある叙情があった。二人の姿は寂しく見えたが、そこに住んでいる家族は貧しい暮らしのようだった。家の裏山越しに夕日が美しく染まっていた。少女は後日、貧しくて寂しかったけれど寂しい時には滑り台で遊んだ幼いころを思い出しながら、自分が愛する犬と一緒にいられて、夜になると夕日が美しく染まった日々を追憶し、その記憶が彼女の叙情の一つの風景を成していることだろう。しかし、その場面を見守っているのは僕だけではなかった。白猫が近くの木の下で彼らを眺めているのが見えた。そして、このすべてを他の木の枝に止まっている鳥が見守っていた。不思議なことにその場面がその後気になっていつまでも思い出すのだった。不思議なことにその場面はとても長く僕の写真帖の中にあったけれど、僕が出してみたことのない色あせた写真のようだった。

ハワイを発つ二日前の午前中はトロリーバスに乗ってホノルル市内を一回りしたが、バスの運転手がある王宮前に立っている黒い銅像を指差してハワイの最初の王の銅像だと言った。ハワイの最後の王の銅像を見にハワイに来たわけではなかったが、そこに行けばその銅像を見られると思ったけれど、そのうちそれについてはすっかり忘れていた。その銅像の主人公はサンフランシスコの由緒あるホテルで死んだ王ではなかったが彼らは血が繋がっているかもしれない。少し離れたところから見た彼の肌は黒くて、黄金色の服を着ていた。空いている手は指を伸ばしたまま空に向かって高く持ち上げられていて、片手は槍のようなものを持っていた。のちに僕はハワイ王国の最初の王のあだ名は殻の固いカニだったということがわかったけれど、彼がなぜそんなあだ名を得たのかはわからなかった。けっきょく僕はハワイでハワイ王国の最後の王の銅像は見られなかったけれどそれは全く気にならなかった。

その夜ある食堂で食事をしていたら、すぐ隣のテーブルに座っている白人の家族の中で金髪少女の姿が目を引き、彼女を見たら妙に気持ちよくなった。彼女はなんとも言えない子獅子のように見えた。子獅子の毛みたいに見えるぼさぼさしたくせ毛と鼻の形のためだった。彼女がいてまさに子獅子のいる食堂で食事をしているようだった。彼女を見ていたら妙に金髪に対する復讐心が消えていくようだった。いや、これは変な表現だが、そもそも抱いていなかった復讐心まで全部消え去ったようだった。

翌日の午後には、海辺で時間を過ごしながら五年前、アメリカにいた時、知り合った年老いたある詩人がブローティガンについて話したことを思い出した。実は一時ブローティガンを個人的によく知っていた彼は、ブローティガンについては変わり者だったという話しかしなかった。なんだかブローティガンが自分に許しがたいことをした彼を許せず、その後彼に二度と会わず、彼についてずっとよくない感情を持っているようで、ブローティガンについてはもうそれ以上話したくないようだった。彼はもう一度ブローティガンが変わり者だと言った。彼はブローティガンについて悪口を言いたくてたまらないけれど我慢しているようだった。

　僕にはブローティガンの島だと思われるハワイでもしブローティガンの幽霊に会うことになったら、僕たちはどんな話を交わしたのだろうかと想像もしてみた。おそらく主に鶏に関する話を交して、アメリカのマス釣りとヌードル・リングに関する話題も出るはずだ。ハワイの最後の王とサンフランシスコの霧についても話しただろう。ブローティガンは自分の体格にふさわしいとても大きな銃で自殺をした時の話をしたかもしれない。そして倦怠や死のように哲学的な問題でもあり、キッチュ[*66]や醜のように美学的な問題でもある、生きることのすべての中にあるつまらないことについて話しただろう。僕たちは何よりも雲について、あるいは、他のものはすべて差し置いて雲の話ばかり交わした可能性もあった。しかし、そんな話をしながらも僕たちは話自体も、そんな話をするのもつまらなくなって口を閉じて、その次にはそれが順序でもあるように、口を堅くつぐんで、喧嘩した後すねている人たちのように、全くわけもなく押し寄せてきてまた退いていく波を睨みつけていたのかもしれない。

　その日の夕方は窓の外から火山を眺めていたが、ある考えからトイレからトイレットペーパーを持ってきてベッドの上に置いて、椅子に座ってそれをじっと見つめた。僕がよりによってトイレットペーパーを選択したのは、ハワイでもっとも何の感じも与えてくれないものと向き合いたかったからだった。僕に多くの物事がそう見えるように、何の意識も感覚もなくてそれ自体涅槃に入ったようなトイレットペーパーは何の内容もないものに思われて、何の感じも与えてくれなかった。しかしトイレットペーパーは確かにじっと見つめるべきものでもなかったし、じっと見つめるのに良いものでもなかった。それをじっと見つめるうちにじっと見つめるようなものにもなってくれなかったが━確かにトイレットペーパーは数十年ぶりに一度地球に近づく彗星や数百年ぶりに一度起こる火山の爆発ほど興味深く見つめるものではなかった━、とにかくじっと見つめるのに良いものではないと考えながら見つめるにはいいものだった。

そして、当たり前のことだけれど、トイレットペーパーには劇的なものが何もなくて、劇的なものの鳥肌の立つようなものもなかったので鳥肌の立つトイレットペーパーだとは考えられなくて、その点が気に入った。じっとトイレットペーパーを見つめていたら、本当に僕はじっとトイレットペーパーを見つめるためにハワイに来ているような気がした。僕がある物を長い間じっと見つめている時はたまにそうであるように、物事がその具体性を失って抽象的なものになる逆転現象が起きたわけではなかったけれどほぼ起きそうだった。しかし、その瞬間にけっきょくそんなことは起こらなかったので、僕はトイレットペーパーをトイレットペーパーの形をした抽象的なものと見ることはできなかった。それでも僕はトイレットペーパーを見つめて、真理でありながら証明できない数学的命題が存在するという数学者ゲーデル[*67]の不完全性定理についてしばらく考え、その理論がどれほど安心感を与えるのかについて考えることができた。トイレットペーパーをずっと見つめているとある窮地に居心地良く陥るようで、けっきょくその中に陥ると居心地良いばかりではなく、不便な窮地に陥りたくてそのままでいたけれど完全に陥ることはできなかった。トイレットペーパーと一緒にいたら僕が北極でココナッツの実を持って遊んでいる一匹の猿のように思われた。

僕がハワイでしたのはハワイについてよくない思いを抱いて、団体観光バスで観光客たちと心の中で戦い、ハワイの野生の雄鶏を見て、つまらない考えをしたのがすべてだったが、それでハワイでやるべきことはすべてやり尽くしたようだった。ところでハワイで最後の日の夜あることが僕に起きたが、それは全く予想しなかったことだった。明日になればうんざりしたハワイを出られると思いながら、ホテルの部屋で酒を飲んでいたら急に左の胸に激しい痛みが感じられて、まるで自動車のエンジンが止りかけた時のように不規則な振動の後心臓が止まった。僕の人生初の心臓発作だった。心臓が破れそうだった。数十秒ほど心臓が止まったようだけれど、何度か拳で胸を強く打ったら再び動き始めた。心臓が停止した感じはとても奇妙で、それに例えられるものはその瞬間にもそのあとにも見つからなかった。心臓発作は僕が想像したようではなかったけれど、似た形でやってきたようだ。心臓が止まった状態は死んだように静かではなかったし、激しい痛みが感じられた。しばらくして激痛が治まった後には拳大の心臓を拳で数回打って心臓がまた拍動し始めたのが少し面白かった。それを除いては、僕は最初の心臓発作をすごく淡々と通り越した。最初の心臓発作があって、それを経験したところがハワイだったということが忘れられないだろうと思ったが、誰も自分が最初に心臓発作を起こしたところを簡単には忘れられないはずだからであった。この時からハワイを考えると、野生の雄鶏とともに心臓発作を思い浮かべるようになった。

その日の夜睡眠薬を数錠飲んでやっと眠り、夜明けに変な夢を見た。夢の中で僕は本当のアメリカインディアンが住むインディアン村を訪ねたが、彼らは夜明けの高速道路で死んでいたりはしなくて、満月が出ている夜に焚き火の周りに集まってある儀式を行っていた。彼らは僕に鶏の血のような赤い飲み物を飲ませて、それを飲んだらすぐ昏睡状態になった。しかし、昏睡状態になったといって夢幻的になったのではなくて、僕は、さらに夢幻的になればどれほどいいだろうと思ったけれどどうしても夢幻的にはなれなくて、このままでもいいと思った。まるで昏睡と夢幻の間の、視界の不明な広い地帯を転々としているようで、そこは雪が吹きすさぶツンドラのようだけれど暑い所のようだった。インディアンたちは僕に何が必要なのかを知っているようにしばらく待ってほしいと言って火を付けた鶏の骨を一つ渡した。煙を一服吸い込むと眩暈のような物凄い幻覚を起こし、鶏の骨パイプからは青い煙が出た。とても夢幻的で、また昏睡であった。

しばらくして場面がすっかり変わって、僕の人生で一番悲しい夢の中のひとつである夢を見たが、それは僕が死ぬ夢だった。それは臨死体験に似たようなことで、魂が肉体を離れて昇天するようなことが起こり、その次の瞬間僕は空にいた。スタンリー・キューブリック監督の[*68]『二〇〇一年宇宙の旅』に出てくる宇宙空間みたいなところで（夢の中で、僕はそんなふうに思っていた）、全く重力の効かないところで僕の体がとてもゆっくりとあるところに向けて吸い込まれそうに漂っていた。もうこれ以上肉体は存在せず感覚と意識だけが残っているようだった。ある瞬間、遠くにブラックホールみたいな巨大な穴がゆっくり回転していた。『二〇〇一年宇宙の旅』に出てくる音楽がどこかで聞こえてきたらよく似合いそうだったけれど、絶対的な沈黙だけだった。不思議なことに僕が意識を失ったらブラックホールみたいな穴の中に吸い込まれそうで、そうなるとそれですべてが終ってしまいそうで、その穴の中に吸い込まれたいというとても大きな誘惑を感じながらもそれに抵抗してそうならないように全力を尽くした。その間にも僕は果てしなく、とても苦しいぐらいゆっくりそのブラックホールに向かって流れていた。飽々するほど長く感じられたが、実際には長くない夢を見て目覚めた時はちょっと悲しみが襲ったが、しばらくして死を迎えたように何も感じなかった。

ハワイから帰ってきた僕は、僕がそこに行った理由はハワイに対するこのような文章を書くようになることが漠然とわかっていて、けっきょくこのような文章を書くためだったと思った。僕はハワイと関連して僕の書いた文章を読み返して、この文章を書きつづける間、どんなに退屈だったのかを思い出し、あまりにも退屈だったお陰でこんな文章を書くことができたと思った。それはこの小説自体も同じだった。面白さに対する僕の考えを書いたように見せかけたこの小説は僕が感じたなんとも言えない、極めて激しい退屈さを長く表現したものだった。

＊60 プンタ・アレナス（Punta Arenas）：チリ南端部、マゼラン海峡に面する港湾都市。

＊61 『ホークライン家の怪物』：リチャード・ブローティガンの長編小説。二人の殺し屋が引きうけた怪物退治をめぐって、次々にまきおこる不可思議なファンタジー物。

＊62 ウォレン・ガマリエル・ハーディング（Warren Gamaliel Harding、一八六五〜一九二三）：第二九代アメリカ大統領。大統領に選ばれた最初の現職上院議員であり、在職中に死去した六人目の大統領。

＊63 エンリコ・カルーソー（Enrico Caruso、一八七三〜一九二一）：オペラ史上最も有名なイタリアのテノール歌手。

＊64 エレアのゼノン（Zeno of Elea）：紀元前四九〇年頃〜紀元前四三〇年頃。古代ギリシアの自然哲学者で、南イタリアの小都市エレアの人。ゼノンのパラドックスを唱えたことで有名である。

＊65 ウィリアム・ワーズワース（William Wordsworth、一七七〇〜一八五〇）：イギリスの代表的なロマン派詩人であり、湖水地方をこよなく愛し、純朴であると共に情熱を秘めた自然讃美の詩を書く。

＊66 キッチュ（Kitsch）：「けばけばしさ」「古臭さ」「安っぽさ」を積極的に利用し評価する美意識である。まがい物、俗悪なものを指すドイツ語。

＊67 クルト・ゲーデル（Kurt Gödel、一九〇六〜一九七八）：現チェコ生まれの数学者・論理学者。業績には、完全性定理及び不完全性定理、連続体仮説に関する研究が知られる。

＊68 スタンリー・キューブリック（Stanley Kubrick、一九二八〜一九九九）：アメリカの映画監督。映画史上最も革新的な映像を作り出した巨匠の一人に数えられる。完璧主義者と呼ばれるほど技術的に高い完成度を追求しており、創意的な撮影技法で美麗な映像を作って多くの映画監督に大きな影響を与えた。

浮雲

サンフランシスコを発つ前日に再びゴールデンゲートパークを訪ねたが、そこはダウンタウンにある多くの公園の中で僕が最も長い時間を過ごした場所の一つだった。青い空の下、森に取り囲まれたやや低い丘の草地に横になって午後の半日を過ごした。人々は散歩したり草地に横になって日光浴をしたり本を読んだりしていた。フラフープを回す女たちもいて、フリスビーを投げる男たちもいた。草地のあちこちで犬が自分の飼い主が投げた小さな緑色のボールに向かって走りまわっていたが、アメリカの犬はボールで遊ぶのが本当に好きだった。

いつか数カ月間海外旅行をした後、ソウルの家に帰った時の記憶が浮んできた。思わぬ何かが僕を待っていたが、それはゴキブリだった。ゴキブリはその間空き家を占有したように家中を悠々と這い回りながら僕をとても喜んで迎えてくれて、僕はうれしくなって何匹もやっつけた。ゴキブリは空き家で長く過ごしたせいか、人への対処法を知らないようで、人に対する方法をわからせたかったけれど、どう教えればいいのかわからなかった。僕は必死になる理由なんか一つもないのに必死になってそれらを見つめながら、それらを相手にする決死の方式を探そうとしたけれど適当な方法は浮かんでこなかった。

僕は、ゴキブリのための最後の手段として、ベートーベンの『月光』のソナタをかけてしばらくそれらが家中を這い回るのを見守った。僕たちは一緒にその叙情的な音楽を鑑賞したが、ゴキブリはその音楽が好きらしく、さらに活気づいたように這い回っていた。ゴキブリがその音楽に合わせて踊っているような気もした。長時間飛行した後、疲れて気絶しそうになって指一本動けない僕は、あまりにも活力にあふれるゴキブリが僕をあざ笑うかのように家の中を平気で這い回る様子を見ていたら、彼らが僕の家の家主のように思われて気が変になった。けっきょく、その夜、家の近くの旅館に泊って次の日また帰らねばならなかった。

八月のある日、僕は蚊帳を吊ったベッドに横になって蚊が現れるのを待っていたが、不思議にも蚊は現れなかった。そのころは蚊が勢いよく人を苦しめる頃だったのに、いざ待つとなるとかえって蚊は現れなかった。僕は蚊帳を吊ったベッドで蚊が現れるのを待っていたのに、蚊の現れない変な一日を過ごした。しかし、蚊は、翌日、僕がもう待たなくなった時に現れた。僕は八月中ずっととても多くの蚊をたたき潰して、蚊をたたき潰すことだけで八月を送っているようだった。

それに、ゴキブリや蚊の他にも僕を苦しめたものがあるが、それはセミだった。セミが窓の外の木で激しく泣いた。脳をほじくるようなセミの鳴き声を切なく聞きながら韓国に戻ってきたことを実感したが、セミの鳴き声と韓国という国に帰ってきたことの内でどちらがより僕を苦しめているのかははっきりしなかった。まるでそれを知りたくてベッドに横になって、ほとんど残っていない気力さえ全部セミの鳴き声に奪われながら、落ち着いた気持ちでセミを呪い、セミを呪う気持ちでまた帰ってきたその不思議な国を呪詛しようとしたけれどうまくできなかった。気勢の上がるセミの鳴き声にすっかり気が滅入ってしょんぼりしていたからだ。それでも鬱憤が込み上げてきては、その後は脱力感が押し寄せてきた。その二つの感情が代る代る僕を圧倒した。思い切り鬱憤を感じて気が抜けてきて、思い切り脱力状態に陥っては続いて何かの感情を感じるべきなのにどんな感情を感じるべきなのかわからない状態になってまた鬱憤が込み上げてきて、その過程が繰り返された。今度も八月末にソウルに戻るといつものようにゴキブリと蚊とセミを含めて何でもないものと死闘を繰り広げて、大韓民国で最も奇妙な考えをしながら生きていく人間の一人として生きていくような気がした。

すべてが平和な公園に横になっていたがしきりに病的な考え方をした。その平和な公園は病的な考えをしやすいところではないので、そんな考えをすることがむずかしかったけれどまるで推進めるように病的な考え方をし続けた。横になっている所の近くにある木の下に草が伸び過ぎていて、不思議なことにそれは不吉な感じを与えた。しかし草から感じる不吉さは、僕の中で始まっているようだった。その不吉さの正体は僕が今後もずっとへ理屈をつけるように、何の内容もないこのような文章を書きながら生き続けることになる、あるいはもうこれ以上どんな文章も書けない可能性もあるということだった。いや、それよりも、事実上何の期待も希望も慰めもない、笑いさえほとんど消えた人生を幽霊のように暮らしていて、我を張るように人生を生きるのではなく、今後もずっと人生自体がへ理屈そのものの人生を生きていくしかないという、いや、そうはできないだろうと、そしてそれをもうわかっているということだった。

草原をじっと眺めていたら目の前のものが次第に、目をつぶってしばらくしてから目を開けるとあたかも、いつの間にか季節が狂っておかしく変わったように、すべてのものが萎れていて、その後には萎れたすべてのものが姿を消していた。青い草の上を走っていた犬も、犬が追いかけた緑色のボールも、フラフープを回したり、フリスビーを投げる人たちも消えてしまい、荒涼とした丘だけ残った不思議な季節になったと想像した。しかしそのすべてが僕の中の実際の風景のように思えた。ちょうどその時犬が空中に投げられたボールに向かって僕の前を走りながら吠えなかったらすべてがあのままで止ってしまったかもしれない。

その犬を見ながら、いつものことならここの犬たちはどれぐらいボールが好きなのか、ボールが好きではないと犬同士で変な犬として扱われることもあるとか、幸せな一生を送った犬は緑色のボールに向かってジャンプするシーンを思い浮かべながら目を瞑るだろうと、とりとめもなく考え続けたはずだけれど、もうこれ以上その犬についても、犬が向かって走るボールについても考えなかった。もう何も考えなかった。がらんとした目で流れる雲を眺めて、がらんとした目で眺めるには雲ほどいいものはないという考えもしなかった。思っただけでも身ぶるいのする考えなどもうしなかった。

(僕はこの最後の章は、ひたすら雲について話すつもりだったが、けっきょくは別の話をしてしまった。この章も、この小説全体も実は雲に関する話であって、それは、この小説が浮雲をつかむことに関する浮雲をつかむような話だからであった。この小説には浮雲というタイトルを付けてもよさそうで、自然界のすべての中で核心のないということを最もよく見せてくれるのが浮雲だからであり、同時に思いと言葉の乱れた戯れに過ぎないこの小説が流れる浮雲のように何の核心もないからだ。)

事実と想像の共存

覚めて夢を見る者、鄭泳文の獰猛な緑の眠っている無色の観念
我想像する、故に我あり。これが鄭泳文のモットーである

一九九六年、作品活動を始めてから、実際と想像の境界を果てしなく行き来しながら彼だけの独特な世界を構築してきた作家である鄭泳文が新作長編小説『ある作為の世界』を出版した。「文学と知性社」が二〇一〇年春から運営して来た文学・人文ウェブジンである「ウェブジンムンジ」を通じて二〇一一年一月から三カ月間連載されたこの小説は、作家が大山文化財団の支援を受けて二〇一〇年の春と夏二つの季節をサンフランシスコで過ごしながら書いた一種の滞在記であり、同時に「極めて些細で無用で、荒唐無稽な考察としての物書きへの試み」である。

『ある作為の世界』は、昔の彼女に会うためにサンフランシスコに行った時の記憶とそれから五年が経った後の話に分かれているが、五年という時間の断絶がそれほど大きな意味を持っているわけではない。作家自身であり、同時に小説を導いていく話者である「僕」はサンフランシスコに来て昔の彼女、そして彼女の現在の彼氏と

しばらく一緒に過ごした時を思い出す。当時、彼女はロサンゼルスに住んでいたが、毎日のように一緒にテキーラを飲み、荒涼たる原野にある彼女の別荘で竜舌蘭を打ったり、家の中に入ってきたサソリを追い出したり、丘に上がって野原を見下ろしたり、あるいは何もせずに過ごした。その内、「僕」は急に出た短い旅行で霧が気に入ったといって彼らと別れてサンフランシスコに数日滞在しながら、ワシントン・スクエア公園でホボに会ったり、アメリカインディアンに関する想像をしながら時間を過ごした。

五年後、再びサンフランシスコを訪れた「僕」はワシントン・スクエア公園で、以前会ったホボとは違う他のホボに会って、再び以前と同じくアメリカインディアンに関する想像をする。チェリーに深い恨みを抱いているような年老いたアジア系の男が静かにチェリーだけを見つめながら食べることに気を奪われたり、数え切れないほど多い「完全にいかれた者」がどうしてサンフランシスコの観光案内書に載せられていないのかについても気になる。果物をゴールデンゲートブリッジから下に落とそうとしながら、とても勇気がなくて想像ばかりし、彼と一度も話し合ったこともないのに年老いた犬と一緒に暮らす老いたヒッピーの日常についてさりげなく文章を綴るなど、小説のあらゆるところでどう展開されるか予想しにくい作者の考えや想像の産物と向き合うことになる。

『ある作為の世界』にははっきりしたプロットがない。小説のはじめに明示したように、この小説は漂流記に近い滞在記で、話者がサンフランシスコに滞在しながら見聞きし経験したものを「見えるがままに見ず聞こえるままに聞かず、感じられるままには感じようとせず、体験した通りを受け入れないことにした話」である。観念と実在が、事実と想像が共存する鄭泳文風の想像の集大成である。すべては話者の想像の源泉であり、「ある作為の世界」そのものである。
いつからかそんなふうに、ある瞬間を純粋に経験するよりその瞬間を文章で表現するためにはどう取り扱うべきかを意識しながら意識と感情まで操作して過ごすことが多かった。それは過ちだと思ったし、僕自身が偽善的に思えた。高が知れた見せかけをしているような気もした。しかし、それらがただ悪く感じられたわけではなかった。むしろ落ち着いた。その落ち着きは僕がある作為の世界の真ん中にいるからこそ与えられたもののようだった。僕は長い間あまりにも作為的な生活を営んできて、もう作為的なのが僕には自然だった。僕が作為的な人生を生きてきたのは人生の何事も事実として感じられなかったし、そのために人生に真剣な態度をとれなかったし、人生のある事実ではなくその事実に対する考えだけに関わることができたので、これが僕の人生の最も大きな実質的な絶頂であった。（本文から）
一方、エドガー・アラン・ポーは、彼の死後に出版された『詩の原理』でプラトン時代以降、三つの主な領域に分かれていたいわゆる「善良なもの（the good）」に関する図式―芸術、美、情緒、趣味などの世界が中心にある―を自分なりの図式に再構成した。ポーの図式では、純粋知性と趣味、そして道徳的感覚が新たな位置を占め、その中でも趣味が中心に置かれていて、ポーは「趣味は精神の中でこのような位置を占めているため」と語った。そして、私たちはこれを『ある作為の世界』を通じて確認することができる。
「僕」は斜面に石を転がしたり、数を数えることを趣味だと語る。しかし、「僕」が主にしているのは絶えず想像してある存在や行為に対する話を作ったり、あるいは理論を立てることだ。これを趣味といってよいだろう。「物であれ風景であれそれらが僕の中でまた別の記憶や想像に移されて別の次元で思いも寄らない形で現われ、心の中に入った瞬間はじめて僕はそれらに同化することができた」からだ。「僕」は乞食になるまでの過程に関する理論を立てながら楽しんで、窮状に対する貧相な考えを持ちながら、ある程度の理論を繰り広げる。

理論への「僕」の愛情は道に捨てられたソファーについて金髪の女の子と言い争いをした後、復讐に対する考えを展開するところでまた確認できる。復讐に関する一般的な理があるなら、それはおそらく「目には目を歯には歯を（lex talionis）」だろうが、むしろ「僕」は「誰かにやられた後、自分がやられたとおりに、あるいはそれ以上またはそれ以下にその当人ではない誰かに仕返しをする、一種の復讐の変な転移がより一般的だ」と思う。そして、自分は小説を書くことで、小説に対する復讐をしていると思っているのだ。

僕はマヨネーズと金髪の女に対する復讐を夢みるのは無駄で、僕にできるのは小説に対する復讐と、無と無意味、そして存在の無根拠に対する復讐だけだと思って、凄絶な復讐を覚悟しながら、その復讐を果たすためにはもっと奇異な考えをしよう、そしてさらに奇妙に生きるしかないと考えながらサンドイッチを残さずに食べた。

（本文から）

想像の中の想像、夢の中の夢でもあるこの小説で最も確実なのは話者つまり作家自身がそんな想像をしたという事実だけで、精神が持っている「遊戯に対するいかなるしつこい欲望の産物」でもある想像は文章につながり小説として具現されるに至っている。有効ではないが、有効性を失わなかった想像をもとに、無意味だが、まさしくその無意味を通して、初めて完成された小説がまさに『ある作為の世界』である。

ゲオルグ・ルカーチは無意味性が隠されていない、何も美化されない赤裸々な姿で現れる時、「そうすることで、何の恐怖も希望も持てないこの視線の魔性的な掌握力は無意味性に形式の威厳を与える。つまり無意味性が無意味性として形になることだ」と述べる。この小説の解説文を書いた文学評論家であるキム・テファンも「彼は無意味で根拠のない考えと小説を通じて存在の無意味と根拠のないことに対して、また無意味で根拠のない小説とこの世界に対して復讐を試みているわけであり、これは無意味で無意味と対決する逆説」だと言った。

世界の無意味に芸術の無意味で対敵するのは、この世界が無意味で、その無意味から抜け出す出口が全くないという、つまらなくて絶望的な認識に至った作家が選択できる最後の非妥協的抵抗の方法だろう。鄭泳文の作家―話者は真の無と無意味の源泉として幼児的世界観と想像力に頼って、世界が強要する偽の意味との対決を試みる。(解説文から)

「幼児的世界観と想像力」というのは、文字通りの意味よりは時にはとんでもないいたずらっ子のそれともっと近い。「僕」は吐き出すか、爆発すべきだが、静かに我慢するしかない鬱憤を感じながらも、それの形を扇形のようだと想像し、森の中で見た赤い実を野生イチゴだと思ってから、突拍子もなく熊とともに野生イチゴを食べる想像をし、そのうち、お互い顔を赤くしたり、爪を立てるようなことは起きないように願う。占い師から人を避けて任侠小説を書くべきで、自分を発情期のロバだと思って生きろと言われて、これを「いつも心が割れ返るような状態で生きろという意味で」理解した。これらは、時には流れる雲のように、時には太平洋をさまよう果物のように動いてはいるが、どこへ向かっているのか分からない、目的も志向点もない、想像のための想像であり、さらに、小説のための小説となる。

「文学と知性社」書評より

■著者プロフィール

鄭 泳 文（チョン・ヨンムン）

1965年、慶尚南道咸陽に生まれる。

1996年、長編『やっと存在する人間』を発表して作品活動をスタートした。ソウル大学で心理学を勉強して、人間心理の本然の問題にこだわってきた作家である。韓国の文学では稀な死と救援の問題、人間の夢と本能的な悪魔性など、暗くて難解なテーマを扱ってきた。デビュー作以来、グロテスクな素材や残酷な悪魔性を描いており、また生活の倦怠感に耐えられない主人公を多く登場させている。しかし、鄭泳文の小説にはユーモアが必ず入っており、このユーモアは世界に対する虚脱な嘲弄から始まったもので、社会の不条理を知った後に感じる虚無感である。

最近の小説には動物や森のイメージが多く登場する。人間価値に対する否定が、人間ではない存在に対する関心へ移るようにしたのである。現実と幻想、人間と非人間、意味と無意味の区分を無力化している現実社会に対する嘲弄として評価される。代表作として長編小説『血の気のない独白』、『月に憑かれたピエロ』、『ワセリンブッダ』と小説集『黒い話の鎖』、牧神のある午後』などがある。

1999年、『黒い話の鎖』で第12回〈東西文学賞〉受賞。2012年、『ある作為の世界』で第17回〈韓戊淑文学賞〉、第43回〈東仁文学賞〉、第20回〈大山文学賞〉受賞。

■日本語訳者プロフィール

奇 廷 修（キ・チョンシュウ）

1971年、ソウル生まれ。
梨花女子大学政治外交学科卒業、梨花女子大学言論情報学科大学院修士
日本大学芸術大学院映像専攻修士
2012年、訳書『女子の言語を理解するための技術』出版。
2013年、大山文化財団翻訳部門選定。
現在、ハンギョレ新聞社ハンギョレの教育文化センター在職。

■監修者プロフィール

保坂 祐二（ほさか・ゆうじ）

韓国ソウル在住。現在、世宗大学教養学部教授。

著書『朝鮮のゾンビと日本の侍』、『日本の歴史を動かした女性たち』など。

ある作為の世界

2016年7月4日　第1刷発行

著　者　鄭 泳 文
訳　者　奇 廷 修
監修者　保坂 祐二
発行者　田島 安江
発行所　書肆侃侃房（しょしかんかんぼう）

東京オフィス
〒183-0011
東京都府中市白糸台2-27-14
福岡本社
〒810-0041
福岡市中央区大名2-8-18-501（システムクリエート内）
TEL 092-735-2802　FAX 092-735-2792
http://www.kankanbou.com
info@kankanbou.com

DTP　黒木 留実（書肆侃侃房）
編集　田島 安江
印刷・製本　株式会社インテックス福岡

The WORK is published under the support of THE DAESAN FOUNDATION.
This book was first published in Korea in 2011 by Moonji Publishing Co.,Ltd.

ISBN978-4-86385-226-6 C0097